이세계
치트 마술사
매지션
6
우치다 타케루 지음
Nardack 일러스트
박경용 옮김
타이치가 방에 있는
의자에 앉아
펼치고 있던 책을
닫는 참이었다.

"……갑자기 무슨 짓이죠?"
린이 무의식적으로
마술을 발동시켰다.

“뮤라. 마셔봐.”

여성은 민트라고 했다.
그녀 옆에 앉은 사람은
민트의 남편인 테리 마곳.

"좋은 거 줄게!"
실피가 손을 펼치며 내밀었다.

시선을 모은 뮤라가
검을 스르릉 뽑아 겨누었다.
강렬한 마력이 그녀를 감싸고
그 주위가 아른거렸다.

“어린 소녀라고 얕봤다간 다칠걸?”
린의 마술에 의식을 빼앗겼던 그들의 귀에 그 목소리가 똑똑히 닿았다.

이세계 치트 마술사(매지션) 6

Introduction

새로운 싸움

에리스테인 마법왕국의 국왕과 왕제가 다툰
내란으로부터 3개월.
타이치 일행은 모험가 일에 몰두하고 있었다.
도적 퇴치에 마물의 토벌, 그리고, 여행.
모험가는 자유다.
일반인에게는 대단히 위험한 장거리 여행이지만,
타이치 일행은 관광 목적으로 가르겐 제국을
향해서 출발했다.
중간에 들른 곳은 에리스테인에서 두 번째 규모를 가진
항만도시 시야크.
그곳에서 만난 여관을 경영하는 부부는 어느 상인에게
박해를 받고 있었다.
부부의 인품에 반한 타이치 일행은 그들을 도와주기로 한다.
한편 그 뒤에서는, 누군가가 타이치 일행을 노리고 있었다.
새로운 싸움이 시작됐다—.

이세계 치트 마술사
매지션

6

우치다 타케루 지음
Nardack 일러스트
박경용 옮김

CONTENTS

이세계 치트 마술사(매지션) 6

illustration Nardack

제11장 해외여행을 가자

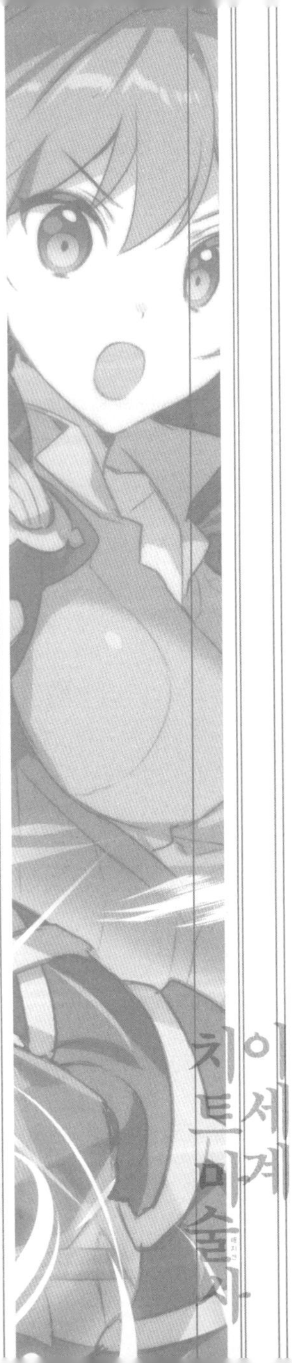

제37화 여행 결정!

느껴지는 풀내음.

단단히 디딘 대지.

오랜만의 감촉이다.

파란 하늘.

하얀 구름.

어젯밤에 내린 비의 발자국이 풀에 윤택함을 주고 있었다.

니시무라 타이치는 하늘을 올려다보고 그리운 감촉을 마음껏 맛보았다.

마월트 회전으로부터 3개월.

머나먼 300킬로미터 떨어진 아즈파이어에도 적지 않은 영향이 있었나 보다. 물자나 식량, 인재의 면에서.

대귀족이 처형되고, 다른 귀족에게도 처분이 내려졌다.

당연하지만 에리스테인 마법왕국을 다스리는 건 왕가 혼자가 아니다.

에리스테인 마법왕국의 국토 면적은 이 세계에서 네 번째로 넓다.

그만큼의 국토를 왕가가 홀로 통치하는 건 아무리 생각해도 무리가 있다. 그렇기에 귀족이 있으며, 그들에게 권한을 내려 관리를 맡기는 걸로 나라를 이루고 있는 것이다.

그 귀족들에게 강등 처분이 내려져서 줄줄이 힘을 잃었다. 반역죄를 저질렀으니 당연하다. 본래는 처형 및 작위 박탈이 타당한 처분이다. 그러나 그렇게 하면 나라의 기능이 마비되어 버린다.

고육책으로, 반역죄의 형벌 집행을 예외적으로 유예했다. 에리스테인 부흥에 힘을 다하고, 결과를 내면 처형 및 작위 박탈이 면제되는 조건이다.

작위 박탈과 처형을 면할 찬스가 있기에, 귀족들은 근면하고 필사적으로 직무에 전념하고 있었다.

그들에게는 왕가를 따르지 않는 선택도 있었지만, 하지 못했다. 이번 내란으로 어느 가문이든 피폐해졌다. 더욱이 도르트에스하임이라는 절대적인 리더가 없는 이상, 찬탈을 꾸며도 결집되질 않는다. 최종적으로는 자기들끼리 내란을 일으킬 미래가 빤히 보였다.

그래도 자신의 힘을 과신한 어리석은 귀족은 분명히 있어서 또 다시 반기를 들었지만, 결국은 왕가가 제대로 요격할 필요도 없이 내란으로 자멸했다.

가문을 다시 수습해야 하는 다른 귀족들에게 그 모습은 참으로 우스꽝스럽게 보였다. 그 전철을 밟지 않으려고 다들 자중한 결과, 그 이상의 반항은 없었다.

애당초 귀족에게 말대까지 저주를 받을 수치가 되는, 최악의 죄인 반역죄를 저지르고서도 아직까지 작위가 손에 남아 있는 것이다.

잃었어야 할 것이 남아 있는 데다가 목숨도 건졌다. 그것을 멍청하게 놓치는 것보다는 꼴사납게 진흙탕을 구르더라도 매달려서, 그 오명을 씻어내는데 심혈을 쏟는 편이 당연히 낫다.

베라가 레미아를 통해 전달한 정보였다. 레미아는 베라와 편지를 주고받는 모양이다.

베라가 마그마 같은 열의로 매달려서 떨쳐내질 못하고 승낙해 버렸다고 한다. 그때를 떠올리고 싶지도 않다며 머리를 감싸 쥐는 레미아였지만, 상대가 베라라면 중요한 정보도 얻을 수 있다고 씨익 웃었으니 역시 적으로 돌리기 싫은 부류의 여자였다.

그런 생각을 하면서, 불어오는 바람에 몸을 맡기고 흘러가는 구름에 시선을 주었다.

평화로웠다.

참으로 익숙한 광경.

모험가로서는 당연한 광경이다.

다만, 귀에는 소란스럽기 짝이 없는 전투 소리가 들어온다.

온갖 곳에서 금속끼리 부딪히는 소리가 울려 퍼지고, 하늘로 날아간 화살이 공기를 가른다.

누군가가 마술을 썼을 것이다. 폭발음이 울리자, 그걸 맞았는지 남자의 굵직한 단말마가 하늘에 울렸다.

"가라! 골렘!"

그 자리에 안 어울리는 앳된 목소리 둘. 완전히 똑같은 타이밍으로 싱크로되는 그것은 목소리의 음색도 대단히 비슷했다.
직후에 쿠웅, 묵직한 발소리가 땅에 전달됐다.
신장 2미터쯤 되는, 돌로 만들어진 골렘이다. 왼손에는 폭 1미터, 높이 1미터 반의 방패, 왼손보다도 기다란 오른팔 끝에는 직경 1미터 가까운 크기의 구체가 달려있었다.
인간의 2족보행만큼 자연스럽지는 못하지만, 묵직하게 땅에 발을 디디며 진군했다.
2족보행을 하는 사람 형태의 모양에다 좌우의 팔길이가 다르다. 더욱이 플레일 같은 무기를 들면 당연하게도 밸런스가 나빠지는데, 술자의 실력이 좋은 건지 공격을 하든 방어를 하든 전혀 흔들리지 않는다.
"젠장, 골렘이라고?!"
"이런 것까지 쓸 수 있는 거냐!!"
추레한 남자들이 거칠게 소리쳤다.
스톤 골렘의 등 뒤에서 무척 비슷한 얼굴의 두 소녀가 자랑스러운 표정을 지었다. 언젠가 타이치를 적대했었지만 타이치가 구해낸 쌍둥이 천재 마술사 미로와 메로다.
타이치의 중재를 통해, 트윈 헤드 드래곤과 싸운 다음에 아즈파이어에서 모험가 활동을 시작한 쌍둥이.
두 사람은 타이치를 향해 기쁜 기색으로 손을 흔든 다음, 계속해서 골렘에게 지시를 내렸다.
"좋아! 골렘이 길을 뚫었다! 기회를 놓치지 마라!!"
이 자리의 모험가 리더를 맡은 중년에 접어든 남자가 커다란 소리를 지르자 주위의 모험가들이 외쳐서 응답했다.

플레일을 휘둘러대면서 실드 배쉬. 단순하게 힘으로 밀어붙이는 거지만 효과가 높다. 그 골렘을 중심으로, 포위 진형을 갖춘 모험가들이 차례차례 도적들을 처치했다.

피어오르는 미지근한 쇳내를 바람으로 흩어놓으면서, 타이치 일행은 모험가들의 등 뒤에 서 있었다.

"아직도 많이 남았군. 꽤나 규모가 커진 모양인데."

쓰러뜨리고 쓰러뜨려도 줄어들지 않는 도적들을 보고 타이치가 중얼거렸다.

"그러게. 이쪽이 동원한 수도 상당히 많은데……."

타이치의 말에 이어 아즈마 린이 대답했다.

"어쩔 수 없어. 요전 내란은 그만큼의 영향을 주기에 충분했는걸."

뮤라가 결론을 내렸다.

대도적단이 아즈파이어 주위에 소굴을 만들었다.

장소는 아즈파이어에서 마차로 몇 시간쯤 가면 있는 숲 속, 완만한 경사의 거대한 바위산에 만들어진 동굴이다.

이미 생긴, 그리고 앞으로 예상되는 피해가 범상치 않다는 관측을 보고 받은 아즈파이어의 영주가 조사한 결과, 내란을 틈타 주위의 도적들을 집어삼킨 대도적단이 있는 걸 알게 되었다.

이미 피해 확대를 눈감아줄 수는 없는 지경이었다. 아즈파이어 영주는 모험가 길드와 결탁하여 비밀리에 토벌 계획을

짰다.

그리고, 오늘이 그 실행일이었다.

선제공격은 모험가가 맡고, 아즈파이어 영주가 가진 기사단은 후속으로 주위에 전개하여 도망치는 자를 처리하는 역할이다.

모험가가 위험한 역할을 맡았지만 그만큼 얻는 것도 크며, 소굴에 챙겨둔 보물 따위는 대부분을 모험가 길드가 접수하여 모험가에게 나눠준다.

목숨을 걸고 돈을, 보수를, 일확천금을 얻는다. 그 맛이 없으면 모험가는 모이지 않는다.

기사들에게는 영주가 위험에 걸맞은 급료를 내리고 있는 것이다.

기사단에 중요한 역할을 맡기고자 꾸미는 이야기도 슬쩍 나왔다. 그러나 공교롭게도 내란을 일으킨 것이 귀족이기 때문에, 지금 국내에서는 귀족에 대한 반발이 강한 시기다.

그렇기도 해서, 아즈파이어 영주는 생각보다 쉽사리 꺾였다.

이번 도적 토벌에 동원된 모험가는 200명이 넘는다.

그 중에서 타이치 일행은 전투에 참가하지 않았다.

그러면 그들의 역할은 무엇일까?

풀썩. 둔탁한 소리가 나며 나무 위에서 도적 한 명이 떨어졌다.

그 나무에 지팡이를 겨누고 있는 린.

"질리지도 않고 또 왔냐!"

부상이나 피로 따위의 이유로 쉬고 있던 모험가 중에서 움직일 수 있는 사람이, 마술 대미지와 낙하 대미지로 신음하면서도 활을 겨누고자 하는 도적의 목에 검을 박아 넣었다.

기습을 하고자 하는 자, 저격을 하려고 하는 자를 요격하는 역할이다.

수수하지만 커다란 역할이다.

확실하게 마무리를 지은 것을 확인하고, 린은 또 다시 전장을 보았다. 그리고 주위에 관찰의 눈길을 주었다.

이번에 타이치 일행은 모험가들 쪽 비장의 카드로, 제라드에게 지명 의뢰를 받았다.

직접 전투에는 별로 관여하지 않지만, 이런 기습 따위를 막는 일을 하고 있다. 그리고 도적이 고용한 경호원 등의 다른 모험가들에게는 힘겨운 상대가 있을 경우에는 맡기로 했다.

그들 세 사람의 이름은 지난번 아즈파이어 방어전으로 널리 퍼졌기 때문에 참가하는 것이 정해졌을 때 다들 쌍수를 들고 환영했다.

직접 전투에 관여하지 않는 것에 대해 의문을 품는 자도 있었지만, 제라드가 「너희들 몫이 줄어들 텐데 괜찮겠냐?」라고 말하자 납득했다.

타이치 일행은 토벌에 적극적으로 참가하지 않는다. 그렇지만 타이치 일행을 움직이려면 그 실적을 고려해서 나름대로 큰 돈이 필요하다. 보수를 다른 사람들보다 고액으로 설정해서 밸런스를 맞추고 있는 것이다.

산발적으로 이루어지는 기습과 저격을 사전에 완벽하게 막아내고 있는 타이치 일행이 있기에, 모험가들은 등 뒤를 신경 쓰지 않고 눈앞에 집중할 수 있다.

그 은혜는 대단히 컸다.

눈앞에서 도적들의 시체가 차례차례 만들어지고 있지만, 타이치 일행은, 특히 타이치와 린은 그것에 당황하지 않았다.

지난번 내란의 경험이 컸다.

적과 아군을 가리지 않고, 그 장소에서 죽어간 병사의 시체를 보는 경우가 종종 있었다.

죽이지 않으면 죽는다.

그런 결사의 각오를 굳힌 병사가 상대를 베어 죽이는 것을 목격한 것도 한두 번이 아니다.

일일이 그것에 주춤거리면, 그 자리에 서있을 수 없었다.

좋든 나쁘든, 사람의 죽음에 대한 내성이 생긴 것이다.

"경호원이 나왔다!"

모험가 한 명이 크게 소리쳤다.

그쪽으로 눈길을 돌리자, 주위의 어중이떠중이 도적하고는 명백하게 격이 다른 남자 두 사람이 동굴 안에서 모습을 드러낸 참이었다.

차림새를 보니, 전투직과 마술사.

한 명은 양손에 3개의 갈고리가 뻗은 수갑을 찼고, 또 한 명은 지팡이를 손에 들었다.

"젠장, 해치워주겠어!"

"기다려, 가지 마라!"

젊은 모험가가 어엿하게 파고들어서 남자들에게 접근하는 것을 베테랑 모험가가 제지했다.

그러나 그 경고도 의미가 없을 만큼의 속도로, 젊은이가 이미 남자들과 간격을 좁혔다.

"먹어라!"

무모한 돌진으로 보였지만, 그러나 검술은 뛰어났다. 상단에서 내리 베는 것이 아니라, 최단거리로 상대의 팔꿈치를 노리는 틈이 적고 날카롭게 호를 그리는 참격.

그러나.

"크아…………악?!"

검이 닿는 것보다 빠르게 날카로운 갈고리 일격에 피보라가 피어오르고, 이어서 바람 속성으로 추측되는 마술에 날아가 버렸다.

그럭저럭 실력이 있는 젊은 모험가였지만, 경험이 부족했다.

베테랑은 남자들을 보고서 섣불리 파고들면 위험하다고 경험으로 판단한 것이다.

베테랑 정도의 판단력이 없는데도, 그 충고를 안 들은 젊은 모험가의 자업자득이었다.

한순간에 전투 불능이 되었고, 빈사에 빠진 젊은 모험가. 날아가 버린 게 그나마 다행이라, 동료들이 금방 뒤로 끌고 갔다.

"이봐, 확실하게 처리하라고."

"무슨 말을 하나? 네 공격도 얕지 않았나?"

입으로는 그렇게 말하지만, 제대로 처리하지 못한 것을 크게 신경 쓰지도 않는 듯 두 사람이 말을 나누었다.

오히려, 해치우는 게 목적이 아니었던 것 같다.

"그럼, 저 골렘을 어떻게든 해야겠군."

"뒤에 수준이 전혀 다른 녀석 세 명이 있으니까."

"그래, 저건 완전히 다른 물건이구만. 멋진 여자도 있지만, 솔직히 그걸 따질 때가 아닐 것 같아."

그들의 말은 타이치 일행을 겨냥한 것이었다.

타이치 일행에 대해서는 잘 모르는 모양이지만, 그래도 그 힘은 어쩐지 모르게 짐작이 가는 모양이다.

기습을 차례차례 막아낸 것을 보고 상상한 걸지도 모른다.

"나설 차례가 왔구나."

뮤라가 말했다.

그들의 의식이 이쪽을 향하고 있는 것은 말을 들어봐도 알 수 있다.

그리고 이 자리에 있는 모험가들에겐 다소 버거울 거라고, 타이치 일행도 짐작이 가고 있었다.

미로나 메로도 마찬가지다. 그녀들이 이번 모험가 토벌 편제에서 한 걸음 앞선 실력을 가진 자로 분류되는 것은 자타가 인정하는 사실이다. 그러나 그녀들은 굳이 따지자면 직접적인 마술 전투보다는 보조에서 실력을 발휘한다.

예를 들어 린처럼, 마물 앞에 직접 서서 싸울 수 있는 스타 일은 아니었다.

물론 포격형 마술사일 텐데 마물 앞에 선다는 것이 다소 상식을 벗어나 있다고 할 수 있었다.

실력이 비슷한 뮤라와 훈련을 하거나, 스소라 같은 접근전이 특기인 전사와 목숨을 걸고 싸운 경험을 가진 린이니까, 이미 포격형이라는 분류에 들어맞지 않는 것도 납득할 수 있을지 모른다.

"가주겠나?"

타이치 일행 가까이 다가온 모험가들의 리더가 요청했다. 물론 거부할 리 없다. 이럴 때를 위해서 왔으니까.

아까 그 젊은 모험가가 성급히 달렸을 때도, 타이치라면 끼어들 수 있었다.

그렇지만 그러지 말라고. 제라드와 이 리더가 말했다.

허를 찔리거나 실수를 커버해주는 거라면 모를까, 조금 생각하면 알 수 있는 걸 생각하지 않아 잘못 판단한 것을 도와줄 필요는 없다고.

도적을 토벌했을 때 얻을 수 있는 몫이 타이치 일행에겐 없다. 그런데도 할 수 있는 건 모두 해줘라, 하고는 다르다.

일단 한 번 아파 봐야, 그리고 그런 장면을 실제로 봐야, 용맹과 무모함이 다르다는 걸 배우는 것이다.

그걸로 구할 수 없는 목숨도 있지만, 이 직업을 고른 자의 숙명이다. 목숨을 잃는 것도 영달도 모두 자기 몸으로 책임을 지는 것이 모험가란 직업이다.

모험가가 겁을 **먹어줄** 기회를 빼앗지 말아 다오. 그렇게 말했다.

특히 이렇게 다른 모험가의 도움을 받기 쉬운 이런 의뢰이기에 그렇게 말한 것이다.

반대로 말하자면, 한 명이 탈락했을 때 그 영향이 그대로 나오는 인원이었다면 당연히 그러지 않는다.

뮤라도, 제라드와 모험가 리더의 의견에는 찬성이었다. 레미아도 같은 말을 할 거라고 말했다.

분명히 타이치는 자신의 힘이 필요할 때는 사양하지 않기로 정했다.

그래도, 모험가의 주의나 예법이란 것도 분명히 존재하는 것이다. 그것을 비틀면서까지 자신을 내세우는 건 아니라고 타이치도 생각했다.

베테랑까지 올라 성공하는 자들은, 많든 적든 힘이 부족하다는 등의 이유로 동업자가 죽는 것을 보게 된다. 말이나 지식뿐이 아니라, 그런 광경을 실제로 보기 때문에 배울 수 있는 것도 있는 법이니까.

"그걸 위해서 우리가 와 있는 거니까."

대답한 엘프 소녀는 허리춤의 검에 손을 올렸다. 스릉. 투명한 소리가 울리고 검이 뽑혔다.

린 또한 새로 마련한 지팡이를 고쳐 쥐었다.

"타이치도 올래?"

옆에 선 동향의 소년에게 묻는 린.

머리 움직임에 따라 흔들리는 포니테일에 살짝 눈길을 주고, 타이치는 고개를 좌우로 흔들었다.

"아니, 나는 여기 남을게."

"후~응?"

타이치의 대답에, 뮤라가 한쪽 눈썹을 올렸다.

딱히 그가 오지 않는 게 문제는 안 된다. 당연하지만 땡땡이치는 것도 아니고, 땡땡이치고 싶다는 기색도 아니었다. 경호원 상대는 린과 뮤라가 있으면 충분하다고 본 것이겠지.

그것은 뮤라도 마찬가지였고, 린도 그랬다.

그렇다면, 의도적으로 남겠다고 말한 것이다.

그 결론에 이른 이유가 신경 쓰였다.

"실피가 그러네. 나는 여기 남는 편이 좋다고."

타이치의 말을 듣고서 납득한 기색의 린과 뮤라.

남는 편이 좋다, 라고 했는데.

"이유는?"

"안 가르쳐줬어. 자세하게 물어봐야 할 위기는 아니라더라."

"그렇구나."

모조리 다 가르쳐 주면 생각하는 힘이 퇴화한다. 그래서 모르면 대단히 안 좋은 사태가 될 때를 빼고서 경고나 힌트만 받고 있었다.

바람을 다루는 실피 앞에서 뭘 숨기는 건 불가능하다. 이 세상에는 공기가 가득하다. 일일이 말할 것도 없는 일이다.

그리고 그 공기 모두가 바람을 다루는 실피 그 자체라고 말할 수 있다. 실피 자신이 그렇게 말했다. 아무리 그래도 모든 것을 커버하면 정보량이 어마어마해지니까, 모두 처리할 수 없어서 필요하지 않으면 안 한다고 했지만.

어쨌든지, 디이치는 여기 남아서 실피가 말하는 경고에 대비하는 편이 좋을 것이다.

"알았어. 그러면 타이치는 여기 남도록 해. 우리 둘이서 다녀올 테니까."

"응, 그쪽을 맡길게. 방심하지 마라?"

"알고 있어. 타이치도."

"그래."

타이치의 대답을 듣고서, 뮤라와 린이 전장으로 갔다.

두 사람이 경호원 곁으로 걷기 시작하자, 모험가들이 길을 양보한다.

도적들은 린과 뮤라를 보며 저열한 표정을 짓고는 가로막으려 한다. 도적들이 보기에 그녀들은 좋은 먹잇감으로만 보인다. 린과 뮤라의 힘을 짐작할 정도의 눈을 가지지 못한 것이다.

그런 도적들을 막은 것은 경호원이었다.

"이봐, 너희들 물러나라."

"그녀들은 다르다. 너희들 따위가 어떻게 할 수 있는 존재가 아냐."

등 뒤에서, 그런 가차 없는 말이 들리자 도적들이 얼굴을 붉혔다.

그러나, 경호원으로서 나름대로 두려움을 살 정도의 힘을 보여 왔던 것이리라.

도적들은 마지못한 기색이지만 린과 뮤라의 길을 막아서는 걸 그만 뒀다.

"어머, 안 덤벼? 덤벼주면 수를 줄일 수 있었는데."

뮤라가 도발했다.

도발에 넘어올 거란 생각은 안 했다.

그러나 덤벼들어주면, 정당한 이유로 수를 줄일 수 있다. 그래서 터럭만큼의 기대는 했었는데.

"이 녀석들에게 너희들 상대는 무리다. 이쪽도 비즈니스야. 고용주의 부하를 그렇게 쉽사리 당하게 할 수는 없지 않겠냐?"

"맞는 말이다. 우리들도 장사를 하는 거니까. 지켜줄 필요가 있는 거지."

도적들의 기선을 제압하는 것처럼, 경호원들도 앞으로 발을 디뎠다.

"흐응? 애보기 하느라 고생이네."

"뭐, 돈을 꽤 받았으니 필요한 고생이란 거지."

갈고리 남자가 뮤라의 말을 받아 흘렸다.

아무래도 더 이상의 도발은 의미가 없는 모양이다.

빠른 단계에서 단념한 뮤라는 걸으면서 급속하게 속도를 바꿔 검을 휘둘렀다.

그 완급에 갈고리 남자는 훌륭하게 반응했다.

"어머?"

대각선으로 휘두른 검을 오른쪽 갈고리로, 받아낸 쪽의 손

등을 왼손으로 받치면서 뮤라의 검을 분명하게 받아냈다.

감탄한 기색의 뮤라에게, 갈고리 남자가 다소 씁쓸하게 웃었다.

"이건 위험하구만. 그런 가는 팔로 나보다 파워가 위라고? 젠장할……!"

사실은 뮤라의 검을 갈고리로 얽어서 빼앗으려고 했으리라. 단단히 맞물린 것으로 그것을 예상한 뮤라.

그러나 아무래도 밀리지 않도록 버티는데 필사적이라 속셈대로 되지 못한 것 같다.

몸을 어느 정도로 단련했는가.

그것도 분명히 중요하지만, 그것이 전부가 아니다.

신체 능력에 조합되는 강화 마술이 어느 정도인지가 결과를 좌우하는 것이다.

이 갈고리 남자도 그 정도는 알고 있을 것이다.

대화로 빈틈을 끌어내려고 했을까? 아니면 뭔가 신호를 보낸 걸까?

이런 방면에서 살아온 만큼, 거칠어 보이지만 야무지다.

뮤라는 고개를 살짝 기울였다.

그건 마침 칼날을 맞댄 남자가 살짝 무릎을 굽혀 숙인 것과 완전히 같은 타이밍이었다.

얼굴 옆으로 바람의 칼날이 고속으로 지나쳤다.

그녀 뒤에는 오른손의 지팡이를 들어 올리는 린의 모습.

지난 내란 직전에 이 나라의 두 공주에게 보수로 받은 지팡이에는 양이 그리 많진 않지만, 한순간에 짜올렸다고 생각할 수 없을 만큼 정성스레 농축된 마력이 깃들어 있었다.

카앙, 딱딱한 소리가 울리고, 바람의 칼날이 머리 위로 튕겨 올라갔다.

억지로 진행 방향이 바뀌었고, 게다가 술자의 것이 아닌 마력에 간섭을 받은 바람의 칼날은 잠시 지나 힘없이 공중에 녹아들었다.

"무슨?!"

그것은 어느 쪽에 대한 소리였을까?

사전에 논의라도 한 것처럼 블라인드 너머에서 날아온 바람의 칼날을 피해낸 뮤라에 대해서일까?

바람의 칼날을 낭비 없이 튕겨낸 다음 순간에 다른 술식을 자아내어 완료시키고 있는 린에 대해서일까?

아니면 양쪽 다에 대해서일까?

소리를 지르고 곧장 자세를 바로 잡은 건 과연 대단하다. 틈다운 틈은 정말로 미약했다.

다만 그 틈이 있으면, 다른 모험가라면 모를까 뮤라에게는 충분했다.

왼손을 뮤라 너머에 있는 남자들에게 내민 린을 등 뒤에 두고, 갈고리를 검으로 파괴하여 남자를 걷어차 날려 버린다.

"크오?!"

그 기세가 상당해서, 뒤에 있던 마술사 남자까지 휘말려서 넘어졌다. 그것을 보고, 뮤라는 땅을 차서 둥실 떠올랐다.

뮤라가 뛴 순간에 추가 공격으로 뿜어져 나가는『파이어볼』.

말려든 마술사가 눈을 홉뜨고 거의 본능적인 반응으로 장벽을 치고자 한 것과, 린이 뿜어낸 공격 마술이 착탄하여 폭발한 것은 동시였다.

규모 자체는 그리 크지 않다.

그러나, 내포된 파괴력이 겉보기와 일치하지 않는 일격.

폭발의 규모에 거의 힘이 안 들어가도록 조정된 마술이 어느 정도 위력을 가졌는지, 보는 자가 보면 알 수 있다.

다음 마술을 언제든지 쏠 수 있도록 이어서 마력을 짜 올리는 린의 눈빛과, 체중이 느껴지지 않는 부드럽고 매끄러운 몸놀림으로 착지한 뮤라가 피어오르는 검은 연기를 보았다.

이윽고 그것이 흐려지기 시작한 순간, 뮤라가 대범하게 웃었다.

"급하게 친 장벽으로는, 역부족이었던 모양이네."

간신히, 장벽을 치는 것 자체는 늦지 않은 모양이다.

마술사 남자와 갈고리 남자 앞에 흐릿하게 빛나는 얇은 막이 있었다.

그러나 모든 파괴력을 막아낸 것은 아닌 모양인지, 여기저기 그을리고 피가 흐르고 있었다.

"크, 으……."

"젠장할……."

언뜻 보기에도 상당한 대미지.

실제로 갈고리 남자는 제대로 먹힌 뮤라의 발차기 대미지가 어우러져서 무릎 아래로 힘이 안 들어가는 모양이고, 날아간 남자에게 말려든 마술사 또한 몸의 튼튼함은 근접 전투직하고는 비교할 수 없다.

장벽이 어느 정도 감쇄를 시켰다지만, 전투 속행은 어렵다고 할 수 있었다.

“그쪽도 비즈니스겠지만, 그건 이쪽도 마찬가지야.”

린의 마력이 부풀어 오르고 한순간 강한 빛이 주변을 비추었나 싶더니, 오른손에 파직파직 불똥이 튀면서 빛나는 창백한 검이 생겼다.

맞으면 끝장나는, 고압의 전격을 가차 없이 몸 안으로 흘려보내는, 린이 대인 전투에 사용하는 마술 중에서도 흉악한 편으로 분류되는『뇌신검』.

“그렇지. 유감이지만 용서해줄 수는 없거든.”

뮤라 또한, 마력을 높여서 검에 모았다.

동시에 그녀 주위의 열이 상승하여 불꽃이 되고, 이윽고 검에 달라붙었다.

참격의 절삭력을 극적으로 올려주고, 더욱이 화염 대미지도 추가되는 뮤라의 마술검『적련』이었다.

뮤라와 린 앞에서, 남자들은 전투 속행의 의지는 보였지만 몸이 따르지 못하는 기색이었다.

이것은 승패가 거의 결정됐다고 해도 될 것이다.

물론 확실하게 전투 불능으로 만들었다고 확신할 때까지는 방심해선 안 된다.

저항력을 완전히 빼앗고자 린은 『뇌신검』을 유지하면서 다른 마술 준비를 시작하고, 뮤라는 그런 린을 방해하지 못하도록 경호원 남자들을 포함하여 주위에 대한 위압을 강하게 했다.

동료 두 사람의 모습을 보면서 이제 괜찮을 거라고 숨을 내쉬는 타이치.

괜찮을 거라고 반쯤 확신에 가깝게 생각했지만, 그거랑 전혀 걱정하지 않는 건 같은 말이 아니다.

타이치처럼 사람의 영역 밖에 있다면 모를까, 그녀들은 돌출되어 있다지만 그 강함은 어디까지나 인류의 범주에 있으니까.

일단은 안심이다. 타이치는 주위 경계를 계속했다.

실피가 경고한 이유는 아직 밝혀지지 않았다.

시력이나 청각 기타 등등을 강화해서 방대한 정보의 인풋을 처리하며 눈에 힘을 주었다.

시야 끝에서 린이 감전 마술을 뿜어내 경호원들을 무력화하고, 뮤라가 대기하고 있던 다른 모험가와 협력하여 구속하고 있었다.

그것에 조금만 더 의식을 기울였다면 깨닫지 못했다.

달그락.

위에서 떨어진 돌멩이를, 놓쳤을 것이다.

굳이 따지자면 떨어진 돌멩이의 출처를 보고자, 무심코 눈길을 돌린 것에 지나지 않았다.

계기가 그것이었으니, 무엇이 공을 세웠는지 알기 어려웠다.

"저건……."

도적들이 소굴로 꾸민 동굴이 있는 이 바위산은 경사는 완만하지만 크기 자체는 상당하다.

정상까지 나름대로 거리가 있으며, 따라서 높이도 상당하다. 예를 들어 올라가고자 하면, 마력 강화가 없이는 어려울 것이다.

이 바위산 정상 부근에, 사람 몇 명이 보였다. 맨눈으로는 뭐가 움직이고 있다 싶을 정도지만, 강화한 시력으로는 확실하게 보인다.

저건, 사람이다.

사람 몇 명이 정상 부근에서 뭔가 하고 있다.

눈에 힘을 주고 그쪽을 보았다.

아무것도 아니라면 그거면 된다.

그렇지만 여기서 들리는 험악한 소리나 상황이 전해지지 않을 거란 생각은 안 든다.

이 자리에 어쩌다가 마주쳤을 뿐인, 자기 방어 능력이 없는 사람이라면 황급히 물러갔을 것이다.

누구든지 말려들고 싶지 않을 거다. 타이치도 아무런 힘이 없었다면 이 자리에 있는 건 완전 사양이다.

그리고, 위화감이 느껴졌다.

울퉁불퉁한 산자락에는 여러 개의 바위가 우뚝 서 있는데, 그 중에서 높이와 폭이 각각 몇 미터가 되는 바위 하나가 비틀비틀 흔들렸다.

살짝 움직였나? 했던 의혹은 잠시 지나서 풀렸다.

소란스런 소리를 내면서, 이쪽으로 굴러오기 시작한 것이다. 게다가, 굴러오면서 산자락을 부수고 무수한 파편을 만들어 늘리면서.

"이거였군!"

타이치는 단숨에 뛰어 모험가와 도적들을 저 아래 내버려두고, 그대로 바위산의 경사에 착지해서 달려 올라갔다.

이런 공격은 토벌대의 예정에 없었다.

다시 말해서, 도적들이 꾸민 것이다.

적은 물론이고 부하들까지 말려드는 것을 서슴지 않는 공격.

도적들을 동정할 생각 따위 일절 없지만, 이 방식은 마음에 안 든다.

역겨운 방식과 그것을 실행할 수 있는 냉혹함이 무기가 된다는 건 부정하지 않는다.

이건 타이치의 개인적인 취향 문제다.

순식간에 바위산 중턱에 도달한 타이치. 그 속도를 보고, 그제야 모험가와 도적이 사태를 깨달은 참이었다.

타이치는 등 뒤에, 폭을 넓게 잡은 바람의 장벽을 전개하고 자기는 앞으로 나섰다.

그리고 다가오는 커다란 바위를 왼손으로 받아냈다.

앞으로 내민 팔이 일절 굽혀지지 않고, 또한 몇 밀리도 물러서지 않고, 타이치는 커다란 바위를 우뚝 세워 버렸다.

그 옆을 크고 작은 파편이 지나가다가 바람의 장벽에 맞아서 갈려나갔다.

타이치는 손가락 끝의 힘을 써서 바위를 조금 후퇴 시키고, 그 손으로 재빨리 허리의 무기에 손을 뻗었다.

또 다시 바위가 움직이는 것보다 빨빠르게 오른손으로 발도, 대각선으로 반짝이는 일자를 그렸다.

왼손으로 손잡이 끝을 쥐더니, 방향을 바꾸어 이번에는 반대쪽 대각선 위로 벤다.

대각선 십자의 참격을 받고서, 바위는 넷으로 갈라져 그 자리에 무너졌다.

"……어엉?"

그것은 누군가의 목소리.

위기가 닥쳐온다.

그것을 인식하는 것과 동시에, 그 위기가 사라졌기에 낸 소리.

얼빠진 목소리를 냈다고 매도하는 자는 없었다.

소리를 냈는지 아닌지의 차이뿐이지, 실제로 다들 같은 감상을 품었으니까.

놀란 것은 등 뒤의 모험가나 도적들뿐이 아니다.

바위를 떨구고자 했던 자들도 마찬가지였다.

"실피."

중얼. 속삭이는 소리를 냈다.

누군가에게 들려줄 필요는 없다.

타이치의 목소리가 아무리 작아도, 절대 안 놓치는 파트너가 있으니까.

완벽한 타이밍과 속도로, 타이치가 바람을 둘렀다.

그리고 달려 올라가고자 생각했을 때 이미 산꼭대기에 도착했다. 움직이면서 강화된 시력으로 두목으로 보이는 남자도 찾았다.

움직임을 멈춘 순간에, 남자의 눈앞에 서서 목덜미에 칼날을 겨누고 있었다.

"끝났어."

키는 타이치보다 20센티미터쯤 크다. 그래서 내려다보는 형태가 되지만, 시선을 아래로 내리면 타이치보다 먼저 목으로 뻗은 검이 눈에 들어온다.

무엇보다도, 목덜미에 싸늘한 무엇과 미약하게 액체가 목을 흐르는 감촉이 있었다.

주위의 간부들에게 지시를 하고자 입을 뻐끔뻐끔 움직였지만 목소리가 나오지 않는다.

남자는 커다란 도끼를 휘두르는 괴력과 교활한 지혜, 폭력적인 자들을 거느리는 자질이 있었지만, 그 모든 것이 무의미했다.

타이치에게서 느껴지는 압력은, 어차피 도적의 우두머리인 소악당과는 달리 진짜배기였다.

지금까지 습격한 농촌이나 상단, 잡아온 여자에게는 통했던 공포도, 산들바람처럼 효과가 없었다.

타이치는 칼을 남자에게 겨눈 채 왼손을 삭 뿌렸다.

"악!"

"키아!"

"으각!"

주위에 있던 도적단 간부들이 망치로 위에서 맞은 것처럼 일제히 땅에 달라붙었다.

아무도 일어서지 못한 채 신음할 뿐이다. 맞은 곳이 안 좋은 자는 뼈가 부러진 건지 팔다리가 본래 굽혀지지 않는 방향으로 찌그러져 있었다.

두목이 부하들에게 눈길을 준 한순간, 목덜미에 둔중한 충격이 흘렀다.

거한은 의식을 유지하지 못하고 쓰러져 정신을 잃었다.

칼등으로 도적의 두목을 침몰시킨 타이치는 주위의 적 모두가 전투 불능이 된 것을 확실하게 확인하고 칼을 넣었다.

실피에게 부탁하여, 두목과 간부들을 바람의 힘으로 공중에 띄웠다.

아무래도 타이치와 같은 속도는 버틸 수가 없을 테니 평범하게 걸었다.

제법 먼 거리를 평범한 속도로 걸었기에 꽤 시간이 필요했다.

그래서, 기절한 남자들 여러 명을 공중에 띄운 채 돌아오는 타이치의 모습은 갖가지 의미로 주위의 인상에 남았다.

이윽고 바위산에서 내려온 타이치는 띄워둔 남자들을 풀썩 풀썩 내려놨다.

그 중 한 명이 자신들의 두목이란 걸 깨달은 도적들은 전의를 잃었다.

도적의 두목이 부하들을 희생시키면서 승리를 얻고자 한

것은, 조금 머리가 있는 자라면 금방 깨달았을 것이다.

그러나 불행인지 다행인지, 그것을 깨닫기 전에 타이치가 위험을 재빨리 제거해서 도적들이 위기감을 느끼지 못했다.

어쨌거나 이제는 저항하지 않고 붙잡히거나, 혹은 바닥을 기어서라도 도망치는 것뿐이다.

도망친다고 해도, 이 주위를 둘러싸듯 그물을 치고 있는 기사단에게서 도망칠 수는 없다.

도적이란 다른 사람을 착취하기만 하는 그저 난봉꾼이며, 싸움을 생업으로 하는 자들이 아니다.

치안이나 질서, 백성의 안전에 해를 끼치는 것을 힘으로 제압하는 것은 그쪽이 본직인 기사가 뛰어나다.

한편 될 대로 되라며 그 자리에서 날뛰기 시작하는 자도 분명히 있었지만, 한 줌도 되지 않는 극히 일부분이었다.

주위 모험가들에게 순식간에 진압되어, 대도적단의 토벌은 이걸로 끝났다.

◇◆◇◆◇◆◇◆

아침놀이 거리를 비추기 시작할 무렵, 뮤라는 잠에서 깨어난다.

작은 새들이 지저귀는 소리가 귀에 닿는다. 옆에서 아직 자고 있는 린을 깨우지 않도록 잠옷에서 갈아입고, 수건을 챙겨 방을 나선다.

뮤라의 아침은 이르다. 아직 대다수가 자고 있을 여관의 복도를 기척과 발소리를 죽이며 걷는다. 이 순간부터 뮤라의 훈련은 시작되고 있었다.

계단을 내려가서, 뒷문으로 밖에 나온다.

아침의 맑은 냉기가 피부를 찌르자, 팔을 끌어안고 무심코 한 번 부르르 떨었다.

상당히 선선한 계절이 되었다. 맑은 하늘을 올려다보면서 생각했다. 이제부터 더욱 추워질 것이다.

“이제 곧, 겨울이네.”

추위에 그다지 강하지 않은 뮤라에게는 조금 우울한 기분이 드는 계절이다.

몸 구석구석을 의식한다. 뮤라의 전투에서 그건 빼놓을 수 없는 요소다. 그렇기에, 추위로 감각이 둔해지는 겨울은 뮤라의 전투력을 낮출 위험이 있었다.

그렇지만, 그것을 알고 있으면서 아무것도 안 할 뮤라가 아니다. 난점을 알고 있다면 그걸 극복하기 위한 수를 강구하면 된다.

아침과 밤이 쌀쌀한 이 시기, 추위에 몸을 적응시키기에는 안성맞춤이다.

우물에서 물을 퍼올려 얼굴을 씻었다. 한 번. 두 번. 세 번.

다 씻을 무렵에는, 수건을 잡은 손이 차가워져 있었다. 이거면 된다.

일단 이 상태부터. 서두르지 않아도 점점 추워질 테니까.

수건을 리본 대신 삼아 머리를 묶었다. 평소에는 안 묶는다. 지금은 수건이 방해가 되기 때문이다.

그 모습으로, 아즈파이어를 나섰다. 눈앞에는 광대한 초원이 펼쳐진다. 아침이슬을 맞은 풀이 쌀쌀한 공기를 더욱 강하게 만든다.

도시에서 잠시 걸어 멀어지자, 적당한 곳에서 발길을 멈추었다.

여기라면 다소 커다란 소리를 내도 문제없으리라.

그 자리에 서서, 뮤라는 몸 안의 마력을 활성화시켰다. 오늘 아침의 훈련 과제는 마력의 효율적인 운용이다.

검을 이용한 근접 전투가 주축이 되는 이상, 언제나 강화 마술을 사용하게 된다. 특히 뮤라는 섬세한 강화 마술 사용이 필요하다.

린이나 레미아처럼 운동성능과 반사 신경만 강화하면 되는 것이 아니다.

마력 강화로 육탄전을 하는 타이치에게서는 괜찮은 점을 훔칠 수 있다고 생각하지만, 타고난 센스인지 호쾌한 속도나 공격력에 비해 섬세한 제어를 하기도 한다.

특히 훌륭한 건 부분 강화의 빠른 전환, 타이밍의 정확함. 그것은 마력 강화이기에 할 수 있는 게 아닐까 생각이 들 정도다.

뮤라가 구사하는 강화 마술로는 아무리 노력해도 반 박자 늦게 된다. 시간으로 따지면 미약한 한순간. 그러나 쉽사리 메워지지 않는 커다란 골이다.

아무리 노력해도 현시점의 실력으로는 도달할 수 없다고 판단한 것은, 지금부터 1개월 전이었다. 어지간히 노력해서 닿을 수 없는 영역이라면, 일단은 제쳐두는 게 좋다. 그 밖에도 할 수 있는 게 있으니까.

그렇다면 이건 어떨까? 뮤라가 눈길을 돌린 건 강화 마술의 운용력 향상이다. 이건 고스란히 실력이 올라가는데 이어진다.

몸 안에서 활성화시킨 마력을 손바닥에 응축시킨다.

마력의 조작에 대해서는 그녀 자신도 충분한 자신이 있었다. 이것에 대해서는 타이치와 린에게도 지지 않는다. 그들의 센스가 진짜배기란 건 인정하지만, 그렇게 간단히 추월 당해줄 생각은 없었다.

『강화, 속성, 흙』

평소에는 무영창. 숨 쉬는 것처럼 발동할 수 있는 강화 마술을, 굳이 분명하게 영창하여 발동했다.

강화 포인트는 다리와 팔. 각력과 완력이 극적으로 향상되는 것을 감각으로 알 수 있었다.

아무 제한이 없는 상태에서 사용한 강화 마술의 효과는 상당히 높다. 이것을 전투중에 다시 거는 경우, 다른 일과 동시에 진행하기 때문에 아무래도 좀 거칠어진다. 일단은 어떤 때라도 이 수준으로 강화 마술을 쓸 수 있게 하는 것이 목표다.

강화 마술이 걸린 자기 자신과 마주보며, 이 감각을 온몸으로 기억한다.

어느 정도 유지한 다음, 강화 마술을 의식에서 완전히 내몰았다. 지금은 무의식으로 강화되어 있는 상태. 뮤라는 왼손을 적당한 땅에 겨누었다.

『화염파!』

쿠웅. 뱃속까지 울리는 굉음과 함께, 땅이 직경 5미터 정도의 원을 그리며 날아갔다. 불 속성의 폭발 마술 파생계통인 『화염파』.

『파이어볼』도 착탄되면 폭발처럼 불꽃이 퍼지지만, 이 화염파는 직접 지정한 좌표에 불기둥을 세우는 마술이다. 표적을 향해 날아가는 마술이 아닌 만큼, 피하는 것이 어렵다.

그러나 한편으로, 그다지 쓰는 사람이 없는 마술이기도 했다. 불 속성의 마술사라도 사람에 따라서 배우지 않는 자가 있을 정도다.

그 이유는 좌표 지정이라는 조준 방법 때문이었다.

공간을 3차원으로 포착하여 좌표를 정확하게 인식하고, 그 중심점에 불기둥을 세울 필요가 있다. 그 순서가 번거로운 것이다. 『파이어볼』이라면, 히트하고 싶은 장소를 강하게 염원하여 쏘아내면 생초보자라도 그럭저럭 명중률을 유지할 수 있다. 의표를 찌르는 건 요령이 필요하지만, 그걸 빼고서도 『파이어볼』의 편의성이 압도적으로 위다.

"역시, 흐트러졌어."

얼추 예상한 것처럼, 강화 마술의 정밀도가 내려갔다.

그건 아주 약간의 차이였지만, 거듭되면 무시할 수 없게 된다. 아무리 귀찮은 마술을 썼다지만, 아무런 방해도 없는 상태에서 쓴 거니까 이 결과는 무시할 수 없다. 이것이 전투 중이었다면 상대가 당연히 방해를 한다. 그 방해를 의식하다 보면 이 하강폭은 더욱 커질 것이다.

목표는 강화 마술의 효과를 감쇄시키지 않고『화염파』를 쓰게 되는 것이다. 간단한 길은 아니라고 생각한다. 그러나 그것을 실현 시켰을 때의 자신을 떠올리면 상당히 보람이 생긴다.

두 가지 목표를 새삼 인식한 뮤라는 일단 강화 마술을 더욱 갈고 닦고자, 자신의 세계에 몰두했다.

이세계에서 온 소년소녀와 함께 지내는 자로서, 뒤쳐지지 않도록. 그 곁에, 계속 설 수 있도록.

◇◆◇◆◇◆◇◆

도적 토벌을 마치고 아즈파이어에 돌아와서 사흘.

뭔가 적당한 의뢰가 없을까 길드의 게시판을 물색해보니, 눈에 드는 것이 없기에 일단 차분하게 의논을 하고자 여관으로 돌아온 타이치와 린. 뮤라는 모험 도구를 보충하고자 따로 행동하고 있었다.

이세계 아르티아에 와서 반년이 지났다.

타이치 파티는 현재 모험가 랭크 B다. 웨네픽스에서 귀환한 다음에 랭크 업 소식을 들었다. 아즈파이어 방어, 귀족의 내전에서 활약한 공적을 봐서, 사실은 A랭크의 타진이 있었지만 거절했다.

타이치 일행은 랭킹에 그다지 고집하는 것도 없고, 전투력은 있지만 그것 말고 다른 요소가 아직 모이지 않았다는 것도 이유다. 뮤라는 그렇다 치고, 타이치와 린은 특히 그것이 현저했다.

전투력만 봤을 때 레미아와 베라가 A랭크, 혹은 그에 필적한다고 하는 것을 생각하면 타이치와 린도 A랭크 타진이 오는 것에 잘못된 점은 없다.

오히려 다소 부족한 점이 있다고 해도, 길드의 입장에서 보면 『낙엽의 마술사』나 궁정 마술사장에 필적하는 실력자를 저랭크에 두고 내버려두는 건 있을 수 없다고 생각하는 것도 무리가 아니다.

뭐, 상응하는 랭크에 다가갔다고 말해야 할 것이다. 다른 모험가들이 보내는 동경의 시선이 조금 신경 쓰이지만.

"고블린 퇴치라도 할까?"

"눈에 드는 게 없었으니까."

게시판을 바라보면서 생각한 것이, 자신들의 실력에 걸맞은 의뢰가 없다는 것이다.

타이치에게 손맛이 있는 상대라는 건 농담거리가 못 되지만, 길드에 붙어 있는 의뢰는 린이나 뮤라가 혼자 받아도 충분히 완수할 수 있는 것들뿐이다.

대개의 의뢰에는 적정 랭크가 붙는다. 그러나 그곳에 B랭크 모험가를 지정하는 의뢰는 없었다. 하는 수 없으니 어느 랭크

든 받을 수 있는 고블린 퇴치를 고른 것이다.

고블린의 번식력은 보통이 아니라서, 줄여놓으면 곧장 늘어난다. 다시 말해서 고블린 퇴치 의뢰는 사라지지 않는다. 모험가에게 「난처할 때는 고블린을 만나러 가라」는 격언이 있을 정도다.

고블린 퇴치 의뢰는 전부 6개. 그 중에서도 수가 가장 많은 콜로니를 지정한 의뢰서 내용을 떠올렸다.

"고블린의 총수는 200이상이었다고 했지?"

"응. 꽤 많네."

추악한 모습이 200마리나 모인 무리. 무심코 상상해 버린 린이 눈썹을 찌푸렸다.

"50~60마리의 콜로니가 4개 정도 뭉쳐 있대."

"아하. 그래서 그랬군."

과거에는 그런 콜로니가 있었다는 보고가 있었던 것은 타이치와 린도 알고 있다. 그러나 그건 상당히 특이한 예이며, 평범하게 생각하면 50에서 60 정도가 평균적이다.

모험가로서 활동을 시작한 뒤부터, 고블린은 의뢰를 받아서 몇 번이나 퇴치했다. 지금까지 본 고블린의 둥지는 다소 차이는 있지만 수는 평균적으로 50마리 정도. 200마리는 이상번식이라고 할 수 있었다.

"좋아. 고블린, 너로 정했다."

"전혀 키울 생각은 안 들어어."

그런 아무래도 좋은 대화를 하는 타이치와 린에게 다가가는 소년이 한 명.

"타이치, 린. 잠깐 괜찮을까?"

"응? 너는……."

고개를 갸웃거리는 린을 보고, 소년은 미약하게 쓴웃음이 섞인 미소를 지으며 입을 열었다.

"아아, 이렇게 얘기하는 건 처음이었지. 나는 알렌이라고 해."

"알렌…… 아아!"

만난 적은 없지만 이름은 들어본 적이 있다.

얼마 전에 일어난, 아즈파이어를 마물이 습격한 사건.

그때 선발 조사대에서 홀로 살아남아, 소식을 알린 소년이다.

어깨에 화살을 맞았으면서도 특기인 승마술로 고속으로 달려 아즈파이어에 한 발 먼저 마물 군단의 습격을 고했다.

현대의 지구 정도로 정보의 가치가 침투되진 않았지만, 제1보가 빠르게 도착한 것의 중요함과 고마움을 이해하는 자는 분명히 있다. 타이치 일행의 스승인 레미아나, 길드 마스터 제라드도 그 중 한 명이다.

그 다음, 아직 새내기에 저랭크면서도 자신보다 높은 랭크의 모험가들 100명 이상을 상대로, 전혀 겁먹지 않고 자신의 말을 전하여 그들의 분발을 촉구한 이야기도 들었다.

당사자는 요즘 들어서야 간신히 E랭크 일에 적응할 수 있게 되었고, 일의 성공률도 전보다는 어느 정도 올라갔으며, 또한 함께 의뢰를 할 수 있는 지인도 늘어나고 있었다.

E랭크 중견이라 할 수 있는데, 현재는 실력을 올리면서 함

께 일을 계속할 수 있는 파티 멤버를 찾고 있는 참이었다.

당시 이야기는 D랭크 이상의 모험가들 사이에서 가끔 화제가 되며, 평가도 대개 높은 편이다. 아직 실력이 따르지 못하는 것뿐이지, 그의 배짱은 대단하다고 눈여겨보는 자도 있었다.

직접 전장에 선 것은 아니지만, 그 또한 커다란 공을 세운 한 명이다.

"나를 알고 있어?"

자기가 말을 걸었지만, 알렌은 그들이 자신을 알고 있을 거란 생각은 못 했다. 자기소개를 하려고 했으니까.

알렌은 저랭크 모험가다.

모험가의 수는 고랭크일수록 적고 저랭크일수록 많아진다. 분포도를 보면 피라미드 구조다.

보통은 다수 있는 저랭크 모험가를 한 명씩 기억하는 건 무리다.

다시 말해서, 당시 알렌의 행동은 고랭크 모험가들이 얼굴을 기억할 정도였다는 것이다. 본인이 어떻게 생각하는가 하고는 별개로.

"아아, 알고 있어. 알렌 이야기는 우리도 가끔 듣거든."

"……그렇구나."

타이치의 말에, 알렌은 쑥스러운 기색으로 뒤통수를 긁적였다.

"우리는 의뢰를 받을 거야. 이야기는 다음에 해도 될까?"

린은 방금 전까지 타이치와 상담하고 있던 의뢰에 대해서 알렌에게 말했다.

뮤라와 합류하여 이 의뢰를 받을 것을 보고한다. 고블린 상대라면 그렇게 고생할 일이 없을 테니, 특별한 준비를 안 하고도 장비와 최소한의 소지품만 갖추어 출발하게 되리라.

고블린이 상대라면 당일로 돌아올 수 있을 것이다. 그렇게 생각하고 있는데, 문득 알렌이 어려운 표정을 지었다. 아니, 어려운 표정이라기보다 긴장한 표정이라고 해야 할까?

방금 말을 했을 때는 평범했는데, 독심 따위는 쓰지 못하니 그의 속내는 알 수 없다. 그러나, 어쩐지 알렌이 말하고자 하는 건 알 수 있었다.

"의뢰, 고블린 퇴치지?"

"그런데 그게 왜?"

"나를 데리고 가줄 수 없을까? 동행을 하고 싶어."

역시. 알렌의 말은 예상한 대로였다.

딱히 데리고 가는 것 자체는 문제가 안 된다. 그러나 그것을 타이치와 린이 정해버리는 것에는 저항감이 있었다. 파티로 움직이기로 한 이상, 멤버의 의견을 듣지 않고 독단은 피하는 것이 보통이다.

리더는 타이치다. 그가 정하는 것 자체는 이치에 맞는다. 그러나, 타이치는 편의상 필요하니까 리더 자리를 맡은 것뿐이지, 린이나 뮤라와 비교해서 권한이 강하다는 것을 의미하지 않는다고 본인은 생각하고 있었다.

"나는 뭐, 조건에 따라서는 상관없어. 하지만 여기 없는 멤버도 있으니까, 그녀의 의견을 들을 때까지는 정할 수가 없겠다.”

“나도 타이치랑 같은 의견이야. 멋대로 오케이할 수는 없어. 뮤라가 안 된다고 하면 같이 못 갈 수도 있는데?”

아마 괜찮을 거라고 생각하지만, 이라는 메시지가 포함된 두 사람의 말을 알렌은 곧장 받아들였다. 애당초 억지를 부리는 건 알렌이다. 거절해도 불평할 자격은 그에게 없고, 알렌 자신도 그것을 충분히 알고서 한 말이었다.

용건을 마친 다음에, 뮤라는 여관으로 돌아온다고 했다. 그때까지 알렌은 적당한 자리에서 기다리기로 했다. 타이치와 린은 의뢰 준비를 위해 방으로 갔다. 훨씬 높은 수준에 있는 두 사람의 등을 멍하니 바라보았다.

아무 이유도 없이 이런 말을 꺼낸 것이 아니다.

아즈파이어 방어전에서 알렌은 부상의 영향으로 전투에 참가할 수 없었다. 타이치 일행의 활약은 나중에 이야기로만 들었다.

그건 상당히 아쉬운 일이었다. 그들에 대한 이야기를 듣고서 정말로 그렇게 생각했다. 꼭 보고 싶었다. 초일류라고 해도 문제가 없는 그들의 강함을. 자신과 그들에게 어느 정도 차이가 있는지.

어쩌면 그 압도적인 차이를 보고서 현실의 엄격함에 뻗어버릴 지도 모른다.

전에 한 번, 그들의 굉장함을 꼭 보고 싶어서 뒤를 밟은 적이 있었다. 몰래 훔쳐보려고. 그러나 그 시점에서 알렌은 그들 세 사람과 자신의 차이를 통감했다. 떨어져 있는데도 기척을 들킨 것이다. 중간에는 반대로 기척을 지워서 완전히 놓치고 말았다.

다시 한 번 뒤를 밟아도 같은 결과가 될 거라고 생각해서, 이번에는 정면으로 부탁해본 것이다.

이제는 동경하는 존재인 뮤라의 의견을 듣기만 하면 된다. 아마 괜찮을 거라는 묘하게 낙관적인 기분과, 어쩌면 거절할지도 모른다는 상상 탓에 진정해야 한다고 생각하면서 안절부절 못하고 있었다.

그런 그를 바라보는 모험가들의 감상은「터무니없는 말을 꺼냈군」이었다. 그 중에는 타이치와 린, 뮤라의 전투를 직접 본 자도 있다. 아무리 냉정하게 봐도, 같은 B랭크인 바라다 일행의 레벨을 웃돌고 있는 건 명백했다. 지금까지 타이치 일행 파티 말고 바라다 일행을 따라잡고 추월한 자가 없는 걸 봐도, 그 레벨이 다른 차원이라는 걸 알 수 있었다.

조용하게 술렁거림에 지배된 여관이 간신히 평소의 소란을 되찾았다.

어느 정도 시간이 지났을까?

이미 타이치와 린은 돌아왔고, 같은 테이블에 앉아 음료를 마시고 있었다.

알렌이 멋대로 부풀어 오르는 불안과 긴장을 어찌하지 못하고 있는데, 여관의 문이 열리고 소녀 한 명이 들어왔다.

술렁. 이번에야말로 진짜 술렁거림이 일었다.

"뭐, 뭔데?"

모여드는 주목에 뮤라가 살짝 주눅이 들었다. 지금까지 비슷하게 주목을 받았었지만, 그때는 주위 따위 안중에 없었다. 그래서 전혀 신경 쓰지 않았었지만, 지금은 주위에 눈길을 주게 되었다. 그래서 갑자기 쏟아지는 시선의 폭풍에 당황한 것이다.

"뮤라. 장 보는 건 끝났어?"

돌아보면서 타이치가 말했다. 확인하지 않아도 뮤라가 돌아온 걸 기척으로 알았을 것이다.

타이치의 물음에 뮤라가 큼지막한 자루를 들어서 보였다. 살 것은 다 산 모양이다.

상처약에 붕대, 보존식과 수통용 통. 가죽 주머니에 로프 등. 그 안에는 그런 도구가 들어 있을 것이다.

모험가로 일하기 위해 필요해지는 도구의 관리는 뮤라의 역할이다. 이건 모험가로 일한 경험의 기간도 둘보다 길고, 매매 따위의 교섭을 알기 때문이다.

14세에 걸맞지 않지만, 그녀에게 그것들을 가르친 것이 레미아라는 걸 생각하면 납득이 된다. 타이치와 린은 그런 부분을 배우고 있는 와중이라 공부를 할 겸 뮤라 대신 맡는 경우는 있어도 관리까지는 안 한다.

참고로 상처약은 린과 뮤라 용이다. 타이치처럼 강화하면 철벽의 방어를 실현할 수 있는 게 아니다. 린과 뮤라도 어지간한 일이 없으면 다치는 일이 없지만, 그래도 타이치보다는 만에 하나의 가능성이 있는 것이다. 준비해서 손해 볼 것 없다.

뮤라는 주위를 천천히 둘러보았다. 그녀의 시선을 받아내는 자와 피하는 자로 갈라진다.

"그래서, 이건 무슨 일인데?"

평소에는 이 정도까지 시선을 받지 않는다. 힐끔 보는 일은 있지만, 그 정도다. 그런데 오늘은 과잉 반응이다.

"랭크랑, 저 녀석."

"응? 아아, 알렌이구나."

알겠다는 표정을 지었다.

직접 면식은 없지만, 그의 활약은 뮤라도 알고 있었다. 제1보를 전했고, 모험가들의 분발을 촉구했다. 타이치 일행의 파티가 아무리 강력한 힘을 가졌어도, 적은 수로 할 수 있는 일에는 한계가 있었다. 특히 타이치 일행은 후반에 나타난 붉게 물든 펜울프를 비롯한 마물들에게 묶여 있었으니, 모험가들이 없었다면 아즈파이어가 사라졌을 것이다.

그 알렌이 말을 걸었다. 그래서 다른 모험가들이 신경이 쓰여 주목한다는 묘한 상황이 이어졌지만, 그렇다 쳐도 상당히 보고 있는 것 같다. 그런 시선을 신경 쓰지 않는 타이치와 린이 함께 있으니 뮤라도 거기에 이끌려 태연할 수 있지만, 혼자서는 조금 주눅이 들어 버렸을 것이다.

"그래서, 그 알렌이 왜?"

"우리랑 같이 고블린 퇴치를 가고 싶댄다."

"어? 같이? 그리고 고블린 퇴치?"

의뢰가 고블린 퇴치로 정해졌다는 것. 그것에 알렌이 동행하고 싶다는 것. 두 가지 이야기를 하자 무심코 되물었다.

"눈에 드는 의뢰가 없기에 고블린으로 했어. 200마리랜다."

"알렌 군에 대해서는, 나랑 타이치는 괜찮다고 생각하는데, 뮤라의 의견도 들어보고 싶어서."

"그런 거구나."

대답하면서, 이쪽으로 걸어오는 소년을 보았다.

알렌의 표정은 다소 딱딱했다. 그건 모험가로서도 이성으로서도 동경하는 존재가 눈앞에 있기 때문이다. 표정에 드러내지 않고자 하지만, 그의 심장은 경종 같았다. 과거에는 멀리서 바라보기만 해도 좋다고 생각한 상대와 시선을 마주치고, 말을 나눈다. 알렌에게는 터무니없는 행운이었다.

"알렌의 랭크는?"

"저기, E랭크야."

E라……. 턱에 손을 대고서 중얼거리는 뮤라. 어찌해야 할까 그녀 안에서 생각이 정리되고 있는 참이다. 거절당해도 좋다고 생각하며 요청한 거지만, 가능하면 좋은 대답을 듣고 싶다고 생각하는 게 사람 마음이다.

한편 뮤라는, 랭크 E 모험가의 평균적인 전투 장면을 머릿속으로 재생하고 있었다. 알렌이 고블린 상대로 어느 정도 싸울 수 있는지. 어느 정도 도와줘야 하는지. 그를 데리고 갈 것을 정한 다음에 발생하는 영향 등.

얼추 시뮬레이트하고 생각을 정리한 뮤라는 유려한 동작으로 알렌을 보았다.
그의 몸에 긴장이 흘렀다.
"조건에 따라서, 따라와도 좋아."
"……조건?"
"그래."
뮤라가 고개를 끄덕였다.
"일단, 기본적으로 우리들 지시에 따라야 해."
이건 연계가 흐트러지지 않기 위해서. 세 명이 전투를 매끄럽게 하기 위해 갈고 닦은 연계에, 익숙지 않은 자가 들어오면 흐트러질 위험이 있다.
상대는 고블린이다. 자신들의 파티라면 방심을 해도 위험은 거의 없다고 단언할 수 있다.
그렇지만 굳이 틈을 만들어줄 셈은 뮤라에게 없었다. 고블린 따위에 방심을 하다니, 모험가의 랭크를 비추어 봐도 그렇고, 무엇보다도 뮤라의 긍지가 용납하지 않는다.
"그리고, 준비는 스스로 해와."
"알았어."
물론 부족하면 빌려줄 수 있다. 그러나 처음부터 의지해선 곤란하다.
"보수는 똑같이 나누지 않아. 네가 활약한 만큼 줄 거야."
뮤라의 조건을 들으며 알렌은 위화감을 느꼈다.
이런 건 말하지 않아도 다 아는 것이다.
어디까지나 알렌은 동행을 하는 것뿐. 공동으로 의뢰를 받은 것이 아니다. 소액이라도 보수를 주는 것만 해도 좋은 조건이다.

"마지막으로, 도와주긴 하겠지만 책임은 못 져. 그래도 괜찮다면, 따라올래?"

마지막 말을 듣고서 이해했다. 이건 알렌에게만 하는 말이 아니다. 이 자리에 있는 다른 모험가들에게도 하는 말이다.

알렌을 데리고 가는 건 특별한 것. 다른 자들이 우글우글 따라와서 편하게 고물을 받아먹고자 할 가능성이 있다.

타이치는 뮤라의 이야기를 들으면서, 「버스……」라고 마음속으로 중얼거렸다. MMORPG로 노는 친구가, 파티에 들어와 별 일도 안 하고 보상만 받아가는 녀석이 있다면서 불평하던 것을 떠올린 것이다. 그런 녀석들을 그 친구는 버스를 탄다고 했다.

모험가들의 활동에서 그런 무리는 물론 소수지만, 유감스럽게도 분명히 존재하는 것도 사실이다.

그런 짓을 하면 실력은 그대로인데 랭크만 올라가서 좋을 게 하나도 없다. 랭크가 올라가는 만큼 실력에 상응하는 의뢰를 받기 어려워질 뿐이다. 팀을 짜고 있으면 괜찮겠지만, 만약 버스를 타지 못하게 되면 궁지에 몰리게 된다.

그런 자들은 대개 나쁜 꾀를 부리고 요령도 좋으니까 금방 곤궁해지지는 않을 지도 모르지만, 그런 행동의 응보는 언젠가 어디선가 받게 되는 것이다.

그건 그렇다 치고.

타이치 일행도 다른 모험가와 현장에서 만났을 때, 그들이 난처하면 힘을 빌려주는 건 거부하지 않는다. 그러나 처음부터 편하게 의존하고자 하는 상대가 오면 민폐다. 다 아는 것을 굳이 입에 담아서, 다른 모험가들에게 못을 박는 것이다.

알렌으로서는 보수가 일절 없어도, 애당초 이견이 없었다. 돈으로는 살 수 없는, 경험이라는 둘도 없는 보수를 얻을 수 있으니까. 오히려 돈을 내도 좋다고 생각할 정도다.

"알았어. 그 조건을 받아들일게. 꼭 데리고 가줘."

"알았어."

알렌은 환희했다. 구름 위의 존재인 모험가들과 나란히 싸울 수 있다. 애매했던 안개 속에서 윤곽조차 보이지 않던 목표가 확실히 보인다.

그런 식으로 기분이 들떠서 자신의 양식으로 삼고자 내심 흥분했지만, 그건 고블린의 둥지에 도착하여 막상 전투가 시작되자 산산이 부서져 날아가 버렸다.

알렌은 필사적으로 단련을 쌓았다. 고블린 한 마리라면 어려울 것 없이 일격으로 베어 버릴 수 있으며, 두 마리 세 마리를 동시에 상대해도 버티면서 승리를 노릴 수 있다. 다시 말해서, 홀로 다수를 붙들어둘 수 있는 것이다. 과거의 자신을 돌아보면 크게 진보해 있었다.

그러나, 타이치, 린, 뮤라 세 사람은 격이 달랐다.

고블린을 하나 벤 다음, 두 마리째 고블린을 상대로 버티는 전개가 이어지고 있었다. 이걸로 다소나마 편해질 거라고 생각하여 힐끔 옆을 본 게 운이 없었다.

휘파람을 불 것처럼 긴장감 없는 표정으로, 알렌을 가볍게 뛰어넘는 속도와 공격력으로 차례차례 고블린을 사냥하는 타이치.

창처럼 날카로운 고속의 물 마술을 쉽사리 날려서, 고블린의 급소를 핀포인트로 차례차례 꿰뚫어 버리는 린.

신체 능력으로 밀어붙이는 게 타이치라면, 뮤라는 기술력으로 승부한다. 알렌이 직접 보면서도 믿을 수가 없는 낭비가 없는 움직임으로 흐르는 것처럼 고블린을 베어낸다.

세 사람이 모두 백발백중. 일격필살.

알렌이 세 마리째 고블린을 간신히 쓰러뜨렸을 무렵에, 타이치 일행은 100을 넘는 고블린을 사냥해냈다.

'저, 저 강함은 뭐야!'

차이가 너무 커서 어느 정도 떨어진 건지도 모르겠다. 얼마나 굉장한 건지도 모르겠다.

그들은 포텐셜의 30퍼센트도 발휘하지 않았다. 고블린 상대로는 전력을 낼 필요조차 없는 것이다.

그 분함에 매몰된 알렌은 깨닫지 못했다. 타이치 일행은 알렌이 세 마리 이상 동시에 상대하기 어렵다는 걸 꿰뚫어보고 있었다. 그래서 세 마리 이상 고블린이 그에게 가지 못하도록 신경을 썼다는 것까지는 알지 못했다.

결국 그 다음에도 그런 전투가 이어지고, 고블린 200마리를 모두 쓰러뜨리고 의뢰를 달성할 무렵이 되자 알렌은 「묵직」한 공기에 짓눌리고 있었다.

◇◆◇◆◇◆◇◆

의뢰를 마치고 길드에 보고한다. 고블린 200마리의 거대 콜로니를 당일치기로 없애고 오자, 길드에서 기막혀했다.

거점인 여관의 식당으로 돌아온 타이치, 린, 뮤라 세 사람은 쓴웃음을 지었다.

오늘의 객원 모험가가 테이블에 엎어져 있었다. 마치 말라붙은 늙은 나무 같았다. 새하얗게 불태웠다.

"뭔데에? 타이치 군을 따라 간 거야?"

쿠페 리필을 가져온 알메다가 알렌이 넋이 나간 이유를 듣고 기막혀했다.

"왜 또?"

"듣자니, 아즈파이어 방어전이랑 요전 도적 토벌 의뢰에 참가 못해서 우리들 싸움을 못 본 게 마음에 걸렸대."

"다치기도 했었고, 랭크가 E니까."

부상자에다 더욱이 새내기 모험가라면, 전투에 참가하지 못한 것도 납득이 된다.

모험가 단골이 많은 이곳 미스릴에서 집안일을 돕던 시절까지 합치면 10년 가까이 일하고 있는 알메다는 상당한 정보통이다. 참고로 그날, 그녀는 후방에서 백업을 했다. 그때 알렌의 부상 치료도 했다.

알메다도 타이치 일행의 전투를 실제로 본 건 아니지만, 여기저기서 흐르는 소문이 귀에 들어왔다.

요즘 들어 나타난 검은 머리의 소년소녀가 오우거를 순식간에 해치웠다는 소문을 필두로 이것저것.

당시에 아즈파이어로 찾아온 검은 머리 소년소녀는 타이치와 린밖에 없는 걸 알고 있으니까, 활약을 한 것이 그들 두 사람이라는 건 금방 알 수 있었다. 무엇보다 알메다는 타이치와 린에게 직접 구출 받은 적이 있다.

참고로 도적 토벌 의뢰에 참가하지 못한 것은 알메다가 「E랭크니까」라고 한 것처럼 단순히 모험가 랭크가 부족하기 때문이다. 알메다는 웃으면서 알렌의 어깨를 톡 두드렸다.

"알렌."

"……뭔데?"

우울하게 고개를 드는 알렌에게,

"주제를 몰라."

"윽?!"

말의 칼날 하나.

"걸림돌."

"으윽?!"

"방해꾼."

"으으윽?!"

전혀 안 봐준다. 말의 칼날이 차례차례 가차 없이 박힌다.

"방해만 된 데다가 조금이라지만 제대로 분배금도 받았지?

창피하지 않아?"

"으그으……."

마무리가 크리티컬 히트하여 알렌이 격침됐다.

보람찬 일을 했다는 것처럼 양손을 짝짝 두드리며 뭔가 털어내는 시늉을 하는 알메다. 그녀의 발치에서 완전히 뻗어 버린 알렌이 경련하고 있었다.

"자, 잠깐 알메다. 그렇게까지 말하지 않아도 될 텐데……."

상당히 통렬했다. 그렇게까지 신경 안 쓰는 타이치 일행에게는 말이 지나친 게 아닌가 싶었다. 그렇게 생각한 린이 커버하고자 했지만,

"안 돼. 어리광을 받아줘도 이 녀석을 위한 일이 못 되니까."

언제까지나 바닥에 널브러져 있는 알렌의 목덜미를 붙잡아서 의자에 앉혔다. 털털한 엄마를 보는 것 같았다.

"모험가는 목숨을 거는 거니까, 무엇보다도 일단 자기자신이랑 마주보는 일이잖아. 물론 목표를 가지는 건 좋지만, 처음에 세울 목표로 타이치 군 일행은 너무 멀어. 단계를 밟아야지. 지름길 같은 건 없으니까."

너무 주제를 몰라. 가차 없었다.

"그건 맞는 말이지만! 뜻을 높게 가지라고도 하잖아!"

"그래요 그래요. 자기 앞가림도 제대로 못하면서 말은 잘해."

"으극……."

순식간에 반론이 봉인 당한 알렌. 아무래도 그는 알메다를 당해낼 수 없는 모양이다.

실컷 두들겨 패고서야 기분이 풀렸는지, 알메다가 그제야 좀 누그러졌다.

"정말이지 참. 타이치 군네 소문을 들어보면, 어느 정도 힘이 차이가 나는지 금방 알 수 있잖아."

"……모른다니까. 그래서 따라간 거야."

"모른다니, 있잖아. 알렌은 아직 고블린의 둥지 혼자서 못 없애잖아."

대답이 없는 것을 긍정으로 받아들인 알메다.

그리고, 빙글 돌아보았다. 타이치 일행에게 눈길을 주었다.

세 사람을 향한 질문은 「고블린의 둥지를 혼자서 해치우는데 얼마나 걸려?」였다.

린은 「마술 두세 발」, 타이치는 「검만 써서 1분 이내」, 뮤라는 「평범하게 2~3분」이라고 대답했다.

타이치, 뮤라의 경우는 혼자서 한다면 놓치지 않기 위해서 스피드 중시가 된다. 따라서 속도를 전개하기 때문에 결과적으로 빨라지는 것이다. 타이치와 비교하면 뮤라의 소요 시간이 늦은 느낌이지만, 그건 기분 탓이다. 비교 대상이 안 좋은 것뿐이지, 고블린의 콜로니를 단독으로 2~3분만에 없애 버린다면 대단히 우수한 건 틀림없다.

참고로 린은 주위에 대한 영향을 생각하지 않을 경우, 이다. 찔끔찔끔 하다 보면 타이치나 뮤라보다 시간이 걸린다. 따라서 사용하는 마술에는 나름대로 규모가 필요해지지만, 반대로 주위에 대한 피해를 생각하면 사용하는 마술의 효과 범위에 신경을 쓴다고 덧붙였다.

전투를 못하는 알메다가 보기에도 이 대답은 이미 차원이 다르다.

고블린의 둥지를 혼자 없애려면 최소한 D랭크는 있어야 되지 않을까? 안전 마진을 취한다면 C랭크는 필요할지도 모른다. 뭐 이건 어디까지나 알메다의 예측이니까 정확한 기준은 길드에 물어봐야겠지만, 타이치 일행과 메울 수 없는 차이가 있는 건 이해할 수 있었다.

"타이치 군네의 강함을 알려고 하면, 어느 정도 강해야 실감할 수 있는 거 아냐?"

이른바, 실제로 봐도 뭐가 굉장한 건지 잘 모르겠다. 라는 상황이다. 알렌은 그야말로 그런 심경이었다.

애당초 오우거를 쓰러뜨린 시점에서 알렌에게는 참고가 안 되는 거 아닐까? 알메다는 그렇게 생각하는 것이다.

"크으……. 알았어. 내가 틀렸어."

좋아. 알메다가 말하고 안도한 표정을 짓는 걸 타이치는 놓치지 않았다.

말은 그렇게 했지만 걱정이 되는 거겠지. 타이치 일행과 함께라면 이 근처에서는 위험이 거의 없다고 해도 된다. 어쩌면 알렌의 프라이드에 상처가 날 수도 있지만, 뮤라는 조건에 「이쪽 지시를 따를 것」이라고 밝혔고, 목숨과 바꿀 수는 없으니까 그건 이해를 해야 한다.

그것보다도, 조금 신경 쓰인다. 알렌과 알메다가 묘하게 친

근했다. 타이치 일행은 두 사람이 아는 사이라는 걸 몰랐다. 무슨 관계가 있는 걸지도 모른다.

"있지, 알메다."

"응? 왜? 린."

"알렌 군이랑 아는 사이야? 사이 좋아 보이는데."

알메다는 어라? 고개를 갸웃거린 다음에 짝 손뼉을 쳤다.

"아아. 말 안 했었구나. 알렌은 내 사촌 오빠야."

"사촌?"

"그랬어?"

새로운 사실이다. 알메다의 걱정스런 표정도 납득이 된다.

"손이 많이 간다니까."

"어렸을 때는 오빠야오빠야 하면서 따라다녔던 주제에."

"뭔데? 또 불러줄까? 오·빠·야?"

"그, 그만해!"

알렌은 얼굴이 빨개져서 반론했다. 그에 비해서 알메다는 무척 즐거워 보였다. 정말로 사이가 좋다는 생각이 드는 장면이다.

장난을 치는 두 사람을 보면서 타이치는 고향의 누나를, 린은 남동생을 떠올렸다.

타이치는 누나와 사이가 나쁘지 않았다. 그 나이 치고는 드문 편이리라. 그렇다기보다 대학에 들어가서 남자 친구를 만들기 전까지는 누나 쪽에서 괜히 타이치한테 엉겨 붙었었다. 얼른 동생을 좀 놔줘! 라고 놀려댔지만, 막상 실제로 그렇게 되자 약간 쓸쓸했다고 자조했었다.

한편 린은 사춘기에다 (비교적 온화한) 반항기의 남동생을 흐뭇하게 생각하던 타입이다. 중학생이 되어 괜히 어른스러운 척 하는 동생은 린과 그다지 진득하게 앉아서 이야기하지 않게 됐다. 린은 그것이 쓸쓸했지만, 어른이 된 거라고 생각하기로 했다.

그녀의 남동생이 그렇게 된 계기는 그의 친구들이었다. 그는 친구들에게 누나가 어느 정도 미인인지 뜨겁게 논하는 걸 들었다. 그때서야 처음으로, 자기 누나가 객관적으로 미인으로 불린다는 걸 깨닫고 마주보기 힘들어졌다는 것을 물론 린은 알 리 없었다.

고향을 떠올리면서 어딘가 머나먼 곳을 보는 눈을 하고 있는 타이치와 린을, 뮤라는 복잡한 눈동자로 바라보았다.

"그건 그렇고, 세 사람은 굉장하네."

갑자기 화제를 돌리자 타이치 일행은 퍼뜩 알메다를 보았다. 그녀는 이쪽을 동경하는 눈동자로 보고 있었다.

단순히 찬사를 보낸 것 같았다. 처음에는 불편했던 그것도, 지금은 평범하게 받아들일 수 있었다.

어쨌거나 앞으로도 그런 찬사를 받게 되는 건 알고 있었다. 그때마다 「엉겁결에 가진 소질」이라고 생각하며 겸손하게 구는 것도 바보 같아졌다. 분명히 소질은 엉겁결에 얻은 거지만, 그 소질을 살리기 위해서 노력한 것은 분명하며 전혀 고생하지 않은 것도 아니니까.

너무나 커다란 힘을 제어하기 위한 노력은 역시 편한 일이 아니었고, 지금도 상당히 머리를 써야 한다. 할 수 있는 일이 너무 많기 때문에 사치스런 고민이란 건 자각하고 있지만, 생각하기 시작하면 끝이 없기 때문에 그건 굳이 신경 쓰지 않기로 했다.

"운 좋게 소질이 있었거든."

"덕분에 위험이 적어서 다행이야."

강하면 공격을 받기 전에 쓰러뜨릴 수 있다. 공격이 최대의 방어라는 말도 있으니까.

"소질이라. 그건 흉내 낼 수 없겠네."

노력해서 실력을 늘리는 자는 분명히 있다. 그러나 본래 가지고 있는 그릇의 상한선에 도달했을 경우, 그 다음은 여러 가지로 연구를 해야 한다. 물론 거기서부터도 실력을 올리는 방법이야 있지만, 소질 그 자체를 올리려면 터무니없는 노력과 시간이 필요하다.

소질을 올리는 것 자체에 소비할 정도로, 인간에게는 시간이 없다. 엘프 같은 장수 종족이라면 그렇지도 않겠지만.

"그렇지. 우리도 소질이 낮았을지도 모르고."

이건 그냥 하는 말이다. 소환 마술로 소환된 이상, 소질이 낮을 일은 없다. 그 힘을 가지고 있기 때문에 선택된 거니까.

"뭐, 알렌은 차근차근 나아가는 수밖에 없겠네."

찰싹찰싹 등을 두드리는 알메다. 알렌은 콜록콜록 기침을 했다.

"그렇게 강하니까, 여러 나라를 돌아보는 것도 좋지 않을까?"

“응?”

“나라를 돌아봐?”

문득 나온 말이 예상 밖이었기 때문에 타이치와 린이 눈을 동그랗게 떴다.

“응, 어지간히 준비를 안 하면 멀리 가는 건 위험해. 사실은 가볍게 소수로 가는 게 좋다고 하는데, 안전을 생각 안 할 수가 없으니까 대인원이 된댔어.”

알메다는 거기서 세 사람을 순서대로 보았다.

“타이치 군네는 호위도 필요 없고, 세 사람이니까 움직임도 가볍고, 좋지 않을까?”

덤으로 정기 마차 등을 이용할 경우, 승차요금도 장난 아닌 금액이 된다며 쓴웃음 짓는 알메다. 목적지가 다른 나라쯤 되는 경우, 평범한 생활을 해서는 편도 요금조차 짜내기 어려워진다.

그러나 타이치 일행은 다르다. 정기 마차 등을 이용한다면 대금은 무료, 경우에 따라서 호위 요금을 받을 수 있을 정도다. 그만큼 B랭크라는 것은 상대에게 주는 인상이 달라진다.

“세 명이라면 호위를 하면서 돈도 안 들이고 도시를 옮겨 다닐 수도 있을 테니까, 다른 나라에 갈 수 있으니까 나는 굉장히 부러운데.”

다른 나라에 간다. 생각해본 적도 없었다. 분명히 활동장소를 에리스테인으로 한정할 필요는 없다. 거점은 에리스테인에 있는 레미아의 집이라도 좋겠지만, 활동하는 장소를 일정 기간 다른 나라로 옮긴다는 것은 선택지로 삼아도 될 것이다. 오히려 어째서 지금까지 그걸 생각 못한 걸까?

인생에 한 번은 외국에 가보면 좋다는 말은 일본에서도 때때로 들었다.

다른 문화풍습을 접하면 시야가 넓어지고, 또 다른 시점에서 사물을 볼 수 있게 된다. 여행을 좋아하는, 타이치에게는 가까운 어느 여성이 언제나 말했다. 뭐, 그의 누나가 말한 거지만.

“땅으로 이어져서 갈 수 있는 나라는 시카트리스 황국이랑 가르겐 제국이었지?”

“그렇네.”

린의 말에 알메다가 고개를 끄덕였다.

보아하니 그녀도 신경 쓰이는 모양이다.

“편도라면 어느 정도 걸려?”

“글쎄? 가본 적이 없으니까 모르겠어. 미안.”

알메다는 눈썹을 팔자로 만들며 말했다. 사과할 일이 아무것도 없으니 신경 쓰지 않는다면서, 타이치가 팔짱을 끼었다.

“일단 금화 3닢 가져가면 충분할까?”

갑자기 나온 금액에 알메다와 알렌이 눈을 깜박거렸다.

금화 3닢이라면 4인 가족이 1년 살 수 있는 금액. 그것을 간단히 말할 수 있다는 것이 어떤 일인지.

“만약을 위해서 더 많이 필요할 거야.”

“모험가 길드라면 대부분의 도시에 있을 테니까, 그렇게까지 많지 않아도 될 거야. 그리고, 금화 같은 걸 내도 평범한 가게에는 거스름돈이 없어."

"아아, 그렇구나. 나눠서 가져갈 필요가 있네."

"그러면 거추장스러워. 불편해."

"자, 잠깐, 잠깐!"

"응? 왜 당황하고 그래?"

어깨를 들썩이며 숨쉬는 알메다가 끼어들었다. 그 이유를 몰라서 고개를 갸웃거리는 세 사람.

"그, 그런 돈이 어디서 나와?"

"아."

그러고 보니 금화 3닢이면 거금이었다. 세 사람은 다들 잊고 있었다. 세 사람에게 돈이란 건 의뢰를 하면 멋대로 쌓이는 것이다. 그리고 세 사람 다 본래 뭔가 가지고 싶은 게 있는 것도 아니다.

모험가로서 가장 코스트가 드는 건 무기와 방어구, 이어서 소모품, 그리고 잠자리 확보였다.

그러나 그런 면에서 말하자면 이 파티는 대단히 지출이 적다.

타이치의 방어구는 비싸지 않아도 된다. 린의 로브는 요전에 왕궁에서 보강했으니 당분간 새로 마련할 필요가 없다. 뮤라의 방어구는 애당초 나름대로 질이 좋은 것이었고, 현재는 아뮬렛으로 상태이상에 대한 내성도 보강했다. 무엇보다도 방어구가 상해서 보수하는 빈도도 낮다.

무기는 말할 것도 없다. 뮤라는 방어구와 마찬가지로 서브

웨폰을 손에 넣었고, 린과 타이치도 각자 무기를 마련했다.

따라서, 평소에 손질을 게을리하지 않으면 수리나 바꿔 살 필요가 생기지 않는다.

식비에 대한 지출은 제법 높아졌지만, 그것 말고 드는 돈은 숙박비, 소모품 같은 필요 경비뿐이다. 그것 말고 쓸 길을 찾는 게 어려운 실정이다. 무기와 방어구를 새로 살 필요도 없고, 들어오는 돈이 대개 거금이니까 그저 쌓이기만 하는 것도 어쩔 수 없다는 상태이다.

그런 데다가 실익과 심심풀이를 겸해서 나름대로의 빈도로 의뢰를 받기 때문에, 쌓인 돈에 손을 댈 필요도 거의 발생하지 않는다. 금화 3닢 정도라면 망설임 없이 낼 수 있을 정도의 자금이 있는 것이다.

그것을 설명하자, 듣고 있던 알메다는 조용히 의자에 앉았다. 멍한 표정으로 「이게, 고랭크구나……」라고 중얼거린다. 알렌은 손가락을 꼽아가며 세어 보고 있지만, 중간에 포기해버린 모양이다. 생각하면 지는 거라고 생각하는 거겠지.

이걸 보니 에리스테인 왕가에서 받은 보수는 입 다물고 있는 편이 좋겠다. 금화 2천닢을 받았으니까.

막상 그걸 보고서 든 생각은 「어떻게 쓰라고?」였다. 일본에서는 호화 저택에 고급차에 해외여행에……. 이러겠지만, 공교롭게도 이 세계에서는 레미아의 집이 호화 저택이고, 말이 없어도 자기 다리로 충분히 빨리 이동할 수 있다. 아무래도 장거리를 걸어서 이동할 수는 없겠지만, 여기저기 돌아다니는 것도 아니기 때문에 지금은 마차도 필요 없다.

그래서 마침 딱 좋게 나타난 쓸 길이 다른 나라에 가본다, 였던 것이다.

조금 돈을 쓰면서 여행 기분을 맛볼 수 있을지도 모른다. 썩히는 것보다야 훨씬 낫겠지.

"역시, 타이치 군 파티는 규격에 안 맞아."

"역시 그렇지."

"일단 자각은 있구나……."

"그건, 응, 그렇지."

타이치의 깔끔한 긍정에 린도 수긍했다. 여기서 얘기를 해 버린 게 안 좋았다. 들켜버린 건 어쩔 수 없으니까, 그냥 다 놔버리자. 타이치는 적당히 생각했다.

"하하…… 금화 3닢이라니 그게 뭐야……. 내가 얼마나 의뢰를 받으면 그렇게 쌓이는 거야……. 하하하……."

부서져 버린 사람도 한 명.

알메다가 그의 얼굴 앞에 손을 휙휙 저으면서 「여보세요」 불러보지만 전혀 대답이 없다. 완전히 어디론가 여행을 떠나 버린 모양이다.

"응, 기왕 이렇게 됐으니 다른 나라에 가보는 것도 좋겠다."

"그러게. 그리고 더 빨리 깨달았으면 좋았을 텐데."

"우리들 모두 그 선택지가 머리에서 날아가 버렸었어."

그렇다. 그 생각을 하고서 이야기를 해보니, 가고 싶다는 마음이 단숨에 부풀어 올랐다.

타이치는 이제 가는 수밖에 없겠다 하는 지경까지 기울어져 있었다.

린과 뮤라도 생각보다 긍정적이니, 이제부터 외국 여행을 위한 준비나 정보수집을 하게 되리라.

한편 변덕스레 「외국에 가보면 어때?」라고 말한 알메다는, 이야기가 너무 간단히 그쪽으로 기울어버리자 놀라고 있었다.

"저, 저기. 말을 꺼내놓고 좀 그렇지만, 그렇게 간단히 정해버려도 돼?"

"괜찮지 않을까? 기껏 갈 수 있으니까. 지금은 무슨 예정이 있는 것도 아니고."

"응. 다른 나라도 신경 쓰이니까."

"나도 어렸을 때는 다른 나라에 있었지만, 그 다음에는 계속 에리스테인에 있었으니까. 오랜만에 외국에 가는 것도 좋을 거라고 생각해."

"그, 그래……. 세 사람이 좋다면 좋긴 한데."

본인들이 좋다고 하면, 그걸 알메다가 막을 이유는 없다. 그들은 모험가. 바람 부는 대로 마음 가는 대로, 이런저런 곳으로 여행을 하는 자도 많은 것이다. 타이치, 린, 뮤라처럼 하나의 도시에 자리 잡고 있는 모험가가 사실은 소수파이기도 하다.

"그럼, 시카트리스랑 가르겐 어느 쪽으로 할까?"

"저기, 시카트리스는 굳이 따지자면 북쪽이고, 가르겐이 남쪽이었나?"

"그래. 시카트리스는 벌써 한겨울일 거야. 지리적으로도 아즈파이어보다 위에 있고, 국토의 대다수가 고지니까. 모험가 손님이 말했었는데, 가르겐 제국은 세로로 길쭉하니까, 남쪽으로 내려가면 겨울에도 따뜻하다고 했어."

알메다의 설명에 반응하는 사람이 한 명.

"결정됐네. 가르겐 제국으로 가자. 그리고 남쪽으로 내려가는 거야."

뮤라가 단정해 버렸다.

어째서 시카트리스는 안 되는 걸까? 분명히 그 나라는 백색족이라는 종족이 주로 사는 나라다. 백색족이란 대지에 뿌리내린 강한 마력으로 변이된 인간이다. 알비노는 아니지만 하얀 피부에 하얀 머리칼을 가졌다. 모두 노화가 늦으며, 따라서 장수한다. 또한 엘프 정도는 아니지만 인간과 비교하면 미형이 많다는 평판이다. 강한 마력에 노출되었던 영향인지 마술이 특기인 종족이기도 하다. 한편으로 신체능력은 인간보다도 떨어지며, 또한 터프함도 인간보다 아래다. 아름답고 덧없다. 그런 말이 딱 어울리는 것이 백색족이었다.

백색족이 많이 사는 도시에 겨울이 찾아오면, 하얀 눈과 하얀 사람들이 어우러져 환상적인 경치를 볼 수 있다고 린은 책에서 읽었다. 한 번 가보고 싶다고 생각했었는데.

"추운 거 싫어."

어린애처럼 싫어하는 뮤라. 아무리 극복하기 위해 노력하고 있다지만, 싫은 걸 금방 좋아할 수 있게 되는가 하면 대답은 NO다. 타이치와 린은 작게 웃었다.

그런 상황도 발생하면서, 가르겐 제국을 남하하는 루트로, 에리스테인 국외 원정…… 아니, 해외여행이 정해진 것이다.

◇◆◇◆◇◆◇◆

"허어. 가르겐 제국이라. 좋지 않겠니?"

여관 미스릴에서 물러나 2주일만에 레미아의 집으로 돌아온 타이치, 린, 뮤라 세 사람. 가르겐으로 간다고 레미아에게 말하자 이 대답이 나왔다.

"어라. 꽤 가볍게 넘어가네."

이것저것 물어보거나, 어쩌면 반대할지도 모른다고 생각했기 때문에 곧장 허락하자 맥이 빠졌다.

"응? 뭐니? 반대라도 하길 바란 거니?"

"아니, 그런 건 아닌데."

"그럼 좋지 않니? 너희들이 가고 싶다면 다녀오면 된다."

모험가라면, 자신이 하고 싶은 대로 행동하는 것이 기본이라고 레미아가 말했다.

"너희들은 자유다. 어느 것에도 얽매이지 않아. 너희들의 실력이라면 가르겐 여행 정도에 대단한 위험은 없겠지. 나는 안심하고 보내줄 수 있다."

강하다는 것은 역시 좋은 것이다. 알메다는 「여행은 위험한 것」이라고 했었고, 레미아도 「강해서 안심」이라고 했다.

반대를 하지 않는다면, 꼭 가고 싶었다. 세 사람의 마음은 이미 여행을 하고 있었다. 타이치와 린은 알기 쉽고, 뮤라도 표정에는 드러내지 않지만 가슴이 설레고 있으리라.

레미아가 세 사람의 감정을 정확하게 읽어내고, 마음속으로 웃고 있다는 건 깨닫지 못했다.

“아, 레미아 씨도 가시겠어요?”

뮤라의 물음에, 그러나 레미아는 고개를 옆으로 저었다.

아무래도 그녀는 안 가는 모양이다. 계속 여기를 지키고 있을 셈일까?

“아니. 나는 웨네픽스 왕립도서관에 틀어박힐까 생각한다.”

왕립도서관, 그 말을 할 때 레미아가 무척 즐거워 보였다.

그 장소는 지식의 도가니다. 그곳에 당당하게 들어가서, 당당하게 틀어박힐 수 있으니 지식욕이 대단히 왕성한 그녀에게는 보물 방에 들어가는 심경이리라.

“왕립도서관에?”

“그래. 개인적으로 조사하고 싶은 것도 있고, 시공 마법이나 헤매인 자에 대해서도 조사할 필요가 있으니까.”

“…….”

본래의 목적은 그거다. 타이치 일행이 국외로 나가 견문을 넓히는 동안, 그녀는 혼자서 조사해주려는 모양이다.

타이치와 린이 차원을 넘기 위해 필요한 지식이나 가능성을 찾는 행동이었다.

그것을 레미아 혼자에게 맡기게 되자, 타이치와 린은 중간부터 미안한 마음이 들었다. 그것이 표정에 드러났으리라. 레미아는 「신경 쓰지 마라」라며 작게 웃었다.

"너희들은 도울 수도 없다. 고대 아르티아어로 적힌, 읽게 할 생각이 없어 보이는 음험하고 난해한 책들만 대상이 될 테니까. 도와주려고 해도, 너희들을 가르치면서 할 거라면 내가 혼자 하는 게 효율적이야."

고대 아르티아어. 지금은 잊혀진, 수천 년 전에 이 세계에서 쓰인 언어였다. 현대에 그 말을 해독할 수 있는 것은 세상에서 1퍼센트도 안 된다고 했다. 레미아는 그것을 읽을 수 있는 희귀한 사람 중 한 명이다.

참고로 뮤라도 고대 아르티아어를 다소 해독할 수 있지만, 그녀의 역할은 모험가로서 타이치와 린에게 경험을 제공하는 것. 두 사람도 상당히 익숙해졌지만, 뮤라가 보기에는 아직 무른 부분이 있는 것이 실상이었다. 지식으로서는 알고 있어도, 실제로 경험하는 것하고는 또 다르다.

"그리고, 이건 내 취미도 겸하고 있다. 조사하는 건 너희들에 관해서만이 아니야. 내가 연구하고 있는 주제에서, 자료가 부족해서 정체된 것이 몇 개나 있다고 생각하니? 그것에도 도움이 되니까."

얼추 적게 잡아 봐도 30은 될 거다. 과거에 잡담을 하다가 물어봤는데 그 정도라고 했던 기억이 있다.

참고로 내용에 대해서는 적당한 주제를 하나 골라서 개요에 대해서만 이야기를 들었다.

타이치는 2분도 안 되어 뭐가 뭔지 모르게 되었다. 린과 뮤라는 조금 더 버텼지만, 그래도 10분도 안 되어 두 사람도 다운되어 버렸다.

역시 레미아의 머리는 구조가 다른 모양이다. 꼭 그 구조를 들여다보고 싶었다.

"그럼, 죄송합니다. 부탁드릴게요."

린이 고개를 숙였다. 그에 맞추어 타이치도 고개를 숙였다.

"음. 맡겨둬라. 너희들은 마음껏 즐기고 오면 된다. 나는 그동안 기본적으로 웨네픽스에서 벗어날 생각이 없다. 기분이 풀리면 웨네픽스로 와라."

흔쾌히 허락해준 레미아에게 다시 한 번 인사를 했다.

정해지고 나면 출발하기 전까지 바빠진다.

본래 국외로 장거리 이동은 위험이 따르지만, 타이치, 린은 여행 기분이었다. 그런 부분이 역시 치트라고 할 만하다.

들뜬 기색의 두 사람을 보고, 자기가 정신을 단단히 차려야 한다고 긴장하는 뮤라. 그러나 그녀의 발걸음도 평소보다 가벼운 것은, 지금은 눈을 감아줘야 하리라.

그런 세 사람의 등을 「나이답구나」 하고 흐뭇하게 생각하면서 레미아가 배웅했다.

◇◆◇◆◇◆◇◆

출발까지는 빠르게 정해졌다. 가장 큰 걱정거리였던 도적은 길드의 조사 결과로 경계 상태 해제가 되었다. 이제 우려할 것 없이 출발할 수 있었다.

알메다와 알렌 등, 평소에 연관된 사람들에게 인사를 했다. 문맥은 다르지만, 모두가 「또 돌아와라」라고 한 것이 타이치 일행은 기뻤다.

보통 아즈파이어에서 가르겐 제국까지는, 일단 마차 정기편으로 남하한다. 무역이 왕성한 항구도시 시야크로 간다. 거기서 해안선을 따라 나아가는 가르겐으로 가는 정기편이 올 때까지 기다리거나, 가르겐에 들어가는 상인의 마차 호위를 맡거나. 혹은 마차를 고용하거나, 직접 마차를 준비하는 네 가지 선택지가 있다. 국경을 넘는 것은 모험가의 증거인 신분증명서를 보여주면 문제없다. 놀랄 정도로 간단히 통과할 수 있다고 한다. 이것이, 모험가 길드가 카드에 엄중한 룰을 부여하는 이유였다.

그러면 문제는 거기까지 어떻게 가느냐다. 타이치 일행은 방향만 틀리지 않으면 계속 걸어서도 문제없이 시야크에 도착하리라. 그러나 초원 한복판을 계속 걸어가는 건 그다지 좋은 방법이라고 할 수 없을 것이다. 어지간한 이유가 없으면 아즈파이어에서 시야크를 걸어서 답파하는 것은 비현실적이니까.

딱히 좋아서 눈에 띄고 싶은 생각도 없으니, 마차로 가는 건 금방 정해졌다. 정기편도 있으니까 아무것도 안 해도 시야크에 도착할 것이다.

"마차 안에서는 뭘 하고 있어?"

하지만 문득 린이 중얼거렸다.

"아무것도 안 해. 무기 손질 정도."

뮤라는 이렇게 대답했다. 그러니까 딱히 할 일이 없다는 것이다.

며칠 동안 할 일이 없다는 것은 사실 상당한 고통이다. 경치를 바라보아도, 변화가 없는 풍경만 이어지는 것을 잘 알고 있었다.

그 지루함을 어떻게 없앨 것인가? 생각지 못한 장애물이었다. 수행이라도 할 수 있지 않을까 싶었지만, 일단 페이스가 다른 사람한테 끌려가고 있는 시점에서 상당히 어려울 것이다. 정기편은 합석을 한다. 다른 사람들의 눈길이 닿는 것도 귀찮고, 첫째로 프라이버시가 없다. 하루 이틀이라면 견딜 수 있겠지만, 그게 1주일 2주일이라면 아무래도 좀 버겁다.

그렇다면, 차라리.

"마차를 살까?"

생각나서 말해본 것뿐인 타이치의 한 마디는 린에게도 뮤라에게도 더할 나위 없는 제안이었다. 프라이버시 확보에 행동 페이스의 자유. 그것은 무엇과도 바꾸기 힘든 메리트다.

디메리트는 마차의 구입 자금과 그 유지비, 그리고 마부였다. 물론 그 디메리트는 「일반적으로 마차를 입수할 경우」에 발생하는 것이다. 돈이라면 문자 그대로 산처럼 있으니 문제가 없다. 유일한 걱정이었던 마부도, 「내가 할 수 있어」라는 뮤라의 한 마디로 무사히 통과됐다.

즉시 결단하고 행동한다. 타이치 일행은 마차를 파는 가게를 방문했다.

적은 것부터 큰 것까지, 동력이 되는 말의 종류도 갖가지다. 돈을 아낄 생각은 없지만, 그냥 거금을 지불해서 커다란 마차를 사면 감당 못한다. 그렇다고 작은 마차는 예측 못한 상황에서 불편해진다.

일단 6인승에 천막이 달린 마차로 정해졌다. 그러면, 이어서 말이다. 속도는 그렇게까지 필요 없다. 터프하고 말을 잘 듣는 말이 좋다.

"그렇다면 이 녀석은 어때?"

마차상과 연계하고 있는 목장 주인이 권한 것은 체격이 좋은 커다란 말이었다. 본 적이 있다. 아즈파이어에서 웨네픽스로 갈 때 마차를 끌고 있던 것과 같은 군용마다.

스피드는 그렇게까지 안 나오지만, 대단히 힘찬 발걸음이었던 것을 기억한다. 이 말이 두 필 있으면 충분할 것이다. 뮤라가 그걸로 정하려고 했을 때, 타이치는 문득 목장 구석에 있는 말에 눈길이 끌렸다.

한층 두꺼운 사슬에 매인 검은 말. 그 존재감은 군용마하고는 비교가 안 된다. 애당초 저건…….

"이봐. 저건 흑요마잖아."

타이치의 말에, 목장 주인아저씨가 고개를 끄덕였다.

"아아. 여행하는 모험가가 어린 흑요마를 붙잡아서 팔러 왔지. 어릴 때부터 키워서 사람에겐 익숙하지만, 아무래도 많이 먹어. 마물을 사는 호사가도 없을 테니까 죽을 때까지 여기서 지내게 될 거야.”

“흐응.”

건성으로 대답한 타이치는 흑요마에게 다가갔다. 타이치를 보고 있던 흑요마는 소년이 자신에게 다가오는 것을 깨닫고서 옆으로 눕히고 있던 몸을 일으켰다.

크기는 어째선지 보통 말 정도다. 소형 버스 정도 크기일 거라고 생각했는데.

“아아. 그 녀석은 아직 어리니까. 다 크려면 앞으로 20년은 걸릴 거야.”

목장 주인의 해설을 등 뒤에서 들으며 타이치는 그렇구나, 고개를 끄덕였다. 상당히 성장이 늦는 모양이다. 시간이 너무 걸린다고 생각하기도 하지만, 마물이니까 인간의 상식이 통하지 않아도 신기할 것 없다.

위협하는 것처럼 발굽으로 땅바닥을 때리는 흑요마의 눈을 타이치는 정면으로 바라보았다.

사람에게 익숙하다지만, 그렇게 간단히 마음을 허락할 생각은 없는 모양이다. 그 눈에서 높은 프라이드가 전해졌다.

“하긴 너는 이 부근에서 왕이니까.”

수는 적지만, 흑요마는 위험하다고 지정된 A랭크 마물이다. 기본적으로 숲 속에 있지만, 극히 드물게 초원에 나오는 것이다. 그 빈도는 한 해에 한두 번 정도. 타이치와 린이 짧은 기간에 두 번이나 만난 것은 대단히 드문 일이었다.

문득, 린은 공기가 차가워졌다고 느꼈다. 뮤라도 느낀 모양

이다. 두 사람은 금방, 그것을 타이치가 뿜어내고 있다는 걸 깨달았다. 목장 주인은 굳어 있었다. 타이치를 알고 있어도, 그 마력을 느낀 적은 없을 테니까. 타이치의 마력을 느껴 버리면, 그 끝 모를 힘의 공포에 본능이 경종을 울린다.

그 검은 말도 예외는 아니었다. 자기보다 강한 자를 만난 적이 없는 것이다. 그것도, 자신의 차원을 훨씬 뛰어넘는 수준으로. 자신의 강함에 프라이드를 가졌기에, 타이치의 강함이 잘 전해지고 있을 것이다.

타이치는 마력 방출을 억눌렀다. 흑요마는 눈을 동그랗게 떴다. 겁먹지는 않았지만 놀라긴 한 모양인지, 이제 위협은 하지 않았다. 타이치의 마력을 느끼고서도 그저 놀라기만 한 걸 보니 제법 담이 큰 마물이다.

타이치는 이 흑요마가 마음에 들었다.

"너, 우리 마차 끌 생각 없냐?"

말이 전해지는지는 불명이다. 그러나 타이치는 굳이 말을 걸었다.

"나도, 내 동료도, 너보다 강하다. 자기보다 약한 녀석의 명령은 못 들어도, 우리들은 어때?"

흑요마의 눈매가 가늘어졌다. 마치 「재미있다」라고 말하는 것처럼.

"너는 괴물이라면서 두려움을 사지? 따라와, 흑요마. 나는 너 이상으로 괴물이다."

코를 푸릉 울리고서, 흑요마가 목을 날카롭게 움직였다. 콰직, 소리가 나면서 사슬이 쉽사리 끊어졌다. 그 광경에 목장 주인이 말을 잃었다. 흑요마는 지금껏 일부러 사슬에 매이는 것을 용인하고 있었던 것이다.

사냥감도 제대로 붙잡지 못하는 어린 시절부터, 마물인 자신에게 먹을 것을 주고 여기서 길러준 인간에 대한 감사를 표할 셈으로.

"너, 역시 머리 좋은 마물이었구나. 사실은 말도 알아듣는 거지?"

흑요마는 별 반응이 없었다. 린과 뮤라 곁으로 돌아가는 타이치의 대각선 뒤를 묵묵히 따라온다.

"멋대로 정했네."

"……죄송함다. 아무래도 신경 쓰여서."

"우리 말을 잘 듣기만 한다면야 좋아."

"……."

아차 하는 표정을 짓는 타이치를 보고서, 린은 고개를 좌우로 흔들고, 뮤라는 하아 커다랗게 숨을 내쉬었다. 혼자서 정해버린 소년을 타이르는 가련한 소녀 두 사람의 그림. 타이치 바로 뒤에는 랭크 A의 마물인 흑요마가 있지만, 두 사람의 차분한 모습은 범상치 않다. 타이치가 「동료도 강하다」라고 말한 건 틀림이 없는 것이다.

"우리들 마차는 네가 끌어라. 부탁한다. 아, 생각보다 진지하게."

린과 뮤라가 흘겨보자 마물에게 애원하는 소년.

아까 그 통렬한 압력은 무엇이었는지 생각지 않을 수가 없다. 흑요마가 「이 녀석은 이 두 사람한테 고개를 못 든다」라는 듯 싱글거리고 있다. 표면상으로는 무표정하니까 어디까지나 마음속으로지만.

"이 녀석, 얼마에 팔아요?"

정신을 가다듬고, 타이치는 목장 주인에게 물었다.

드디어 제정신으로 돌아온 모양이다. 그는 퍼뜩 타이치를 보았다. 그리고 그 뒤에 당당히 서 있는 흑요마에게 시선을 옮겼다.

"아니, 솔직히 마물의 시세 같은 건 모른다니까. 가격은 정하질 않았어."

"아아, 그래요? 그러면 군용마 두필 값에 어때요? 나쁘지 않을 거라고 생각하는데."

"알았다. 그렇게 하지."

간단히 끝나는 교섭. 목장 주인으로서는 앞으로 대량의 고기를 준비하지 않아도 되는 데다가, 고급 말 두 필 분량의 매상이 들어오는 것이다. 앞으로 절약되는 식비를 생각해도, 그걸 매상으로 생각한 경우 상당한 금액이 된다. 머릿속으로 그것을 계산한 목장 주인에게 고개를 끄덕이지 않을 이유가 없었다.

"좋아. 네 이름은…… 쿠로다."

"안일해."

"……개도 아닌데."

"뭐, 뭔데? 괜찮잖아, 알기 쉬우니까. ……야, 쿠로. 그『이 녀석 어쩔 수가 없구만』하는 눈은 뭐야! 역시 내가 하는 말 알아듣는 거지! 그런 거지?!"

사소한 소동도 있었지만.

쿠로의 고삐를 끌고 마차 곁으로 갔다. 어리다지만 도시 안을 흑요마가 걷고 있는 것인데, 얌전히 걷기만 하면 겉보기에는 그냥 검은 말이다. 그리고, 설령 날뛴다고 해도 타이치, 린, 뮤라 세 사람이 달려들면 막는 것도 순식간이다.

뭐 그런 일은 만의 하나도 없을 거라고 타이치는 생각했다. 이 말은 빼어나게 머리가 좋다. 여기서 날뛸 거라면, 아예 처음부터 따라오지도 않았을 것이다. 타이치에게서 스며 나오는 신뢰를, 쿠로가 확실하게 받아들이는 것까지는 깨닫지 못했다.

마차는 이미 준비되어 있었다. 짐을 짐칸에 던져 넣고 쿠로를 마차에 매었다. 마차상 주인은「한 필로 이 마차를 끌게 할 셈인가?!」라며 크게 외쳤지만, 쿠로가 태연하게 몇 걸음 걸어서 납득하기에 이르렀다. 어리다지만 터무니없는 각력과 파워를 자랑하는 마물이었다. 6인승 마차 정도는 역시 아무것도 아닌 모양이다.

짐은 어제 어느 정도 갖추었다. 이제는 부족한 것을 보충하고, 곧장 아즈파이어를 나서기로 했다.

◇◆◇◆◇◆◇◆

시간은 조금 돌아가서, 타이치 일행이 아즈파이어에서 여행을 떠나는 전전날의 밤.

도시 안의 주점도 점점 문을 닫고, 도시 대부분이 조용해지는 시간대.

완전히 정적에 휩싸인 번화가에서 머지않은 곳에, 그 건물이 있었다.

자경단, 경비대, 기사단 같은 치안 유지를 목적으로 한 조직이 공동으로 관리하는 지하감옥의 입구다.

경범죄라면 경범죄만큼, 중간 정도라면 중간만큼, 중죄라면 중죄만큼의 구조와 대우, 견고함으로 용도가 나뉜 구조였다.

예를 들어서 주정뱅이가 싸움을 했다. 소액의 물품을 하나 훔쳤다. 이런 정도라면 경범죄로 하룻밤 감옥에 처박아두고, 조금 높은 벌금을 징수하여 해방한다. 그런 식으로 쓰인다.

이 정도라면 경범죄용의 감옥으로 간다.

다수가 저지른 폭행, 강도나 사기, 살인, 방화, 성폭행 — 가해자는 남자만이 아니다 — 같은 범죄로 단독범이라면, 기본적으로 중간 정도의 감옥에 들어간다. 물론 범인의 사람됨, 저지른 죄에 따라 중범죄용 감옥에 들어가는 일도 충분히 있다.

한 번이라도 여기에 들어가면, 벌금으로는 끝나지 않는다. 채찍형 같은 격렬한 형벌이 집행된다. 채찍형을 가벼운 형벌이라고 생각하는 건 큰 착각이다.

정신이 나갈 정도의 격통이 흐른다. 이렇게 고통스런 일을 겪을 바에는 차라리 단숨에 죽여달라고, 범한 죄의 무거움을 몸소 맛보게 되는 것이다.

그리고 대량 살인범 등, 죄를 다수 거듭한 자는 중죄로 다뤄진다.

일단 중죄로 취급될 경우, 기본적으로 형벌은 죽을 때까지 광산행이거나 교수형 같은, 정상참작이 없는 극형이 된다.

도적도 붙잡히면 사정을 고려하는 것 따위 일절 없는 중범죄. 생사를 따지지 않는 경우가 많다.

되고 싶어서 도적이 된 자들만 있는 게 아니리라. 살아가기 위해서 하는 수없이, 그런 사연을 가진 도적도 분명히 있을 것이다.

그러나 한 번 도적이 되어 죄를 저질러 버리면, 설령 본래 신분이 귀족이라도 예외는 적용되지 않는다.

오히려 남몰래 심판을 받는 보통 도적과 달리, 본래 귀족일 경우는 참수하고서 목을 전시하는 수치를 겪게 된다.

이것은 에리스테인 마법왕국의 형법으로 명확하게 기재되어 있으며, 나라가 바뀌더라도 형벌의 내용은 변할지언정 기본적으로 극형인 것은 마찬가지였다.

참수는 그렇다 치고 목이 전시되는 건 야만적이라는 비판도 일부에서는 나오지만, 종신귀족이라면 모를까 영지를 가진 귀족들에게 많든 적든 도적의 피해는 골칫거리다.

형벌을 무겁게 하면 억지력의 효과도 기대할 수 있다. 그리고 귀족의 프라이드가 그것을 용납하지 않는다.

파란 피를 깃들이면서도 백성을 고통에 빠뜨리는 귀족이 되는 것은 언어도단, 귀족의 얼굴에 먹칠을 하는 것도 정도가 있다. 도적으로 타락할 바에는 파란 피의 긍지를 품고서 굶어 죽어라, 그런 의견이 압도적 다수였다.

그것을 드높이 외치는 자가 실제로 굶주림에 견딜 수 있는지는 별개로 치고, 귀족이란 프라이드와 허영과 핏줄에 대한 긍지로 살아가는 자가 대다수였다. 따라서 귀족의 긍지라고 하면, 그것을 부정할 수 없는 것이다.

따라서 현재, 도적으로 한 번 타락하면 죄에 대해 적용되는 벌은 극형뿐이다.

도적이란, 죽음을 각오하고 되는 것이다.

도적은 극형.

그것은 거의 국제적인 공통의 상식이라고 할 수 있다.

예를 들어 경호원 등으로 가담한 경우에도, 죄는 도적과 똑같이 받는다.

린과 뮤라에게 패한 갈고리 남자와 마술사 남자 또한 도적과 같은 취급을 받아서 중죄용 감옥에 투옥되어 있었다.

중죄용 감옥은 견고하고 경비도 엄중하다. 중죄용 감옥에 들어갈 정도로 윤리가 풀어져 있다는 것이 첫째 이유고. 또 하나는 조직범죄의 경우 구성원의 탈옥을 꾸미는 일도 적지 않기 때문에 그에 대한 대책이 또 하나의 이유다.

전직 경호원이었던 남자들이 들어가 있는 감옥 앞에는 검은 옷을 입은 사람의 모습이 세 명 있었다.

"이제야 왔군. 기다리다 지쳤다."

"그렇게 말하지 마라. 거의 예정 그대로잖나."

"알고 있어. 본래 이렇게 될 예정이었으니까."

"그러면 됐다."

숨죽인 소리로 말하는 죄수 두 사람.

목소리를 낮추고 있다지만, 여기는 조용한 지하 감옥. 다소 신경을 쓰는 건 전혀 의미가 없었다.

그런데도, 어떤 원리인지 그 이야기는 울리지 않았다.

그런 두 사람에게, 감옥 앞에 선 검은 옷의 사람들은 한 마디도 안 했다.

한 명은 열쇠 구멍에 작은 도구를 집어넣고 자물쇠 열기 작업에 종사하며, 나머지 두 사람은 주위에 경계하는 눈길을 보내고 있었다.

잠시 지나, 철컥 소리와 함께 감옥이 열렸다.

중죄를 범한 자를 투옥하는 감옥이라서 자물쇠도 상당히 난해한 것이었다.

그것을, 당초 생각보다 다소 늦은 정도로 풀어낸 것이다. 과연 암부(暗部)에 소속된 자였다.

"좋아, 얼른 튀자."

"그렇군. 하지만, 그들이 됐다고 할 때까지는……."

"물론, 따라야지. 우리는 이 방면의 실력은 그냥 그럭저럭에 지나지 않으니까."

"그래. 그러면, 부탁하지."

경계를 하고 있던 사람 중에 한 명이 고개를 끄덕이고, 소리 없이 걷기 시작했다.

잡혀 있던 두 사람이 그것을 따라 걷기를 수십 분, 다섯 명은 숲 속의 조금 트인 장소에 도착했다. 그곳에는 비슷한 군복을 입은 수십 명의 남자들이 있었다.

검은 옷들과 함께 아즈파이어에서 탈출하여, 동료와 합류하는데 성공한 것이다.

"임무 수고했다."

대기하고 있던 부대에서 계급이 가장 위로 보이는 남자가 두 사람에게 말을 걸었다. 군인다운 격식을 차린 어조였지만, 얼굴에는 친근한 웃음을 지었다.

"그래. 덕분에 살았어."

"여전히 공작원의 질이 높구만."

"뭐 우리 부대는 그게 장점이니까. 그런데. 너희들도 이제 그만 포기하고 군부에 들어오면 어떤가? 몇 번 타진을 찰 셈이지?"

군복을 입은 남자에게, 마술사 남자가 어깨를 으쓱거렸다.

"유감이지만, 현장 주의거든. 덤으로 누군가에게 얽매이는 건 성미에 안 맞아."

"그런 거야."

"정말이지."

이번에는 군복 남자가 어깨를 으쓱거릴 차례였다.

"평범하게 군에 들어와서 승진했다면 지금쯤 나랑 같은 계급에 있었을 것을. 아깝군."

"군에 들어가면 사정에 따라서 하기 싫은 시시한 임무까지 하게 되니까. 그런 건 사양이야."

"그래. 이번처럼 즐거움이 있는 일이 좋지."

그 말이 신호였으리라. 표정은 변하지 않지만 두른 공기가 변화했다.

"허어? 어떻게 즐거웠지?"

알고 있으면서 던진 질문에.

"그 녀석들이야, 그 녀석들. 그 소환술사란 녀석들의 파티가 있었지."

마찬가지로 다 알고 있으면서도, 갈고리 남자가 응답했다.

"그래. 녀석들의 실력을 체감하고 왔지."

보고를 들어서, 도적 토벌대에 본국 상층부에서 화제가 된 그 소년과 소녀 두 사람이 있는 건 알고 있었다.

에리스테인 마법왕국이 공중분해 될 지도 몰랐던 그 내전에서 이름을 날린 소년소녀들.

드래곤을 퇴치했다는 보고도 있지만, 솔직히 그건 과장이라 생각하고 있었다.

그러나 니시무라 타이치란 소년이 악마를 격퇴한 광경을 다수의 인간이 목격했다.

악마는 인간이 맞설 수 있는 상대가 아니다. 다시 말해서 과장이라고 생각한 드래곤 격퇴 이야기도 과장이라고 제쳐둘 수가 없게 된 것이다.

악마가 인간 세상에 모습을 보이는 것은 극히 드물고, 또한 나타나서 폭거를 저질러도 금방 사라진다.

과거에 나타난 악마가, 1시간도 안 되어 「그 정도로 제물을 바쳤는데, 이렇게 짧은 시간밖에 있을 수 없다니……」라며 저주를 뿌리는 것처럼 아쉬워하며 사라졌다는 기록이 남아 있는 것이다.

다시 말해서 악마가 이 세계에 머무르기 위해서는 범상치 않은 희생이 필요하다는 추측.

그것이, 이 세계에 퍼진 악마에 대한 지식이다.

타이치가 토벌한 악마는 귀족을 섬기고 있는 집사로 둔갑했다고 한다. 대체 어떤 수단으로 이 세계에 머무르며, 어째서 내전이 벌어지기 전까지 죄를 범하지 않았는지 알 수가 없다.

알 수는 없지만, 지금은 그것이 주제가 아니다.

타이치와 악마의 전투는 인간이 이해할 수 있는 범주를 넘어섰다고 한다.

지금 염려할 일은, 한 번 나타나면 주위 일대에서 인간이 사라질 정도의 피해를 각오할 필요가 있는 악마보다도 강한 자가 있다는 것이다.

"그건 행운이었군. 그래서, 어땠지?"

"아아. 우리가 싸운 건 계집아이 둘 쪽이야."

"뭐야. 소환술사 소년이 아닌가?"

"그쪽도 할 얘기는 있지. 하지만 그건 나중이야."

"그렇군. 그러면 듣지."

남자들이 얘기했다.

린과 뮤라에게 희롱 당하여 손도 쓰지 못했던 것.

현재 모험가 랭크는 B로 되어 있지만, 실력은 아무리 낮게 잡아도 A랭크라는 것.

뮤라라는 엘프 소녀는 마술검이라는, 비기라고 해도 좋을 기술을 습득한 것.

린이라는 인간 소녀는 전격 마술이라는, 이 또한 비전이라 할 수 있는 마술을 습득한 것.

그리고 무엇보다도, 두 사람 다 젊은데 전투 경험도 상당히 쌓여 있다는 것.

남자들의 이야기를 들은 군복은 두통을 느끼는 것처럼 미간을 문질렀다.

"그건 뭔가…… 농담이 못 되는군."

만약 군인으로 스카우트한다면, 상당한 계급이 아니면 걸맞지 않겠군. 이야기를 들은 감상이었다.

다시 말해서 그 정도의 보상을 준비해서라도 자국에 꼭 있으면 좋겠다. 그 정도 인재란 것이다.

"그러면, 고대하시던, 소환술사 소녀 말인데……."

마술사가 말을 꺼냈다.

군복 남자가 무의식적으로 몸을 내밀었다.

"……모르겠다."

"…………. ……뭐야?"

그리고 자아낸 말에, 무심코 눈이 동그래졌다.

"알 수가 없어, 진짜로. 말할 수 있는 건 장난이 아니다라는 것뿐이다."

갈고리 남자도 말을 이었다.

과연, 적절한 예가 안 나오는 모양이다. 알 수 없다는 것도 놀리는 것이 아닌 모양이다.

"알았다. 그러면 너희들이 목격한, 소년이 한 일을 설명해 다오."

"놀리는 게 아니란 걸 알아두라고?"

갈고리 남자가 뒤통수를 긁적거리더니 눈을 가늘게 뜨고 말했다.

옆에 있는 마술사 남자도 약간 어딘가 먼 곳을 바라보는 눈빛이었다.

군복 남자는 너무 성급했다 생각했지만, 입장과 임무가 있으니 안 들을 수는 없었다.

바위산으로 훌쩍 뛰었나 싶더니 순식간에 중턱에 도달했다는 것.

무수한 파편을 아마도 바람으로 추정되는 마법으로 일망타진한 것.

인간보다 명백하게 커다란 바위를, 단숨에 4분할로 베어낸 것.

정상까지 순식간에 도착해서, 도적의 두목이나 간부를 순식간에 제압한 것.

전투 불능으로 만든 남자들 다수를, 마법 같은 것으로 공중에 띄운 채 바위산을 걸어서 내려온 것.

이동속도, 공격력, 제압력, 마법을 발동한 채 유지하는 능력.

이야기를 듣고서 알게 된 것은 「믿기 어렵군」이라는 것이었다.

모두 좀처럼 믿기 어려운 이야기였다.

믿기 어렵지만, 그들이 자신을 속이는 것이 아니라는 것은 옛날부터 잘 알고 있었다.

"……사실인가?"

거짓말이 아니란 걸 알고 있어도, 그만 물어보지 않을 수 없었다.

"여기서, 속았구나 바보야! 라고 놀려먹을 수 있으면 좋겠지만."

"사실, 이군……."

포기한 것처럼 한숨을 쉬는 군복 남자.

다시 말해서, 사실이란 것이다.

상상을 넘어섰다.

현장이 된 바위산의 크기는 상당하다. 발치도 험하고, 중턱까지 이동하는데 순식간에 할 수 있을 것 같지 않았다. 피와 땀을 토하면서 엄격한 훈련에 전념하는 직업군인이라도 그렇게 생각할 정도의 레벨이었다고 부하가 보고를 했다.

그러나, 그 소년은 그것을 했다고 한다.

"확인해보면 될 거야. 입으로 설명하면서, 스스로도 황당무계하다는 생각이 들거든."

"……그것밖에, 없겠군."

조금 침묵한 다음, 군복 남자는 이윽고 중얼거렸다.

이야기로는 알 수 없다.

소환술사 소년에 대해서도.

엘프 소녀에 대해서도.

마술사 소녀에 대해서도.

이 다음에 그 삼인조가 아즈파이어에서 남쪽으로, 시야크를 향해 여행을 떠난다고 들었다.

이것은 기회다.

시야크에는 어느 정도 조직이 만들어져 있었다.

그것을 써서 시험해볼 것을 진언하는 것도 좋을 것이다.

어차피 자국의 도시도 아니고, 에리스테인 마법왕국의 공작원도 모국에서 갖가지 활동을 하고 있으니 피차일반이다.

군복 남자는 이제 어떡할까 생각하면서 시야크를 향해 서둘러 출발했다.

◇◆◇◆◇◆◇◆

쿠로는 힘이 상당히 강하고, 고삐로 내린 지시에 따라 순순히 걸었다. 고작 한 필로 군용마 두필 분량의 일을 해내는 쿠로. 소양이 일반 말하고는 차원이 다른 모양이다.

아즈파이어에서 시야크까지 오는 길은 평화로웠다. 때때로 나타나는 마물은 타이치 일행이 나설 것도 없이 쿠로가 위협하기만 해도 쫓아낼 수 있었고, 이쪽 일대에 드물게 출현하는 야생 흑요마도 한 번도 만나지 않고 서식지를 빠져나갔다.

어디까지나 이어지는 초원을, 느긋한 페이스로 마차가 나아갔다. 따가닥따가닥 리듬 좋게 울리는 발굽 소리와, 구름 한 점 없이 맑은 파란 하늘에서 내리쬐는 햇살.

"크아…… 우음."

가을 하늘의 오후. 타이치는 커다랗게 하품을 했다. 가을이 언제 이별을 고할 것인지 재고 있는 계절. 그렇지만 바람이 없는 맑은 낮은 아직 제법 따스하다.

지금 마부석에 앉은 건 타이치였다. 「기왕이니까 가르쳐줘」라고 말해서 뮤라에게 배운 것이 아즈파이어를 출발한 다음 날. 한 번 하는 법을 배우고 나서, 메인으로 고삐를 쥐는 건 타이치의 역할이 되었다. 아직 초보자에서 한 걸음 나아간 타이치가 마부 역할을 할 수 있는 건 머리 좋은 쿠로가 타이치의 생각을 예민하게 짐작해주기 때문이다.

"평화롭구만."

눈가에 맺힌 눈물을 손가락으로 닦는다. 그리고 양 어깨에 걸린 중량감에 의식을 돌렸다.

린과 뮤라가 타이치의 어깨를 베개 대신 삼아 자고 있었다.

"참으로 부러운 낮잠입니다."

깨우지 않도록 작게 중얼거린 말은 녹아들어 사라졌다.

코오, 스으. 귀여운 숨소리가 산들바람 사이를 빠져나가 희미하게 들린다. 경계심 한 조각도 없는, 완전한 신뢰가 드러난 자는 얼굴. 지금이라면 입술을 빼앗아도 눈치 못 채지 않을까? 뭐, 아직 그럴 배짱은 없지만.

살짝 흘러내린 무릎담요를 고쳐주고, 타이치는 고삐를 고쳐 쥐었다. 문득 쿠로가 고개를 돌려 게슴츠레한 눈으로 타이치를 보고 있었다. 「깨지 않도록 걸어주지」라고 하는 것 같아서 타이치는 가볍게 쓴웃음을 지었다. 마물 주제에 정말 된 녀석이다.

"야, 실피."

"으응~?"

부르면서 구현화시키자, 타이치의 무릎 위에 나타난 손바닥 사이즈의 여자애. 아무래도 자고 있었나 보다. 「우니……」 이해불능인 말을 하면서 눈을 비비고 있었다.

"실피. 너도 날 베개 삼고 있었어?"

"응? 잘 때는 언제나 그런데?"

뭘 이제 와서란 표정을 짓는다. 과연 바람의 화신. 전혀 눈치 못 챘다. 하긴 상공에서 짓누르는 바람이라도 분다면 모를까, 보통 상태에서는 공기의 무게를 느끼는 편이 무리일 것이다.

평소부터 가까이 있는 걸 알아도 전혀 신경 쓰지 않았지만, 조금 더 실피를 살피는 게 좋을지 모르겠다. 가능하면, 언제나 이야기를 할 수 있을 정도로. 타이치하고만 얘기해도 되지만, 린이나 뮤라도 이야기를 할 수 있는 편이 좋다. 헤아릴 수 없는 세월을 넘어, 이제야 고독에서 해방됐으니까.

그러나 린이나 뮤라와 이야기를 하려면 구현화시켜야 하고, 손바닥 사이즈라면 무지막지 눈에 띈다. 같은 크기 상태가 되면 좋겠지만, 그것도 문제가 있다.

실피는, 무작정 다른 사람을 무릎 꿇게 만드는 존재감을 가졌다.

정령은 가지고 있는 속성의 자연현상 그 자체다. 인간, 엘프, 드워프, 마물, 드래곤 등, 그러한 목숨을 가진 자들하고는 존재의 차원부터 그야말로 차원이 하나 다르다. 그것은 하급 정령도 마찬가지라고 한다. 실피는 바람 정령의 정점이니까 한 층 더하다. 어느 정도인지, 잴 수 있는 잣대가 존재하지 않을 정도로.

실피가 노려서 하는 건 아니지만 가까이 있는 린이나 뮤라도 긴장을 풀면 무릎을 꿇을 것 같다고 하니까, 아무것도 모르는 일반인은 더욱 그런 경향이 강할 것이다. 농담이 아니라 까딱하면 「나라님 납시오」 같은 광경이 일어날 수 있다. 그렇기에 섣불리 인간 크기가 될 수 없는 것이다.

그런 점도 생각을 해봐야 한다. 이렇게 이동하는 시간은 듬뿍 사고에 빠질 수 있을 테니까.

"이제 절반쯤 왔을까?"

방향은 맞지만, 거리감은 알 수가 없다. 가도가도 같은 경치에, 표식이 있는 것도 아니다. 지도의 어느 부분쯤에 왔는지, 타이치만이 아니라 린과 뮤라도 현재 위치를 잘 모르고 있었다.

"반은커녕, 이제 곧 도착이야."

빠르기도 해라. 실피가 웃었다. 놀랐다. 설마 그렇게 나아갔을 줄이야.

"쿠로가 우수하니까. 보통 말은 이 페이스로 아침부터 저녁까지 계속 걷는 건 무리야."

어지간한 일이 없으면, 기본적으로 점심 휴식 말고는 쉬지 않고 나아간다. 일단 쿠로의 상태를 관찰했지만, 전혀 지친 기색을 보이지 않았다. 계속 걸었어도 하룻밤 자고 나면 놀랄 정도로 회복해 있었다.

"보통 말이라면 이렇게 못 했겠지."

"그러게. 아 맞다. 덤으로 꽤 많이 온 실감, 시켜줄까?"

"네?"

실감이란 게 뭘까? 실피가 마력 줘, 라면서 양손을 내밀기에 적당한 양을 건넸다.

건넨 마력을 써서 만들어낸 희미하게 빛나는 녹색 빛의 구를 실피가 양손으로 잠시 주물거리더니, 「에잇」 하고 하늘로 던져 버렸다. 마력구는 하늘로 쭉쭉 상승해서 이윽고 보이지 않게 됐다.

따가닥따가닥.

쿠로의 발굽 소리만 울린다. 아무 일도 안 일어난다. 물론 계속 이대로일 리는 없다. 무슨 술법을 쓴 것이 「그」 실피다. 그저 그것만으로, 무슨 일이 일어날 거라고 가슴이 설렐 이유로 충분했다.

변화가 안 일어난 채 십 수 분이 경과.

아무래도 「어라?」 하고 타이치가 생각하기 시작할 무렵, 사소하지만 분명한 변화가 일어났다.

쿠로가 귀를 쫑긋 움직이고, 그리고 고개를 살짝 위로 들었다.

그렇다. 그것은 하늘에서 내려왔다.

무색투명. 눈으로는 판별할 수 없지만, 그러나 그곳에 존재한다.

그렇다, 그것은 「냄새」였다.

코를 간질이는 그 향은, 과거에는 여름에 자주 맡은 것이었다.

"이건……."

흐흥. 가슴을 쭉 펴는 실피를 보고, 그리고 시선을 하늘로 옮겼다. 틀림없다. 기분 탓이 아니다.

"린, 뮤라."

무심코 두 사람을 깨웠다.

"으응?"

"왜 그래?"

기분 좋은 잠을 방해 받아 몸을 일으키는 두 사람. 린은 작게 하품을 하고, 뮤라는 「응……」하면서 기지개를 켰다. 그리고 두 사람도 깨달았다.

"어머."

"이건."

위화감을 느낀 두 사람이 주위를 둘러보았다. 그러나 변함없는 초원의 풍경이 펼쳐지자, 이번에는 나란히 고개를 갸웃거렸다.

"바다 냄새 맞지?"

"어, 응."

"그렇긴 한데……."

당황하는 두 사람. 아무리 생각해도 가까운 곳에 바다는 없다. 그러면 어째서 바다 냄새가 나는 걸까?

"내가 옮겨 왔어."

"실피?"

"응. 안녕. 아, 두 사람 침이."

"…………읍?!!"

얼굴이 빨개져서 입가를 닦는 두 사람.

"거·짓·말♪"

걸렸다아! 말하면서 깔깔 웃는 실피. 보기 좋게 당한 린과 뮤라는 더욱 얼굴이 빨개졌다.

"실피!"

목소리가 흐트러지는 린.

그러나 실피의—.

"타이치 베개는 기분 좋았어?"

—라는 한 마디에 다시 침묵하게 되었다. 이 대화로 형세가 안 좋은 것을 느낀 뮤라는 침묵을 지키기로 했다.

필연적으로 린 VS 실피의 구도가 생겼지만, 어느 쪽이 우세한지는 말할 것도 없었다.

무제한급 캣 파이트 말싸움 버전을 BGM으로 들으며, 초원에서는 맡을 수 없는 바다 내음을 두르고 따가닥따가닥 마차가 나아간다.

항구 도시 시야크까지는 앞으로 이틀 거리.

첫 여행은 이제 곧 한 단락이다.

해산물이 대단히 맛있다는 시야크를 떠올렸다.

캣 파이트는 실피가 린을 1라운드 테크니컬 녹아웃으로 이겼다고 기록해 둔다.

제38화 항구 도시 시야크

항구 도시 시야크.

에리스테인의 남동쪽에 위치한 항구가 존재하는 섬에 세워진, 에리스테인 마법왕국에서 웨네픽스에 이어 두 번째로 커다란 도시다. 거의 90퍼센트 정도의 상인이나 여행자가 에리스테인과 가르겐을 오고 갈 때 중계지점으로 삼는다. 타이치 일행도 그것에 따라, 이곳 시야크를 중계지로 정한 것이다.

에리스테인 본토에서부터 다리섬이라고 불리는 가로폭 400미터 정도, 길이 3킬로미터의 가느다란 육지가 이어지고 있으며, 그 앞에 성숙한 가지 같은 모양의 섬인 웬치아가 있다. 이런 지형을 만들어 버리니까 자연의 힘이란 위대하다.

인구는 섬에 사는 자가 10만 명, 본토에서 발전한 도시에 사는 자가 90만 명 정도. 합쳐서 100만 명을 넘어서는 거대도시다. 섬은 거주 구역이라기보다는 관광 지구, 상업 지구의 의미가 강하며, 본래 이 섬에 살던 선주민의 핏줄을 잇는 자가 지금도 살고 있다. 인기 숙박 시설이 있는 것도 웬치아 섬이다.

시야크는 웬치아 섬에서 어업을 생업으로 하는 자가 살기 시작한 것이 시초라고 한다. 바다에서든 강에서든 어업을 할 수 있다는 문헌이 다수 남아 있는 것처럼, 크고 작은 갖가지 운하가 100개 이상 도시 안을 지나고 있으며 그 운하를 건너는 다리의 수도 300개가 넘는다.

섬 안에서는 육지의 도로를 걸어가거나, 혹은 강의 수로를 배로 나아가는 것이 주요 이동수단이다. 본토에서는 그렇지도 않지만, 섬에서는 마차와 말이 금지되어 있다. 마차나 말로 이 섬을 찾아온 자는 다리섬을 건너기 전에 시야크가 공영하는 마구간에 맡겨야 한다.

아르티아에도 밀물과 썰물이 있다. 시야크는 해발 3미터 높이에 있기 때문에, 날씨가 흐트러지면 도를 넘어서 수몰될 위험이 있다. 그래서 이 섬의 건물은 모두 고상식이다. 1층은 통째로 기초가 되어 있다.

타이치와 린의 솔직한 감상은 「이세계의 베네치아」였다. 섬의 형태와, 본토를 잇는 다리가 자연적인가 인공적인가의 차이를 무시하면, 「이탈리아의 베네치아가 이 이세계 아르티아에 있다면」이라는 것이 실현된 것 같은 도시 풍경이었다. 지구상에서 가장 아름다운 도시 중 하나라고 하는 베네치아가 웬치아를 예로 드는데 딱 알맞을 것이다. 섬의 이름도 어쩐지 비슷하기도 하고.

"굉장한데."

"예쁜 도시네."

"응…… 정말."

세 사람은 제각각의 말로 감동을 표현했다.

타이치와 린은 베네치아를 가본 적이 없고, 뮤라는 딱 한 번 이 장소에 와본 적이 있다고 하는데, 어렸을 때 이야기라서 어렴풋한 기억밖에 없었다.

다리섬에서 보이는 웬치아는 바다에 도시가 직접 떠오른 것처럼 보인다. 다소 붉은 색조가 강한 건물의 지붕이 코발트블루의 바다와 잘 대비된다.

"그렇죠? 여기서 보이는 웬치아도 우리들 자랑입니다."

마차를 맡기려고 찾아간 마구간에서, 산뜻한 청년의 차림을 한 젊은 주인이 싱글싱글 웃으며 말했다.

그 말도 이 경치를 본 다음이라면 납득할 수 있다.

경치를 곁눈질하면서 마차를 맡기는 수속을 했다. 머무르는 기간을 명확하게 정하지 않아서, 선금으로 1주일분량을 내고 그 뒤에 실제로 머무르는 날짜에 따라 정산하는 방법을 골랐다.

"좋은 치유의 시간을 보내주세요. 물의 도시 시야크에 잘 오셨습니다."

얌전히 지내라고 한껏 쿠로를 쓰다듬어줬다.

청년에게 환영의 말을 들으며 타이치 일행은 다리섬을 건넜다.

조용히 밀려오는 파도가 모래사장을 씻어낸다. 투명하고 예쁜 바다. 공업 폐수 따위로 오염되지 않은 것은 척 보면 알 수 있었다. 파도 치는 곳에서 몇 미터 바다로 들어가면, 수심 1미터쯤 되는 얕은 바다에도 수많은 생물이 있다.

이 경치와 수평선, 머리칼을 쓰다듬는 바닷바람을 맛보며 천천히 걸어간다. 3킬로미터의 길을 때때로 멈추면서 1시간 이상 들여 건넜다.

그렇게 도착한 웬치아 섬의 도시 풍경에 눈길을 빼앗겼다. 짙은 오렌지색 지붕. 하얀 벽의 건물. 돌을 깎아내 쌓은 기초는 평균 2~3미터쯤 될까? 그것들은 언제나 바닷바람과 바닷물에 노출되는 웬치아 섬에서, 소금기에 강한 재질로 수몰되지 않는 건물을 만들고자 선인들이 엄선한 결과다. 그것이 기능미와 외견의 아름다움을 양립시키는 황금비율이 된 것은 기적적이라고 할 수 있으리라.

걷다 보면 온갖 곳에 운하가 있고, 비좁을 정도로 나룻배가 오고 간다. 그곳에는 갖가지 상품을 늘어놓은 행상선도 있고, 마찬가지로 배로 이동하는 사람들과 왕성하게 교섭을 하는 모습이 보였다.

"오길 잘했네."

"그러게. 밥도 맛있겠다."

풍경에 눈길을 주면서 표정을 푸는 린에게, 나룻배에서 팔고 있는 신선해 보이는 고기나 생선을 보면서 동조하는 타이치. 뭘 중시하는지 척 보기에도 알 수 있었다.

"그래그래. 일단 여관을 잡아야지. 관광은 그 다음이야."

어쨌든지 잠자리 확보가 최우선이다. 본토에도 다수의 여관이 있지만, 기껏 관광을 하러 여기에 왔는데 잠자려고 일부러 본토로 돌아가야 하는 건 불편하다.

관광지답게 여관은 도시 한가운데 뭉쳐서 다수 영업하고 있다고, 마구간 주인에게 정보를 얻었다. 얼른 그쪽을 향해 걸어가기를 30분. 여관 구역에 도착해서, 세 사람은 조바심을 내지 않을 수 없었다.

“어, 죄다 만실이잖아아.”

“어떻게 된 거야?”

“어딘가 빈 곳이 있을 거야. 찾아보자.”

여관은 분명히 잔뜩 있었다. 그러나 그게 모두 「만실」이라고 적힌 입간판이 나와 있는 여관들뿐이었다. 이건 좋지 않다. 타이치 일행은 빠른 걸음으로 숙박 거리를 나아갔다.

전체 길이 3킬로미터의 길을 거의 중간까지 왔을 때, 입간판이 없는 여관 몇 군데를 발견했다. 잘 됐다고 생각하여 달려가려는데, 「만실」의 입간판을 든 종업원과 딱 마주쳤다.

“……혹시, 만실인가요?”

“죄송합니다. 지금 막 손님이 꽉 차서요.”

“그럴 수가…….”

“다음에 이용해주시길 기다리겠습니다.”

송구한 기색으로 사죄를 하면서, 종업원이 입간판을 세우고 안으로 들어갔다.

그리고 한순간 멍하니 서 있는 사이에 운이 다했다. 차례차례 나오는 입간판. 정말로 간발의 차이였다.

“……이런. 이거 잘 곳이 없는데.”

“곤란하네…….”

물론 본토에도 여관이 있다. 웬치아 섬의 9배나 되는 사람

들이 살고 있는 도시다. 그쪽에는 빈 방이 있을 것이다.

그렇지만 기껏 관광으로 여기까지 왔으니까, 웬치아 섬에 묵고 싶다고 생각하는 것이 보통이리라. 그러나, 현실은 무정하다.

우연히 사람들의 흐름이 끊어진다. 우두커니 선 세 사람을 바람이 휘감았다.

"어머. 당신들은 관광객?"

뒤에서 누가 말을 걸기에 돌아보았다.

양손으로 종이봉투를 끌어안은 젊은 여자가 있었다. 그녀가 말을 건 모양이다. 웬치아 섬을 둘러싼 바다와 같은 코발트블루의 머리칼이 인상적인, 10명한테 물어보면 8~9명은 미인이라고 대답할 미모를 가진 여자였다.

"그런데요."

"그래……."

뭔가 짐작이 되는지, 그녀는 안쓰럽단 기색으로 눈썹을 내렸다.

"뭔가 알고 있는 건가요?"

부정도 긍정도 안 하는 여성. 그러나 눈은 「알고 있다」라고 말하고 있었다.

"본토의 여관을 잡는 편이 좋을지도 몰라."

노리고 한 건지 그냥 나온 건지, 명백하게 「뭔가 있다」라고 말하는 말과 태도다.

그렇지만 아무 정보가 없는 이상 도와주고 싶어도 어디서부터 시작해야 할지 알 수가 없다. 상대가 요청을 한다면 모를까.

"다 찬 건 어쩔 수 없어. 본토의 여관으로 가자."

뮤라가 말하며 타이치와 린을 재촉했다. 이대로는 세 사람 다 묵묵히 웬치아 섬에서 물러갈 것이다. 타이치 일행에게 등을 돌린 여성이 「사실은 우리 손님으로 맞이하고 싶지만……」이라고 중얼거리지 않았다면.

팔을 붙잡히자, 여성이 움찔 몸을 한순간 떨면서 멈췄다.

타이치가 진지한 눈으로 그녀를 붙들었다.

"손님으로? 그 말은 일반 가정에선 안 나오지?"

타이치의 말에 여성은 눈을 깜빡거렸다. 도저히 보통 청력으로 들을 수 있는 음량이 아니었다.

말하지 않을 수가 없다. 그러나 들려주고 싶지 않다. 그래서 사라질 것처럼 소리를 낸 것이다. 정면으로 보고 있어도 그녀의 입술이 살며시 움직이는 것을 보고, 그제야 「뭔가 말했다」라고 알 수 있는 수준이었다.

그러나 「뭔가 있다」라고 느끼고 청각을 강화한 타이치에게 그 정도는 아무런 의미가 없었다.

"내, 내 말이 들렸어요?"

"지옥귀거든."

"어? 지옥귀?"

"아~. 그러니까. 엄청 귀가 좋은 거야, 나는. 이 거리라면 소리를 내면 아무리 작아도 듣고 싶으면 들려."

"그렇구나……."

믿을 수 없다는 듯, 이번에는 그녀가 멍해질 차례였다.

"얘기해주지 않을래요? 힘이 될 수 있을지는 모르겠지만, 털어놓으면 편해지는 일도 있으니까요."

고민은 품고 있으면 있을수록 나쁜 방향으로 나아가게 된다. 그것을 잘 알고 있는 린이 말했다.

그 음색에서 린의 순수한 호의를 느낀 여성은 어쩌면 다른 사람의 상냥함에 굶주려 있던 걸지도 모른다. 눈가에 눈물을 지으며 고개를 끄덕였다.

◇◆◇◆◇◆◇◆

뜨거운 쿠페가 김을 피우고 있었다. 5개의 컵을 테이블에 놓은 여성이 자리에 앉았다.

숙박 거리 변두리에 있는 여관으로 안내를 받았다. 나름대로 크고 건물도 훌륭하지만, 여기만 입간판이 서지 않았다. 듣자니 손님이 한 명도 없다고 한다. 양 옆에도 맞은편에도 입간판이 서 있는데, 대체 어떻게 된 걸까?

여성은 민트라고 했다. 스물한 살의 젊은 나이에 이 여관을 경영하고 있다. 그리고 그녀 옆에 앉은 사람이 이 여관의 주인이자 민트의 남편인 테리 마곳. 부모님에게서 이어 받은 여관을 경영하는 4대째 주인이다. 나이는 서른. 부드러운 생김새지만, 뚝심이 엿보이는 녹색 눈이 인상적인 남성이다. 그럭저럭 나이 차가 있는 부부다.

"지금까지처럼, 여관을 경영하고 있을 뿐이었다."

테리는 띄엄띄엄 이야기를 시작했다.

"과거에는 이 여관도 나름대로 번성했었고, 부모님이랑 조부모님에게 부끄럽지 않도록, 필사적으로 손님에게 서비스를 해왔어. 스스로 생각한 거지만, 평판도 그렇게 나쁘진 않았어."

그것이 서서히 바뀐 것은 지금부터 2년 전이다.

"웬치아 제일의 대상인, 가르하드가 병으로 은퇴하고, 아들인 미직이 이은 다음부터야."

성실하고 솜씨 좋다는 평판의 가르하드가 건재했던 무렵에는 얌전히 아버지의 사업을 돕던 미직. 재능이 풍부했던 가르하드에 비해 장사 실력은 평범했지만 그는 아직 젊었고, 무엇보다 가르하드에게 뒤지지 않는 성실한 인품이란 평판이었다.

그러나 그가 뒤를 이은 다음부터, 미직은 제멋대로 굴기 시작했다. 평범한 상인이 했다가는 곧장 퇴출될 법한 횡포. 그러나 그렇게 되지 않았다. 온갖 분야에 손을 댔던 가르하드는 시야크의 상업을 20퍼센트, 이곳 웬치아 섬에서는 50퍼센트를 틀어쥐고 있었다. 인구 100만을 넘는 대도시에서, 그 20퍼센트의 쉐어를 점하고 있다. 그것이 어느 정도 규모인지, 어느 정도 영향력을 가졌는지는 쉽사리 짐작할 수 있었다.

가르하드는 그 쉐어를 기반으로 갖가지 사업에 착수하여 대대적인 이익과 함께 수요도 만들어내어 돈을 순환시켜 경제를 돌리고, 더욱 이익을 얻었다.

본래 존재했던 시야크에 대한 커다란 영향력. 그것을 배경으로 횡포를 일삼는 미직. 미직에게 기생하여 달콤한 꿀을 빠는 일부 말고는 도저히 받아들일 수가 없었다.

그렇지만, 그래도 그를 막을 수 없다.

까딱해서 거스르면 일가가 길거리에 나앉게 되는 일이 있으니, 너무나 큰 횡포를 부리는 미직에게 아무도 거스를 수가 없게 됐다.

게다가 고약하게도, 미직에게 거스르지 않으면 그의 아래로 들어가지 않아도 장사가 잘 된다는 것이다. 미직 자신의 장사 수완은 평범한 수준이지만, 인심 장악술은 남들보다 뛰어났다. 적대하지 않는다면, 신규 사업으로 만들어낸 수요에 연관된 일을 부하가 아닌 상인을 상대로 뿌리는 것이다.

지금 현재 표적이 되어 특히 피해를 입고 있는 테리 부부를 다들 안쓰럽게 생각하고 있지만, 그렇다고 그것을 겉으로 드러내어 말하면 다음 표적이 되는 것은 자신들이다. 결과적으로 테리 부부는 고립무원의 상태로 몰리고 있었다.

현재는 3대에 걸쳐 이룩한 자산을 조금씩 깎아내며 생활하고 있었다. 그러나 그것도 언제까지 갈 수 있을지……. 당연하지만 돈은 그냥 솟아 나오는 것이 아니다.

"그렇구나. 어째서 그렇게 눈 밖에 나 버린 거야?"

뮤라는 그 핵심이랄 수 있는 부분에 파고들었다.

민트가 움찔 떨었다. 그 표정은 겁을 먹은 것처럼 보였다.

"민트는, 나랑 이혼하고 미직의 아내가 되라고 강요를 받고 있어."

권력자에게 흔한 횡포였다. 여자로서 혐오감을 품은 린과 뮤라.

“간신히 민트가 날 봐주게 됐어. 그런 비계 개구리한테 줄 리가 있나.”

“테리…….”

뜬금없는 신랄한 말로, 미직의 모습을 알 수 있었다. 그러나 본래는 날렵한 몸이었다. 자신에게 무른 미직에게, 장사는 겉보기도 중요하다고 하며 가르하드가 사치를 엄격하게 금지했다. 자신의 천하가 되어서 제멋대로 굴기 시작하자, 순식간에 살이 쪄버렸다.

테리는 단호한 결의를 보였다.

“하지만, 결과적으로 이 꼴이군.”

타이치의 말에 찍 소리도 못하고 테리가 고개를 숙였다.

가지고 싶은 것을 가지지 못한 미직이 테리 부부가 경영하는 여관에 손님이 오지 못하게 수작을 부린 것이리라. 그 정도는 지금까지 이야기를 들으면 싫어도 상상할 수 있었다.

“그래……. 아무것도 모르는 손님이 가끔 여기를 찾아와. 그때마다 우리들만이라면 모를까 손님한테까지 몹쓸 짓을 하거든. 그런 걸 용납할 수는 없어. 우리는, 손님이 와도 거절할 수밖에 없어.”

그들은 사람이 좋은 것이다. 자신들이 괴로운데도 불구하고 다른 사람이 난처해지는 것이 싫은 것이다. 그렇게 말하는 남편과, 한순간의 틈도 없이 고개를 끄덕이는 아내에게 타이치 일행은 호감을 느꼈다.

이 사람 좋은 테리가 그렇게 말할 정도다. 미직이 어느 정도 횡포를 부리는지 알 수 있었다.

테리 부부를 사람이 좋다고 마음 속으로 평가한 타이치였지만, 그들도 어지간히 사람이 좋다. 실제로 내버려둘 수가 없다고 생각하고 있었다.

"정했어. 우리는 이 여관에 묵을 거야."

"뭐?"

지금 막 거절할 수밖에 없다고 이야기를 한 참이다. 그것은 빙 둘러서, 타이치 일행이 물러가달라는 말이기도 했다. 그것을 순식간에 거부하자 테리와 민트가 눈을 깜빡거렸다.

린과 뮤라도, 타이치의 말에 이견이 없는 모양이다.

"무, 무슨 말을 하는 거야? 이 여관에 묵으면 너희들도 몹쓸 짓을 당한다니까?! 내 얘기를—."

"당신들이 마음에 들었어. 그러니까 당신들의 의뢰란 형태면 어때? 보수는 우리들한테 방을 빌려주는 걸로."

대체 뭐라도 되기에. 이렇게 생각할 정도로 방자한 말에 타이치는 조금 자기혐오를 느꼈지만, 지금은 조금 억지가 필요하니까 굳이 그것에는 눈을 감았다.

"의뢰라니…… 너희들은 모험가인가? 그러나, 이렇게 말하긴 그렇지만 너희들처럼 젊은데 뭘……."

할 수 있다는 거지? 그 말이 나오는 건 예상하고 있었으니, 타이치는 묵묵히 길드 카드에 마력을 주입해 두 사람 앞에 내밀었다.

테리와 민트가 굳어졌다.

"…………B, 랭크, 라고?"

B라면, 상당한 실력자나, 어마어마한 베테랑이나, 빼어난 실력을 가진 게 아니면 올라갈 수 없는 랭크. 길드 카드의 권위는 이 세계에 살아가는 사람이라면 누구나 알고 있다. 길드도 놀이 삼아 랭크를 나누는 것이 아니다. 모험가에게 내리는 랭크는, 길드의 체면이 걸린 것이다.

예를 들어 정규 루트로 B랭크 모험가를 호위든 뭐든 고용했을 경우, 하루 만에 일반가정의 1개월치 생활비가 가볍게 날아간다. 세 사람의 팀이라면, 할인을 해도 2개월반의 값이 될 것이다. 그런데 방을 빌려주기만 해도 고용할 수 있다니, 시세를 파괴하는 것도 정도가 있다. 제라드나 마리에가 여기 있었다면 황급히 말리고자 했을 것이다.

테리와 민트는 대단히 운이 좋다고 할 수 있었다. 타이치 일행이 고개를 세로로 끄덕였다면, B랭크는커녕 A랭크가 되었을 거란 것을 그들은 모르는 것이다. C랭크에서 두 단계의 랭크업은 과거에 한 손에 꼽을 정도의 예밖에 없는 일이다.

참고로 타이치 일행 이전에는 레미아가 C랭크에서 한 번에 A랭크로 올랐다. 세상은 좁다.

"우리는 이 여관에 묵고 싶어. 여관 주인이랑 숙박객이 아니라, 클라이언트랑 모험가면 어때?"

"그리고, 이 여관 주위에 깡패들이 몇 명인가 어슬렁대는데, 그 녀석들 이 여관을 감시하는 미직의 앞잡이지?"

“어, 어떻게 그걸…….”

“기척으로 알 수 있어요.”

날건달 수준이니까 저걸로 끝은 아니겠지만. 한 마디로 잘라 말하는 타이치에게, 저 정도라면 눈치 못 채는 게 어렵다고 덧붙여 버리는 린.

평범하게 생각하면 알 수 있다. B랭크 모험가와 일반인을 비교하는 것은 어른과 아장아장 걷는 어린애를 비교하는 것과 마찬가지다. 솔직히 말이 안 될 정도로 힘의 차이가 있다.

그들이 시비 거는 정도는 신경 쓸 가치도 없다. 이 때는 모험가 랭크에 감사해도 될 것이다. 마음껏 위광을 빌리기로 했다. 차라리 A랭크로 올라갈 걸 그랬다. 그 생각이 들 정도로 타이치 일행은 미직에 대해서 분개하고 있었다.

한 번 주도권을 쥐어 버리면 이쪽 마음대로 할 수 있다. 그리하여 1시간 뒤.

이 여관에서 가장 좋은 방의 침대에 몸을 던진 타이치는 커다랗게 하품을 했다.

4명까지 묵을 수 있는, 본래 세계에서는 스위트 룸이란 것이다.

린, 뮤라와 같은 방이지만, 침대를 작은 방처럼 나눠주는 칸막이가 있고 입구에는 커튼이 달려 있어서 프라이버시도 제대로 확보하고 있다.

“그건 그렇고, 이런 규모의 여관에 이런 방이 있네.”

“그러게. 어쩐지 미안하다. 이렇게 좋은 방에 묵어서.”

"신경 쓰면 손해라고 생각해."

4층 건물 여관에서, 4층의 절반을 이 방이 차지하고 있다. 나머지 절반은 같은 방이 또 하나. 이 방만해도 지금까지 숙박했던 1인용 방이 4개는 들어갈 것이다.

칸막이 너머에서 들리던 천이 스치는 소리가 잦아들고, 실내복으로 갈아입은 린과 뮤라가 고개를 내밀었다. 두 사람의 편안한 차림을 보고 싶다고 생각하는 남자는 상당히 많을 것이다. 타이치는 득 본 기분으로 두 사람을 보았다. 물론 포커페이스는 그대로다.

타이치는 훌쩍 침대에서 내려와 소파에 앉았다. 맞은 편에 린과 뮤라도 앉았다. 앉기만 해도 알 수 있다. 소파의 정성스런 관리 상태. 테이블에도 먼지 한 톨 없다. 베드 메이킹도 완벽하다. 욕실이나 화장실처럼 물기가 많은 곳도 번쩍거린다.

손님을 돌려보낼 수밖에 없다. 테리는 씁쓸하게 말했지만, 이 방의 관리 상태는 어떤가? 언제 손님이 와도 괜찮도록, 훌륭하게 준비가 되어 있지 않은가?

올 리가 없다는 걸 알고 있으면서, 그래도 준비를 소홀히 하지 않는 테리 부부.

그리고, 올 리가 없는 손님을 계속 기다리고 있던 객실.

여관을 얼마나 소중하게 생각하고 있는지, 이 방에서 확 전해진다. 애절함마저 느껴질 정도로.

"그러면. 여기까지는 순조롭네."

어쩐지 울적해진 분위기를 날려버리기 위해서 타이치는 굳이 밝게 행동했다.

“어떻게 비계 개구리를 찍 눌러줄까?”

“개구리니까?”

시시한 타이치의 맞장구에 뮤라가 얼어붙은 시선을 보낸다. 그 옆에서 웃음이 터진 린이, 귀까지 빨개져서 고개를 숙였다. 그녀의 웃음 포인트를 잘 모르겠다.

‘귀엽다…….’

타이치와 뮤라의 감상이었다.

“어떻게라고 해도, 우리랑 미직은 서 있는 곳이 다르니까.”

마음을 가다듬고 이야기를 진행했다.

방금 전의 묵직한 공기를 떨쳐냈으니 타이치의 시시한 농담도, 웃음이 터진 린도, 넘어가줄 수가 있었다.

“한쪽은 모험가. 한쪽은 상인.”

“우리는 장사의 소양이 없어.”

지금이라면 자본도 충분히 있지만, 그것만으로 성공할 수 있다면 세상에 파산하는 사람은 생기지 않는다. 그것은 일본에서도 마찬가지다. 지금부터 여기서 장사를 시작하는 방법은 의논할 필요조차 없이 기각이다.

“그렇다면, 그쪽이 이쪽으로 오게 만들 필요가 있겠는데.”

“그걸 어떻게 할 것인가, 란 말이지…….”

린도 말꼬리를 흐렸다. 구체적인 안이 나오지 않는 것이다. 뭘 어떡하면 미직을 끌어낼 수 있는지.

팔짱을 끼고 있던 뮤라가 고개를 들었다.

"우리는 모험가잖아?"

물어볼 것도 없는 일이지만, 무의미한 발언은 아닐 것이다. 타이치와 린은 고개를 끄덕였다.

"모험가는, 자유로운 일이라고 생각해."

그것도 맞다.

"지금까지는 휘말려 들기만 했잖아. 이런 식으로 스스로 생각해서 할 수 있는 일은 좀처럼 없었으니까. 이거야말로 참맛이 아닐까?"

그렇게 말한 뮤라가 웃었다. 이 어려운 상황을 즐겨야 모험가다.

모험가는 쓸 수 없는 상인 특유의 수단은 있다. 마찬가지로, 상인은 쓸 수 없는 모험가만 가진 카드도 분명히 있는 것이다.

힘으로 해결할 수 있다면 그것도 좋을 것이다.

그것이 가장 특기인 것은, 타이치는 물론이고 린과 뮤라도 실력이 뒷받침되는 자신이 있었다.

그렇지만, 그 힘으로 해결한다는 카드도 내는 방식을 생각할 필요가 있다.

무작정 돌격하면 되지 않을까? 이건 너무 생각이 없는 것 같았다.

그 카드를 내기 적당한 상황을 만들 필요가 있다. 힘으로, 라는 수단이 가장 강력한 효과를 가져오는 상황을.

그것을 만들려면 어떡하면 될까를 의논한다.

◇◆◇◆◇◆◇◆

"그렇군. 예상대로였나."

일사불란하게 서류를 정리하고 있던, 군복을 딱 맞춰서 입은 남자는 부하의 보고에 무심코 손을 멈추고 고개를 들었다.

"예. 아직 확인이 필요합니다만, 그 자들의 특징은 이미 올라온 보고와 일치하고 있습니다."

남자는 어지간해선 자기 일을 멈추지 않는다.

다시 말해서 부하의 보고는 남자에게 일을 멈추기에 족한 일이라는 것이다.

"그러나, 마차인데도 상당히 빠르군. 파발마를 쓴 것이 정답이었군."

상식적으로 생각하는 건 위험하다. 그것은 아즈파이어의 도적 소동으로 잘 알고 있었다. 말이 필요 이상으로 소모된다는 코스트가 필요하긴 했지만, 최소한의 인원으로 시야크에 서둘러 온 것이 정답이었던 모양이다.

그의 나머지 부하는, 평소와 같은 행군 속도로 가도를 피해 나아가도록 명령을 내렸다. 며칠 안으로 이쪽에 도착할 것이다.

필기용구를 놓고, 턱에 손을 댔다.

"그쪽이 눈치채진 못했겠지?"

그들의 실력에 대해서는 도적 소동에서 상대했던 용병이나 밀정에게 보고를 들었지만, 실제로 본 것이 아니라 어느 정도인지 알 수 없었다. 강하기는 강할 것이다. 그렇지만 막연한 이미지밖에 없는 것이다.

물론, 그의 부하인 밀정의 실력을 의심하는 것은 아니다. 그러나 전언이 반복되거나 서면으로 전달되다 보면 아무래도 보내는 자의 주관도 받는 자의 주관도 들어가는 데다가, 리얼타임으로 인식을 비교할 수 없는 이상 아무래도 오차가 발생한다.

밀정도 그것을 알고 있을 것이다. 되도록 집필자의 주관이 들어가지 않도록, 잘 정리한 보고서였다는 것을 남자는 똑똑히 기억하고 있었다.

그러면서도 남자는 자신의 인식에 주관이 섞인 것을 의심했다.

"지금은 직접 미행하지 않고, 족적을 따르는 것에 머무르고 있습니다."

부하의 말에 남자는 만족스레 고개를 끄덕였다.

그들의 모험가 랭크가 B라는 정보는 입수했다. 실제로는 그 이상으로, A랭크가 되었을 지도 모른다. 이런 소문이 조용히 돌고 있다는 것도.

"그래. 녀석들의 실력이 어느 정도인지를 확실하게 파악하지 못하고 있으니까. 어디까지나 들었을 뿐이지, 눈으로 확인한 것은 아니다. 녀석들이 어떻게 움직였는지를 파악하고 있으면 현재는 충분하다. 괜한 리스크를 질 필요는 없다."

"송구합니다."

"여관의 위치는."

"그것도 알아두었습니다."

"좋다. 좋은 판단이야. 계속해서 맡기지."

"감사합니다."

"그래. 그러면, 가라."

"예. 실례하겠습니다."

부하가 방을 나섰다.

그 등이 사라진 문을 바라보며, 남자는 한 번 숨을 내쉬었다.

"그 소녀에게 황제 폐하께서 대단히 흥미를 드러내고 계신다고 하는데……. 소문이 사실이라면, 심장을 파먹는 벌레 정도가 아닐 거야……."

흥미를 가진다. 다시 말해서 끌어들이는 것도 시야에 넣고 있으리라. 그가 속한 나라의 톱은, 언뜻 보기에 높은 리스크도 대범하게 웃으며 받아들이는 그릇의 주인이다.

난처한 일이다. 고개를 좌우로 흔들고, 남자는 마음을 다시 잡는 것처럼 놓았던 필기용구를 손에 집었다.

"뭐, 우리들이 해야 할 일은 변함이 없다. 단단히, 간파하는 것뿐이다."

끄적끄적. 펜이 움직이는 소리만 방에 울렸다.

"마침, 고귀한 핏줄인 분도 이쪽으로 오신다. 말씀을 올릴 필요가 있겠군."

펜 소리는, 멈추지 않았다.

제12장 웬치아 섬의 구출작전

제39화 준비

대해원에 떠 있는 웬치아 섬은, 400평방 킬로미터의 넓이가 있는 나름대로 커다란 섬이다.

중심 부근에는 여관 거리가 있고, 그 주위에 선주민이 사는 지역이 펼쳐진다. 그리고 섬 가장자리를 둘러싸는 것처럼 상업 지구가 펼쳐진다.

거기서는 웬치아 섬의 특산품을 파는 상점은 물론이고, 식당도 잔뜩 있다. 해산물부터 바다 동물의 고기 요리, 바다의 식물을 듬뿍 사용한 야채 요리 등.

식사는 딱히 가게에 들어가서만 할 수 있는 게 아니다. 아즈파이어의 대로처럼 노점도 다수 나와 있었다.

그리고, 지금 웬치아 섬은 축제 분위기였다. 열기가 굉장하다. 그 이유는 가르겐 제국의 황족이 이곳 시야크를 방문할 예정이기 때문이었다. 며칠 안에 웬치아 섬으로 찾아온다고 한다. 최종적인 목적지는 왕도 웨네픽스인 모양이라고, 정보가 빠른 상인 중 한 명이 가르쳐 주었다.

가르겐 제국의 황족이라면 상당히 커다란 손님이다. 세계최대의 대국에서 황족이 행차한다면 커다란 집단이 될 것이다. 웬치아 섬의 여관이 남김없이 만실인 것도 황족을 받아들이기 위해서라면 납득이 된다. 뭐 그 덕분에 테리와 민트를 만났으니, 우연이란 기구한 것이다.

생선 꼬치를 깨물면서 걸었다. 앞을 보면서. 의식을 힐끗 뒤로 향한다. 가깝지도 멀지도 않은 거리를 계속 따라오는 6인 집단. 일반인 상대라면 통할 미행은 타이치와 뮤라를 상대로는 유치하다는 말밖에 안 나온다.

참고로 린은 여관에 남았다. 물론 이유가 있다. 과거 2년 동안, 하려고 마음만 먹으면 할 수 있던 무리한 수단을 쓰지 않았던 미직이다. 그 이유는 민트가 고개를 끄덕이면 대미지가 훨씬 클 것이라 생각했기 때문이라고, 테리가 말했다. 인심 장악에 뛰어나다고 평가를 받는 그대로 음험하다. 그 이유 중 하나로 테리와 민트는 커다란 반항을 할 수 없었다는 것도 존재할 것이다.

이번에 타이치 일행이 사이에 들어서서 상황이 어떻게 변화할 것인가? 그다지 생각하기 싫지만 미직이 방침을 변경해서 폭력을 휘두를 가능성도 부정할 수 없었다. 그것을 생각해서, 적절한 인선으로 남긴 것이 린이었다.

A랭크 모험가인 스소라와 호각으로 맞선 린에게 적이 될만한 자는 거의 없다. 그리고 무엇보다도 커다란 이유는 방화 대책이다. 쿼드 매지션인 린이라면 불을 질러도 간단히 진화할 수 있다. 이 주위는 다른 여관이 밀집해 있는 데다가, 자신의 구역인 웬치아 섬에서 날뛰어 비즈니스를 파괴할 생각이 없는 미직이 방화라는 극단적인 수단을 쓸 것 같지는 않다.

그래도 만약을 위해서다.

참고로 린의 심경은「논리는 이해할 수 있지만 감정은 납득 못한다」였다. 물론 중요한 역할이란 것은 알고 있지만, 타이치와 뮤라가 데이트를 하러 가는 것은 변함이 없다. 이번 일이 정리되면 다음은 내 차례, 라고 마음속으로 주먹을 쥐었다. 전혀 겉으로 드러내지 않고 결의한 것이라, 타이치도 뮤라도 깨닫지 못했지만.

그렇게 자신들이 할 수 있는 한 만반의 포진을 깐 다음에, 이렇게 밑밥으로 타이치와 뮤라가 스스로 거리에 나섰다. 예상대로라고 해야 할지, 타이치 일행이 손님이 됐다는 정보는 이미 그쪽에서 아는 모양이다. 여관을 나서고 조금 뒤부터, 계속 따라오고 있었다.

그들은 처음부터 눈치챘을 거라고 꿈에도 생각지 못할 것이다. 의도적으로 한 번도 돌아보지 않았고, 데이트처럼 꾸미고 있으니까.

"오. 이 주스 진해서 맛있다."

타이치의 목소리가 뮤라의 사고를 되돌렸다.

노점의 아줌마한테서 산 주스인데, 다갈색의 감자 같은 식물을 눈앞에서 짜낸 것이다. 맛은 생으로 짜낸 사탕수수 주스였다. 중학교 수학여행을 갔을 때 마셔본 맛이 떠올랐다.

참고로 이것은 설탕의 재료도 된다. 「바다의 싸락눈」이라고 불리는 그것은, 하나에서 1그램도 못 얻기 때문에 고급품이다.

"그렇지? 그건 시 후르츠란 거야. 바닷속에 열리는 과일이지."

풍채가 좋은 아줌마가 깔깔 웃으며 대답했다.

바닷속에 열리니까 시 후르츠. 네이밍이 말 그대로였다. 무심코 중얼거리자, 괜히 돌리는 것보다 알기 쉽잖니? 하고 해설해주기에 과연 하고 납득했다. 그 네이밍은 여행객을 위한 것인가 보다. 과연 에리스테인에서 손꼽히는 관광지다. 평소에 사용하는 자신들보다도 처음 방문한 자가 우선순위가 높다니. 뭐, 그것도 좋고 나쁘고가 있겠지만, 타이치와 뮤라도 그것에 뭐라고 할 생각은 없었다.

"뮤라. 마셔봐."

내민 컵을 무심코 받고 말았다.

아차하고 생각했지만 늦었다. 여기서 마시지 않으면 오히려 부자연스럽게 보인다. 지금은 데이트처럼 보이자고 둘이서 이야기한 것이다. 그렇다면 그녀에게 마실 것을 나눠주는 것도 부자연스럽지 않다. 오히려 연인이라면 이 정도는 평범하게 할 것이다.

……라고 고속으로 머리를 회전시킨 뮤라는, 마시지 않아도 부자연스럽지 않은 수단을 깨닫지 못했다. 창피함을 연기하면서 돌려주면 풋풋한 나이의 소년소녀로 보이는 것이다. 아줌마가 보는 앞에서 간접 키스를 하는 것과, 알콩달콩한 모습을 보이는 것 어느 쪽이 더 창피한지는 미묘하지만.

그녀에게 나이가 가까운 이성 친구는 타이치가 처음이었다. 물론 연인이 생긴 적도 없다. 그래서, 이럴 때 어떤 표정을 지으면 좋을지 모른다. 그러나 이 자리에서는 마시는 것이 자연스럽다고, 그녀의 머리는 그렇게 해석했다.

한편 타이치는 태연하고, 단둘이 있는데도 부자연스러운 기색은 전혀 보이지 않았다.

타이치도 전혀 긴장하지 않는 건 아니다. 그러나 지구에 있을 때부터 여자애들이랑 대화하는 건 거북하지 않았고, 린과 친했기 때문에 나름대로 면역이 있었다. 무엇보다도, 여러 가지 일을 함께 넘어선 동료라는 것이 가장 클 것이다.

"……윽."

논리로 감정을 누르고, 뮤라는 마실 결의를 다졌다. 그리고, 깊은 생각에 빠진 덕분에 타이치가 컵의 어느 부분에 입을 댔는지 완전히 잊었다는 것을 깨닫고 굳어 버렸다.

타이치가 「안 마셔?」라고 말한다. 더 이상 시간을 끌면 부자연스럽다.

이런 거, 타이치는 신경 안 써?

혹시, 이미 익숙해?

뮤라의 가슴에 뭔가 따끔하게 박혔다. 그것이 뭔지는 모르겠지만, 뮤라는 대단히 분했다.

'……에잇!'

컵을 쭉 들이켠다. 꿀꺽꿀꺽 마셔 버린다.

"잠까……."

타이치가 당황하며 놀라지만 알 바 아니다. 맛볼 여유 따위 없다. 대단한 양도 아니다. 다 비워서 돌려주자.

그렇게 생각해서 모두 마신 다음에 빈 컵 안에 눈길을 주었다.

"……우와아. 전부 마셔 버렸네."

그가 왜 놀라는지, 그리고 지금 그 기가 막힌 음색. 그 이유는 잘 알 수 있었다.

"……달아."

단 건 좋아하는 편이지만, 이렇게까지 강하면 아무래도 괴롭다.

좋아하는 달콤한 음료를 마셨다고 생각하기 어려운, 눈썹을 찌푸린 표정으로 뮤라가 중얼거렸다.

"너 내 이야기 안 들었니? 단 맛이 강하니까 홀짝홀짝 마시는 거라고 했는데. 남자친구처럼 아주 조금씩 마셔야지."

"으…… 으으!"

잘못 들은 게 아니라면, 이 아줌마는 타이치를 남자친구라고 했다. 누구의? 지금 연인 역할을 하고 있는 뮤라의 남자친구란 의미일 게 빤하다.

"아~아. 역시 희석할 걸 그랬어. 흥미 삼아서 원액은 안 좋았네."

"그러게 말이다. 나도 희석해서 줄 걸 그랬다고 생각한다."

본래는 물과 1대 1로 희석해서 마시는 게 올바른 방법이라고 한다. 물론 원액이라도 맛있게 마실 수 있지만, 단 맛이 강해서 설명한 것처럼 아주 약간씩 마시는 것이 요령이었다.

입 안을 지배하는 강렬한 단 맛을 물로 씻어내면서, 뮤라는 운이 좋았다고 생각했다. 방금 전에는 스스로도 믿을 수 없을 만큼 동요하고 있었다.

물을 준 아줌마에게 감사하면서 컵을 돌려주었다. 그 때 뮤라한테만 들리는 목소리로 「저런 벽창호는 팍팍 밀어 붙여야 해. 힘내렴」이라고 응원을 받아서, 기껏 내려간 열이 돌아왔다. 대단히 괜한 참견이다.

그런 별것 아닌 대화를 한 차례 반복하고, 모험가라는 틀에서 벗어나 평범하게 관광지를 즐겼다.

이것은 사냥감을 끌어들이기 위한 함정이지만, 보다 걸리기 쉽게 하려면 사냥감을 방심시켜야 한다. 그리고 대략 1시간이 지났다. 마음이 흐트러지지만 않으면 대단히 뛰어난 기척 탐지 능력을 가진 뮤라와, 실피 레이더를 언제나 발동하고 있는 타이치는 남자들이 서서히 거리를 좁히는 것을 다 알고 있었다.

한 번 주위를 확인했다. 사람들의 왕래. 관광객도 잔뜩 있고, 여기저기 노점도 있다. 여기서 일을 벌일 셈인가? 어떤 의도가 있는지 캐낼 필요가 있으리라.

조금씩이지만 확실하게 거리를 좁히는 집단을 등지고, 타이치와 뮤라는 아이컨택트를 주고 받으며 작게 고개를 끄덕였다. 일단은 수동적으로. 어디까지나 말려든 남녀다.

"이봐. 잠깐 괜찮을까?"

그리 오랜 시간이 지나지 않아 말을 건다.

타이치는 돌아보며 놀란 표정을 지었다. 육체적으로 건장한 남자가 여섯 명. 그냥 일반인이라면 놀랄 것이다.

"……우리?"

놀라는 연기는 어렵다고 생각하면서 대답했다. 잘 하고 있다고 생각은 하지만, 사정을 아는 뮤라가 보기에는 삼류 배우만도 못할 것이다. 그러나 남자들은 타이치의 리액션에 기분이 좋아진 모양이다. 유치한 연기라도 타깃을 속일 수 있다면 목표 달성이다.

"잠깐 이야기가 있거든."

마주보는 타이치와 남자들. 자연스럽게 뮤라의 방패가 되도록 섰다.

오고 가는 사람들은 무슨 일인가 싶어서, 거리를 두고 이쪽을 관찰하기 시작했다.

언뜻 보기에는 여자친구를 거친 남자들에게서 감싸는 남자친구의 그림인가? 물론 이 광경을 아즈파이어 주민들이 봤다면 뮤라에게서 남자들을 감싸는 타이치의 모습이 된다. 입장과 지식이 바뀌면 보는 시점도 바뀐다는 좋은 예다.

타이치도 뮤라도 지금은 무기가 없지만, 타이치는 애당초 무기의 유무로 강함이 바뀌지 않으며, 뮤라도 검이 없으면 아무것도 못하는 어중간한 단련은 하지 않았다.

"얘기라니, 뭔데?"

수상쩍은 표정 그대로, 타이치가 물었다. 한 걸음 물러나는 잔재주도 잊지 않는다.

"뭐, 얌전히 있으면 금방 끝난다."

"가볍게, 『충고』를 들어주면 된다."

"충고?"

타이치의 되물음에 선두의 남자가 고개를 끄덕였다.

"그래. 너희들 『해풍의 지붕』에 묵고 있지?"

묵묵히 긍정한다. 불과 한순간, 주위의 공기가 바뀌었다. 그것은 아주 사소한 변화였지만, 주의하면 깨달을 수 있는 것이었다.

"나쁜 말은 안 한다. 그곳은 좋은 여관이 아냐. 지금이라도 나와서 다른 여관에 가는 편이 좋다."

"이제 이 근처 여관은 꽉 찼던데."

"그건 안 됐군. 이제 곧 가르겐 제국에서 높은 분이 오니까. 그걸 위해서 여관을 다 빌리는 거겠지. 너희들도 그 이야기는 들었겠지?"

"그건 들었는데…… 그 여관이 좋지 않다는 건 무슨 뜻이야?"

그들은 괜히 뜸 들이는 것처럼 사이를 두고서 입을 열었다.

"거기 주인은 도벽이 있다. 정말 순박해 보이는 얼굴인데 말이지. 사람이란 내심 무슨 생각을 하는지 알 수가 없다는 거지."

뮤라는 자중했다. 무심코 반응해 버릴 뻔 했다.

도벽이란 건 뭔가. 만약 이것이 거짓이라면 테리 부부는 누명을 쓰게 되는 것이다.

그러나 한편으로, 남자들의 말이 트집이라는 걸 증명할 수 없는 것도 사실이다. 인품은 신용하기에 충분하다고 타이치 일행은 생각하고 있지만, 「어째서 이 사람이」라고 생각하게 되는, 언뜻 그런 범죄와 인연이 없어 보이는 사람이 죄를 짓는 일은 있을 수 있다. 일본에서도 예를 들어 살인사건을 일으킨 범인이 잡힌 다음, 그 사람됨을 취재해 보면 「그 사람은 인사도 잘 하는 좋은 사람이었다. 어째서 그 사람이 살인을……」이라고 하는 것은 별로 드문 일이 아니다.

무엇보다도 알게 된지 고작 하루다. 그런 상태에서 테리에 대해 알고 있다고 해도, 반대로 「뭘 알고 있느냐」라면서 비웃을 것이다.

신뢰를 부수는 것은 간단하다. 그러나 쌓는 것은 힘들다. 작은 일을 하나하나 쌓아 올려서 상대의 신용을 얻는 수밖에 없다. 타이치 일행은 B랭크 모험가로서 신용이 있지만, 테리 부부는 타이치 파티에 대한 신용을 이제부터 쌓아가는 단계라고 할 수 있다. 타이치 일행이 말을 꺼낸 의뢰이기 때문에 상황이 특수하지만, 그런 사정은 당사자 말고는 알 수도 없고 상관없는 것이다.

부정을 하고 싶어도 못하고, 그렇다고 긍정도 못하고, 타이치와 뮤라는 침묵을 고를 수밖에 없었다. 뭐, 이번에는 녀석들에게 압도된 것처럼 보이는 것이 목적이었으니 문제는 없지만, 마음속으로라도 반론을 하고 싶었다.

"충고는 했다. 그럼."

남자들은 돌아서서 물러갔다. 작아지는 그들의 모습을 잠시 바라보면서, 타이치는 작게 한숨을 쉬었다. 이것이 미직의 방식이구나. 육체적이 아니라 정신적으로 대미지를 주는 방식.

물리적으로 덤벼드는 편이 편하다. 그러나 이런 수법으로 덤비면 이렇게까지 성가실 줄 몰랐다. 정확하게 틈을 노리고,

핀포인트로 찔렀다.

퍼스트 컨택트는 미직의 승리다.

"타이치. 어떡할까?"

"우~응. 놈들의 말을 곧이들을 생각은 애당초 없지만, 부정할만한 걸 가진 게 없단 말이지."

그들의 내력을 못 물어봤지만, 어쩔 수 없다고 생각했다. 그렇게 간단히 꼬리를 잡힐 리도 없을 거고, 시치미를 떼면 그걸로 끝이다. 「그냥 좀 참견을 한 것뿐」이라고 하면 그야말로 할 말이 없다. 실제로 옆에서 보면, 선의의 충고를 하는 걸로 머물렀다. 겉모습과 수의 차이란 점만 눈을 감으면, 말투가 조금 난폭했을 뿐이지 태도 자체도 위압적이지 않았다.

그러면. 어떻게 해야 할까? 탐문이라도 해볼까? 모험가로서 탐문을 하면 정보를 입수하는 것도 가능할 것이다. 그러나 타이치는 탐정 역할 따위 놀이에서나 해봤다. 뮤라도 영리한 여자애지만, 그런 의뢰의 경험은 그렇게까지 풍부하지 않았다.

본인들의 증언, 저 남자들의 말. 그리고 탐문을 했을 때 얻을 수 있는 정보. 그것들에서 판단하여 결론을 낼 필요가 있다. 그렇다면, 생각하는데 머릿수가 많을수록 좋다. 일단 린과 합류하기로 정해졌다.

만약에 레미아가 있었다면, 이 자리에서 뭔가 안을 냈을 것이다. 예측이 틀렸을 때 고를 수 있는 서랍의 수는 아직 한참 적었다.

◇◆◇◆◇◆◇◆

타이치 일행이 시야크에서 성가신 일에 고개를 들이밀고 있을 무렵.

성에 들어가고자 줄을 만드는 사람들을 곁눈질하면서, 특별 발행된 통행 패스로 유유히 정문을 통과한 레미아는 품격이 떠도는 방으로 안내되었다.

그곳은 손님이라도 상당히 위계가 높은 자만 안내되는 방이다. 현직 국왕만 발행을 허가할 수 있는 통행 패스의 소유자를 기다리도록 하는데 어중간한 방은 나라의 위신이 안 선다. 하물며 방문한 것이 레미아라면, 이 정도 대접은 평범하다고 할 수 있었다.

상당한 세월을 거듭한 나무를 깎아내 만든 것으로 보이는 테이블 위에는 김을 피우는 컵과, 형태는 심플하지만 절묘한 밸런스로 조정된 맛을 자랑하는 구운 과자. VIP 취급이었다.

레미아가 이곳을 찾아온 이유는 왕립도서관을 사용한다고 알리는 것과, 타이치 일행이 여행을 떠났다고 보고하는 것이다. 현재는 비상근이라지만 군속이다. 사후 보고가 되지만 한마디 말해둬야 한다고 생각한 것이다. 사전에 보고하지 않은 것은 군속이기 이전에 모험가이기 때문이다. 더욱이, 나라에 종속된 것이 아니란 것을 나타내기 위해서이기도 하다.

물론 소집을 하면 응하겠지만, 너무 의지해도 곤란하다. 무례한 것을 알면서도 레미아는 그 선택을 한 것이다.

티컵에 따른 홍차가 상당히 줄었다. 문 앞에 대기하는 시녀에게 슬슬 두 잔째를 부탁할까 생각하고 있는데, 누가 방의 문을 노크했다.

시녀가 그것에 응하여 조금 말을 나눈 다음, 문이 조용히 열렸다.

"이거 참. 기다리시게 해서 죄송합니다."

벗겨진 머리에 맺힌 땀을 손수건으로 닦으면서, 이 나라의 재상인 헤크마가 들어왔다. 레미아의 갑작스런 방문에 터무니없는 거물이 얼굴을 보였다. 그가 스스로 나설 정도의 손님이란 것이다. 레미아는 일어서서 응답했다.

"갑자기 찾아와 미안하군."

"무슨 말씀을 하십니까? 언제든지 좋다고 한 것은 다름 아닌 폐하십니다. 신경 쓰실 것은 아무것도 없어요."

"그렇게 말을 해주면 이쪽도 마음이 편해지지."

인사치레는 그쯤 하고, 레미아와 헤크마는 마주보고 앉았다.

대화의 틈을 보아 재빠르면서 정중하게 나온 홍차. 레미아의 컵도 새로운 것으로 바뀌었다. 여전히 이곳의 시녀는 교육이 잘 되어 있다.

"일을 중단시킨 모양이군."

재상이 한가할 리 없다. 그래도 레미아는 지위가 높은 자와 면회를 바라고 있었다. 기왕이면 이야기를 이해할 수 있는 자가 귀찮지 않아서 좋다.

"핫핫하. 이것도 어엿한 공무. 그리고 무기질적인 종이 다발을 상대하는 것도 이제 그만 질리던 참이었습니다."

"그것은 다행이군. 부흥은 어떻지?"

"뭐, 쉽지는 않습니다. 그러나, 간단히 끝나서는 보람도 없는 일입니다. 간단한 일도 좋지만, 씹는 맛이 있는 일도 필요한 것이죠."

"분명히 그렇군."

이 나라에 사는 자로서는 마음 든든한 말이다.

레미아는 극단적으로 말하자면 다른 나라로 거점을 옮겨도 상관없다. 그러나 일반 국민은 그럴 수 없다.

그 싸움에서 에리스테인의 대응에 부족한 점이 적지 않게 있었다고 레미아는 생각했다. 그러나 어떤 일이라도 결국은 인간이 하는 것. 아무리 우수해도 실책은 있을 수 있다. 역사를 풀어봐도, 바보 같은 집정이 그대로 실정으로 이어져 멸망한 나라는 몇 개나 있었다. 레미아도 남에게 말할 수 없는 창피한 실수를 범한 적이 있고, 지금 또한 연구중에 종종 발생한다. 미스라고 생각하지 않은 것이, 일이 진행되면서 미스로 변화하는 일도 있는 것이다.

중요한 것은 그 실패에서 무엇을 배우는 것인가이다. 레미아는 생각했다. 완벽한 자는 존재하지 않으니까.

"기껏 와 주셨는데 그다지 대접을 못해드려서 죄송합니다. 얼른 본론으로 들어가는 편이 좋겠습니까?"

헤크마는 양 팔꿈치를 무릎 위에 올리고, 앞으로 기운 자세가 된 레미아를 들여다보듯 바라보았다.

몇 가지 문언이 생략됐지만, 그가 스케줄을 어떻게든 조정해서 이 시간을 만든 것 정도는 설명하지 않아도 알 수 있다.

레미아 또한 신속한 것은 좋아하는 편이며, 무엇보다도 그의 마음가짐을 높게 평가했다.

"나도 그럴 셈이야. 용건은 두 가지. 하나는, 오늘부터 얼마 동안 왕립도서관을 사용하겠다고 연락하러 왔지."

"흐흠."

레미아가 왕립도서관의 출입금지 구역에 발을 들이는 것은 언제든지 가능하다. 일일이 왕가에서 허가를 받을 필요는 없다. 그래도 미리 알리러 온 레미아에게 헤크마는 순순히 호감을 느꼈다.

"좋습니다. 마음껏 쓰시죠."

"그렇게 하지. 그리고 또 하나 말인데."

레미아는 한순간 호흡을 끼웠다.

"타이치 일행이, 요전에 가르겐 제국으로 여행을 떠났어."

"……허허어."

헤크마는 몸을 일으켰다. 과연. 군속의 몸이기에, 일단 보고하러 왔다는 것인가? 라고 이해했다.

사후보고가 된 것의 의도도, 헤크마는 정확하게 받아들였다. 너무 의지하지 말라고 말하는 것이다.

"여행을 떠났다지만, 딱히 이별한 건 아니야. 그 녀석들의 심정으로는, 관광이지."

"관광이라!"

타국으로 떠나는 여행을 관광으로 생각하는 세 사람에게, 헤크마는 어쩐지 유쾌해졌다. 긴 여행이란 그렇게 간단한 것이 아니다. 왕족의 행차나 타국 방문을 담당하는 일도 있으며, 또한 자신도 필요하면 여행을 하는 일이 있었다. 그 고생은 몸소 알고 있었다.

지금은 자유롭게 불러낼 수 없지만, 그들과의 파이프는 참으로 마음이 든든해진다. 지르말의 결정은 영단이었다고 헤크마는 재인식했다.

"여행을 마친 다음에 돌아올 거야. 뭐, 얼마 동안은 없겠지만."

"흠. 어쩔 수 없습니다. 군속이기 이전에 모험가이니. 그들을 진정한 의미로 매어두는 것은 나라가 나서도 할 수 없겠죠."

이 경우, 예를 들어 물리적으로 묶어 놓는 게 아니다.

물론 그런 이야기를 하는 게 아니다. 모험가는 자신의 행동에 책임을 지는 대신 자유를 얻는다. 예를 들어 신체적으로 매어 있더라도, 그들의 마음까지 묶어놓을 수는 없는 것이다. 그것은 딱히 타이치 일행에게만 한정된 이야기가 아니다.

"흠. 그렇게 되지. 얼마간 그 녀석들을 머릿수에 넣지 않고 일을 계산하는 게 현명하다고 생각하는데."

"동감입니다."

레미아의 제안에 헤크마는 고개를 끄덕였다. 자신의 능력과 지위에 긍지를 가지고 있는 헤크마였지만, 한편으로 뛰어난 자의 말을 들을 수 있는 유연성도 아울러 가졌다. 뭐 이 경우는 의견을 듣고 자시고, 그것밖에 선택지가 없지만.

"나는 이상이야."

"분명히 들었습니다. 그러면, 이쪽에서도 조금 괜찮을까요?"

"뭐지?"

"두 가지 정도, 이쪽에도 있습니다."

이제부터 말을 할 생각이라, 헤크마는 홍차로 목을 축였다.

"하나는, 타이치 공, 린 공, 그리고 뮤라 공에게 별칭을 내릴까 하는 이야기가 있어요."

레미아는 눈썹을 움찔 올렸다.

"그들의 의향을 생각지 않고 일방적으로 나온 이야기이긴 합니다만, 일단은 그것은 치워두고."

한 호흡 끼운다.

"문제는, 타이치 공에 대한 적절한 말이 나오질 않고 있어요."

"아아."

그건 이해할 수 있다. 스케일이 너무 커서 어떤 말을 붙여야 적절한지 알 수가 없다. 별칭은, 그 자가 「이런 믿기 어려운 성과를 올렸다」, 「일화가 될 정도의 실력을 가진 자다」라는 지표 같은 것이다.

분류하자면, 레미아의 『낙엽의 마술사』는 후자다.

그리고 타이치의 실력은 단신으로 나라를 함락시키는 것도 가능할 정도다. 상식 따위 통하지 않는다.

"우~음. 막상 그걸 생각하니, 분명히 고민스럽군."

"그렇지요? 뭐 이 이야기는 그들에게 감사하고 있는 일부 병사나 문관들이 멋대로 말하는 것이긴 합니다만."

어느샌가 그것이 중앙부에 침투하여, 받아들일 것인가는 그렇다 치고 제안해보자는 방향이 잡힌 모양이다.

"일기당천, 이라고 붙이면 되지 않을까?"

"……그 말이 이 정도로 어울리는 인물도 드물지요."

레미아는 놀리는 게 아니라, 지극히 성실했다. 오래 전부터 쓰인 진부한 말인 것은 분명하다. 그러나 이 나라의 시조인 대현자 레스피랄조차도 타이치는 당해낼 수 없지 않을까? 레스피랄은 대현자라고도, 용사라고도 불리는 이 세상에 모르는 자가 없을 정도의 위인이다.

그러한 위대한 존재에 비견된다고 해도 전혀 의문이 안 생기는 것이 타이치의 어마어마한 점이다.

"그리하여, 그들이 그것을 바라든 바라지 않든, 제안을 해보자는 것 자체는 우리들로선 긍정적입니다."

"알았어. 그건 언젠가 본인들을 만나서 직접 물어보면 되겠지."

"그러겠습니다. 이어서 두 번째입니다만."

헤크마는 미묘한 표정을 지었다. 어쩐지, 그다지 좋지 않은 이야기 같다고 레미아는 예측했다.

"흠. 무슨 일 있나?"

"사실은, 타이치 공에 대해서, 이미 시카트리스 황국, 가르겐 제국의 상층부에 노출됐습니다."

레미아는 눈을 감았다. 헤크마가 한 말의 의미를 차분하게 음미하여, 약간 지나서 소파의 등받이에 몸을 기울였다.

"……그렇군."

역시 그렇게 됐군. 레미아는 생각했다.

다른 나라에 타이치가 알려지는 건 시간 문제였다. 내전으로 흐트러진 에리스테인을 시카트리스와 가르겐이 주시하지 않을 리 없다.

그 싸움이 끝났다. 타이치가 터무니없는 수단으로 억지로 끝내버렸다. 물론 그것은 보고가 되었을 것이다.

"지금은 양국 모두 눈에 띄는 움직임을 보이지 않지만, 시카트리스 황국은 타이치 공을 만나고 싶어 합니다."

"그렇겠지."

타이치 정도의 힘이 있다면, 흥미가 생기는 것은 당연하다. 레미아도 타이치와 전혀 접점이 없이 이야기를 들었다면 한 번 만나고 싶다고 생각했을 것이다.

"뭐, 그에 대해서는, 본인들에게 물어보라고 대답했습니다만."

"……."

상당히 심술궂은 대답을 한다. 레미아는 헤크마의 얼굴을 보았다. 그는 웃고 있었다. 무심코 이끌려서 사악한 웃음을 지어버렸다.

그 말에는 갖가지 의미가 담겨 있다. 액면 그대로 받아들이지는 않겠지만, 이 말을 듣고 시카트리스도 신중해질 것이다.

짐작해야 하는 가장 큰 정보는 「에리스테인이 타이치를 제어하고 있는 게 아니다」란 것이다.

할 것인가 안 할 것인가는 별개로, 에리스테인을 함락시키는 것 그 자체는 어렵지 않다고 타이치는 밝혔다. 에리스테인과 군사력으로 그다지 차이가 없는 시카트리스 황국도 저절로 알 것이다. 세계 제일의 병사 수를 자랑하는 가르겐 제국마저도, 타이치 앞에서는 무력하리라. 어떡하면 그를 제어할 수 있을까 반대로 묻고 싶을 정도였다. 방도가 없다고 본 에리스테인 마법왕국은 그와 사이좋게 지내는 선택을 한 것이다.

에리스테인보다도 시카트리스가 잘 할 수 있다고 한다면 그건 그거대로 어쩔 수 없다. 헤크마에게서 그런 의도가 느껴졌다.

"그러면, 그에 대해서는 내가 타이치에게 물어보지. 시카트리스 황국의 암여우는, 타이치와 만날 수 있을까?"

"암여우라는 것은 참으로."

그것이 시카트리스 황국을 통치하는 여황을 가리킨다는 것은 확인할 것도 없었다. 상당히 과격한 발언이지만, 헤크마는 재빨리 얼버무리는 말이 안 나왔다. 내심 같은 생각을 하고 있으니까.

그렇지만, 타이치와 린은 스스로 소시민이라고 선언했다. 그 정도 힘을 가지고 있지만, 타이치 일행은 결코 야만스럽지 않다. 그 힘을 함부로 휘두르지도 않는다. 그 또래의 소년소녀가 힘을 얻는다면 전능감을 느껴도 신기할 것 없지만, 그들은 참으로 이성적이었다.

"어쨌든, 타이치 공, 린 공에 대한 전언을 부탁할 수 있을까요?"

"알겠다."

그 다음에 몇 가지 잡담을 나누고, 헤크마는 공무로, 레미아는 왕립도서관으로 갔다.

◇◆◇◆◇◆◇◆

저녁 때 돌아올 예정인 타이치와 뮤라가 점심이 지나 돌아왔다. 기껏 관광을 왔으니 시간을 듬뿍 들여서 즐기고 올 거라고 생각했었다. 민트에게 빌린 책을 읽고 있던 린은 진지한 표정으로 방에 들어온 두 사람을 보고 고개를 갸웃거렸다.

"어라? 벌써 돌아왔네."

"그래. 어수선하지만, 잠깐 작전회의야."

타이치는 그렇게 말하고 린의 맞은편에 앉았다.

그 옆에는 뮤라가 앉았다. 어째서 그쪽인지. 그런 사소한 것이 눈에 들어온 린이었지만, 앉는 장소까지 일일이 신경 쓰는 것도 이상하다고 생각을 고치고, 린은 두 사람에게 눈길을 주었다.

"무슨 일 있었어?"

돌아오자마자 작전회의라니. 무슨 일이 있었을 것이다.

"그래. 미직 일당 같은 녀석들이 접촉해왔어."

"……그래서?"

타이치와 뮤라는 거기서 들은 말과, 주위의 반응. 자신들의 견해를 린에게 보고했다. 둘이서 대답이 안 나온 것도. 앞으로의 움직임. 세 사람의 행동이나 방침에 어긋난 부분이 없도록 하고 싶다는 것.

얘기를 들은 린은 「그렇구나」 하고 팔짱을 끼었다.

과연 이 총명한 소녀가 뭐라고 대답할까? 그렇게 생각했지만, 「과대평가야」라고 못을 박았다.

뭐 그녀는 만화 같은데 나오는 고교생 탐정이 아니니 어쩔 수 없으리라.

"일단, 테리 씨랑 민트 씨한테 물어볼까?"

"이야기는 거기서부터구나……."

인품을 봐서, 그들이 그런 일을 할 것 같지는 않다. 그러나 언뜻 벌레도 못 죽일 것 같은 얼굴을 한 사람이 중대한 범죄를 일으키는 일은 있을 수 있다. 그 관점에서 보면, 가능성을 없애기 위해서도 필요한 일이다. 의심하는 것은 마음이 아프지만.

저녁 식사 뒤에 물어보니, 예상대로 「그런 일은 절대 안 했다」라고 단언했다.

뭐, 그럴 거라고 생각한 타이치 일행은 의심하는 것 같은 일을 한 이유를 두 사람에게 말했다. 애당초 도난이 일어난 여관에서, 게다가 범인이 여관 주인일 경우 속죄하고서 남은 자산으로 어떻게 일을 계속한다고 해도 손님은 두 번 다시 오지 않는다. 다시 말해서, 들켰다면 가게를 접는 수밖에 없는 것이다. 그것은 시야크에 한정된 것이 아니라 어느 도시든 그럴 거라고 테리는 설명했다.

주인에게 도벽이 있는 여관에 묵고 싶은가? 그렇게 물어본다면 그것도 납득이 된다.

테리의 말은 이랬다.

어째서 그들이 테리와 민트가 도둑이라고 말한 것인가. 그리고 그것이 정말이라면, 어째서 여관은 지금도 망하지 않았는가. 끈질기게 이 여관을 계속 할 리가 없다. 거짓말이라고 생각한다면 모험가 길드든, 자경단의 초소든지 가서 물어보면 된다고 했다. 그렇게까지 자신만만하게 잘라 말하면, 더 이상 의심하는 건 타이치 일행도 무리였다.

손쓸 방도가 없이 시간만 흘러간다.

타이치 일행에게 진위가 불명확한 정보를 건넨 남자들을 찾아 다녔지만 만날 수 없었고, 탐문을 해봤지만 다들 『해풍의 지붕』에 대해서 이야기를 하기 싫어하여 이렇다 할 정보도 얻을 수 없었다.

"하아~아. 오늘도 수확이 없구마이."

묘하게 과장하여 말을 하면서, 타이치는 침대에 뛰어들었다. 그 마음은 잘 이해한다. 아무 진전도 없이, 이미 며칠이 지났으니까.

완전히 암초에 걸린 기분이었다.

"우……응."

"하아……."

지친 기색으로 린이 기지개를 켜고, 뮤라가 소파에 가라앉았다.

이미 관광할 기분이 아니었다. 자신들이 고개를 들이밀었으니, 그것에 불평을 할 생각은 없다. 오히려 스스로 바란 일이라서 언제까지나 사태를 호전시킬 수 없는 것에 짜증을 느끼고 있었다.

테리와 민트는 그것에 불평 한 마디 없었다. 넌지시 표정을 살펴봐도, 참고 있는 것 같은 기색도 없었다. 그들은 진심으로 신경 쓰지 않는 모양이다.

"어떡한다아."

지난 2, 3일은 타이치 일행과 대화를 하려는 자도 없었다. 도시 사람들이 『해풍의 지붕』 이야기를 피한다. 테리와 민트가 싫다기보다는, 뭔가 두려워하는 것처럼 보였다.

몇 번인가 이 여관을 감시하고 있는 자들과 접촉을 시도했다. 그러나 그들의 대답은 「범죄자의 감시」라고 우긴다. 그들이 무슨 폭력을 휘두른 것도 아니라, 섣불리 거친 수단도 쓸 수가 없다. 대체 어떡하면 좋을까?

이번에는 실피의 힘을 쓰지 않기로 정했다.

실피의 협력을 받으면 미직의 정보는 훤히 들여다볼 수 있다. 그러나 그래서는 머리가 단련되지 않는다고 판단했기 때문이다. 실피에게 부탁해서 어떻게 안 되는 사태가, 앞으로 절대 일어나지 않는다고 아무도 확약할 수 있는 게 아니니까.

타이치에게 도움이 되고 싶다고 생각했던 실피가 나설 차례가 없다는 걸 알고 볼을 부풀려 버렸으니, 타이치가 달래려고 조금 고생한 일도 있지만 그건 나중에 생각해도 되는 이야기다.

"……안 돼. 진짜 아~무것도 안 떠올라."

더 이상 생각하면 열이 날 것 같다고 판단한 타이치는 사고를 포기했다.

미직이 뒤에서 조종하고 있다는 건 예상할 수 있지만, 그것을 실증할 수가 없다.

타이치는 꽉 막힌 상황에 답답해져서, 무심코 침대 위에서 양손과 발을 내뻗고 온몸을 이완시켰다.

"그러고 보니, 이제 곧 가르겐 제국에서 황족이 이 도시에 올 무렵이지."

뮤라가 툭 내뱉듯 중얼거렸다. 분명히 그녀의 말이 맞다. 그러나 그것이 어쨌다는 건가?

"느긋하긴. 황족이 오면 도시는 그쪽에 집중할 거야. 도저히 조사 같은 거 못하게 될걸?"

"으엑."

타이치가 신음했다. 린이 고개를 끄덕끄덕 움직였다.

황족이 떠날 때까지 기다린다는 수단은 있다. 그러나 언제까지 머무를지 알 수 없는 황족이 물러갈 때까지 계속 대기하는 건 어째 그렇다. 지금은 여관의 숙박비도 내지 않고 있었다. 보수라고 해버린 탓에, 낸다고 해도 정중하게 사양을 해버렸다. 최악의 경우 계약 불이행에 따른 변상이란 수단으로 지불할 수도 있지만, 동시에 그것은 패배를 의미한다. 그래서는 너무나도 꼴사납고, 그렇게 되면 테리 부부는 지금까지와 변함이 없는 나날을 보내게 되는 것이다.

"황족한테 직접 담판을 지으러 쳐들어갈까?"

"다른 나라의 황족이거든? 최중요 빈객이야. 그런데 쳐들어가는 건 안 돼."

"농담이야."

조용히 비판을 받은 타이치가 어깨를 으쓱거렸다. 안 된다는 건 알고 있다. 테리 부부가 결백하다는 확실한 증거를 준비하지 못한 것이다. 그런 것을 무심코 말해버릴 정도로, 이 정체가 답답했다.

"아아. 미직 쪽에서 와주지 않으려나?"

그건 희망적인 관측이었다.

그런 편의적인 일은 없을 거라고 생각했기 때문에 한 말.

린도 뮤라도 그것을 탓하지 않았다. 마찬가지 생각을 몇 번이나 했었으니까.

문득, 타이치는 벌떡 상반신을 일으켰다. 거의 같은 타이밍에 린과 뮤라가 시선을 같은 방향으로 돌렸다.

10명 정도 되는 집단이 걷고 있었다. 진행방향에는 이 여관이 있었다.

"이건."

"어쩌면."

"어쩌면일지도?"

그 집단은 일정한 속도로 이쪽을 향해 나아가더니, 이 여관의 정면에서 우뚝 멈췄다.

잠시 사태를 살폈다. 계단 아래가 금방 소란스러워졌다.

뭔가 말다툼을 하는 모양이다. 청력을 강화하자, 남자들 몇 명과 그것에 저항하는 테리의 목소리가 들렸다. 린과 뮤라는 타이치에게 방해가 되지 않도록 입 다물고 있었다.

지금은 폭력은 없는 모양이지만.

"이건, 가보는 편이 좋겠어."

상대가 미직 일파인지 아닌지는 알 수 없다. 그러나, 만약 아닐 경우는 신경 쓰인다.

연단위라는 기간 동안 폭력을 휘두르지 않았던 미직에게는 어떤 종류의 묘한 신뢰가 있지만, 미직 일파가 아니라면 힘을 휘두를 가능성이 있다.

각자의 무기를 손에 들고서 방을 나섰다. 1층으로 이어지는 층계참에서, 타이치는 발길을 멈추었다.

"민트 씨."

1층에서 2층으로 올라오는 도중에 빙글 돌게 되는 계단. 그 층계참에서 민트가 웅크리고 있었다.

"아…… 타이치 군."

당장이라도 울음을 터뜨릴 것 같았다. 단정한 얼굴이 지금은 일그러져 있었다.

여기까지 오면 목소리는 강화하지 않아도 들린다. 타이치는 그쪽으로 의식을 돌렸다.

"민트는 못 준다고 했잖아요."

"당신도 고집이 세구만. 이런 망해가는 여관 보다, 미직 님한테 시집을 가는 편이 훨씬 행복한 생활을 할 수 있단 말이지. 누가 뭐래도 돈은 일절 불편할 게 없어."

"돈만 있으면 행복하다니…… 그래서는 마음이 빈곤하잖아!"

"나이를 그만큼 먹고서 어린애처럼 말하는구만. 손님도 제대로 안 들어오니까 아슬아슬하게 생활하고 있지 않아? 앞으로 먹고 살 궁리도 해야 할 텐데. 그래서야 색시를 부양할 수 있겠어? 엉?"

"큭…… 그렇게 꾸며놓고서 잘도 뻔뻔하게……."

"항. 네가 범한 죄는 제쳐두고서 뻔뻔스럽구만."

이 목소리는 들어본 적이 있다. 도시를 그렇게 찾아 다녀도 만나지 못했던, 그 날 그 남자의 목소리다.

타이치는 문득 돌아보았다. 그곳에는 물론 린과 뮤라가 있었다.

두 사람의 얼굴을 교대로 가만히 보았다.

지구에 있을 무렵부터 지금까지, 기구한 상황에 빠지면서도 함께 행동해온 여자애.

이 세계에 와서 처음으로 생긴, 비슷한 세대의 친구. 대단히 재능이 넘치는 여자애.

둘 다, 타이치에게는 무엇과도 바꿀 수 없는 존재다.

구멍이 생길 정도로 바라보자 두 사람의 심장이 크게 뛰었지만, 타이치는 그런 건 상관하지 않고 두 사람을 잠시 바라보았다.

그리고.

"린, 뮤라. 여기서 기다려. 나 혼자서 충분해."

상상 이상으로 낮은 목소리가 나왔지만, 지금 타이치는 그것을 반성할 생각이 없었다.

"어, 응……."

"알았어……."

그것에 압도됐는지, 두 사람은 그렇게 대답하는 게 고작이었다.

"민트 씨도, 여기서 움직이지 말아줘."

타이치의 기백에 눌려서, 민트는 고개를 끄덕이는 수밖에 없었다. 모험가로서 그럭저럭 수라장을 헤쳐 나오며 배짱이 생기기 시작한 타이치와, 도시에서 평화롭게 살고 있던 민트는 애당초 기반이 다르다. 타이치는 마력 강화가 없어도, 일반인이 상대라면 기백만으로 입 다물게 만들게 할 수 있다. 본인은 깨닫지 못했지만.

타이치는 세 사람을 등지고 계단을 내려갔다.

"하지도 않은 일을 어째서 인정해야 하는 건데!"

"나도 이 대화에 질리기 시작했다. 우리 뒤에 있는 사람은 당신이랑 달라. 그 사람이 유죄라고 하면, 무죄라도 유죄가 된단 말이다."

"아아, 그럴 거라고 생각했지."

통통. 발소리를 내면서, 타이치는 계단을 내려가며 사양하지 않고 대화에 끼어들었다.

"타이치 군……!"

"이 자식……."

놀라는 테리, 그리고 타이치를 노려보는 남자들. 테이블에 다리를 올린 남자는 타이치의 얼굴을 보고 기가 막힌단 표정을 지었다. 저건 손님이 식사를 하기 위한 테이블이다.
“정말로 아직 여관에 있었구만. 기껏 충고를 해줬는데.”
“지금 스스로 말했잖아. 무죄를 유죄로 만든다고. 중상이니까 신경 쓸 필요 없지.”
타이치의 도발에 남자는 웃었다. 이 남자는 겉보기와 달리 나름대로 냉정함을 지닌 모양이다.
“뭐 아무래도 좋아. 너는 좀 지나치게 잘난 체하는 거 아니냐?”
“그래?”
“꼬맹이라고 생각해서 살살 해줬더니 신이 나서는. 어른 대표로서 꼬맹이한테 세상의 엄격함을 가르쳐줘야겠구만.”
타이치는 그 말에 코웃음을 쳤다. 남자가 머리끝까지 열 받을 정도로 도발하기만 하면 된다.
“대표라고? 아무래도 그건 다른 제대로 된 어른들한테 실례 되잖아. 얼른 철회하고 돌아가라.”
“이 자식…… 한 방으로 끝내줄 테니까 감사해라.”
“해보든가?”
“꼬맹이가! 피하지 마라!”
남자는 의자를 걷어차면서 일어서더니, 주먹을 들어 올렸다. 그 동작은 완전 초보자에다, 기술이라곤 일절 없는 그저 근력만으로 휘두르는 펀치였다.
검을 잃었을 때를 대비해 호신술로 익혔다는 뮤라의 격투술. 그것을 봤던 타이치가 보기에는 어린애 놀이로도 보이지 않았다.

애당초 몸집은 상당히 좋고, 마찬가지로 마술이나 무술을 못 쓰는 일반 시민 상대라면 더할 나위 없는 위협이 될 것이다.

다가오는 주먹을, 타이치는 왼손 하나로 받아냈다. 체격차를 생각하면 그건 믿을 수 없는 광경이었다.

"이런 공격은 피할 필요도 전혀 없어."

주먹을 밀어냈다. 남자가 발을 굴렀다.

"회피라는 건, 완전히 방어 못하는 공격에 하는 거니까."

도저히 단련한 것처럼 안 보이는 가느다란 몸의 소년에게 밀려서 머뭇거리는 남자들. 힘으로는 압도적인 우위에 있었을 텐데.

타이치는 길드 카드를 꺼내서 남자들에게 보였다. 모험가, 다시 말해서 마력을 가졌고, 그것을 다룰 수 있다는 증거. 간단히 얻을 수 없는 카드였다.

목소리가 거칠어진 불법침입자들과, 그것을 태연하게 적은 말수로 받아 흘리는 타이치.

어느 쪽이 우세한지, 제3자의 눈으로 보기에도 명백했다.

"나는 이 여관의 주인이랑 계약을 했다. 부조리한 폭력도, 증거가 없는 죄에 대한 부당한 명예 훼손도 용납할 생각이 없어. 알았으면 미직한테 가서 전해라. 네가 직접 나오라고."

"이 자식이…… 말조심해라."

남자의 말이 그저 허세라는 것을 타이치는 간단히 짐작했다.

"날건달을 써가면서 히히덕대지 말고, 네가 와라. 겁쟁이 미직한테 그렇게 전해."

"어? 이 자식, 지금 뭐라고……."

"안 들렸냐? 미직은 겁쟁이, 라고 했다."

타이치는 남자의 말을 가로막으면서 한 마디씩 확실하게 발음했다.

남자들의 얼굴이 단숨에 벌개졌지만, 타이치가 차분하게 검의 칼집을 쥐고서 조금 앞으로 끌어당기자 그들은 그 이상 파고들지 않았다. 정확하게는 그 이상 파고들 수가 없었다.

굳이 칼이 아니라 검을 가져왔다. 완성도가 좋은, 초보자가 보기에도 알 수 있는 상급품. 사용자가 대단치 않으면 돼지 목에 진주목걸이지만, 타이치는 이 많은 사람 앞에서도 동요하는 기색이 없고 더욱이 방금 전의 공방으로 실력의 일부를 보였다.

펀치를 받아내는 한순간 말고는 마력 강화를 안 썼지만, 지금 타이치는 결코 검에 뒤떨어져 보이지 않았다.

"……네놈 말, 분명하게 전할 거다."

"그렇게 하라고. 틀리면 안 된다?"

젠장할. 남자들이 욕지거리를 하면서 나갔다.

소란스러웠던 여관의 로비가 조용함을 되찾았다.

남자들의 기척이 완전히 물러간 것을 확인하고, 타이치는 테리를 마주보았다.

"미안. 저질러 버렸어."

완전한 선전포고. 미직을 도발한 이상, 지금까지처럼 얌전히 있지는 않을 것이다. 지금까지는 없었던 폭력을 휘두를지도 모른다. 힘으로 맞서는 것에서는 어지간해서 질 생각이 안 들지만, 선택을 잘못하면 폭력을 받는 건 테리와 민트가 된다.

"고마워, 타이치 군."

탓할 거라고 생각했지만, 뜻밖의 말이 돌아왔다. 타이치는 테리를 봤다. 그는 웃고 있었다.

"분하지만, 나는 아무것도 할 수 없었어. 지금까지랑 마찬가지였어. 다소 상황이 안 좋아져도 뭔가 바꿨어야 했는데, 나중 일을 생각하면 도저히 그럴 수가 없었지."

테리는 조용히 논했다. 2년 동안의 정체는 대단히 길다고 할 수 있었다. 용케 버텼다.

그러나, 뭔가를 타개하려면 행동을 바꿔야 한다. 예를 들어 지금 타이치처럼 분명한 저항의 의지를 행동으로 표현한다. 그러나, 테리는 몇 명이 있어도 험상궂은 남자들에게 맞설 수 없다. 최악의 경우 그대로 민트가 끌려갈지도 모른다. 그렇게 생각하자 행동도 일으킬 수 없었다.

그러나 이번에는 B랭크 모험가라는 협력자가 테리를 대신해서 행동을 일으켰다. 타이치의 언동은, 정도의 차이는 있지만 테리를 대변하고 있었다.

숨어 있던 민트도 남자들을 쫓아낸 것에 감사했다. 타이치로서는 참지 못하고 저질러 버린 것이라 약간 마음이 불편했다.

이걸로 패배는 용납할 수 없게 됐다. 스스로 벼랑 끝까지 나아갔다.

일단 감사를 받은 다음 방으로 돌아온 타이치는 정면에서

4개의 시선을 받았다. 그 시선의 주인은 물론 린과 뮤라다.

두 사람은 진지한 표정을 짓고 있었다. 타이치의 행동을 탓할 생각은 두 사람에게 없었다. 어쨌든지 이번 일은 막으러 가는 게 정답이었다고 생각하며, 미직을 직접 도발했기 때문에 사태가 변한다. 정체되어 있던 상황이 움직이는 계기가 될 것이다.

신경 쓰이는 일은 있다. 어째서 미직은 지금 부하를 움직이도록 한 걸까? 이제부터 가르겐 제국의 빈객이 오는 건 알고 있다. 그렇다면 어째서 움직인 걸까?

테리와 민트를 괴롭혀서 점수를 벌고자 한 걸까? 만약 그렇다면 지나치게 성급하지 않을까?

미직의 생각을 읽을 수가 없다.

그리고 또 하나.

타이치의 그 분노는 무엇이 원인이었을까?

그만큼 분노를 드러내는 일은 드물다. 대체 무엇에 화가 난 걸까?

타이치는 비밀, 이라고 말하며 입을 다물었다.

쑥스러워서.

만약, 테리의 입장에 타이치가 서 있었다면.

자신의 소중한 사람을, 그녀들의 의지를 무시하고 억지로 끌고 가려 한다면.

겁먹은 민트를 보고, 그 모습에 린과 뮤라가 겹쳤다.

만약 힘이 없었다면, 테리의 입장에 선 것은 타이치였을지도 모른다.

만약의 이야기는 의미가 없다는 것을 타이치 자신도 알고 있었다.

그러나 타이치는 용납할 수 없었다. 돈을 뿌려서 빼앗으려는 그 생각을. 정정당당히 나설 수 없으니까 그런 수단을 취하려는 것이다. 모든 것이 자기 생각대로 되지 않는 걸 인정할 수 없다는 약아빠진 사고가 드러난다. 그리고 본인은 그것이 용납된다고 진심으로 생각하고 있을 것이다.

타이치라는 부조리 그 자체를 눈앞에 두고, 한 걸음도 물러서지 않으며 자신의 긍지에 따랐던 도르트에스하임 공작과는 하늘과 땅 차이다.

이런 횡포를 용납할 생각은 없다.

드디어 본격적으로 움직이게 될 미직을 정면으로 쳐부순다.

힘으로 쳐들어온다면 그것도 좋다. 오히려 바라는 바다. 또 약은 수를 쓴다면 성가시겠지만, 이번에는 상대의 수법에 놀아날 생각이 없다. 한 번 호된 꼴을 못 보면 제대로 반성하지 않을 테니까.

"반드시, 지킨다."

생략된 타이치의 말. 그러나 그것이 무엇을 가리키는지, 이제 와서 생각할 것도 없었다.

그 남자들이 어떤 존재인지, 이번 소동으로 확실하게 알 수 있었다. 타이치의 말처럼 부조리한 행위도, 폭력도, 누명도 용납할 생각이 없다.

타이치의 말에, 린과 뮤라도 힘차게 고개를 끄덕였다.

◇◆◇◆◇◆◇◆

타이치 일행이 폭력배들을 쫓아낸 그날 밤.

호화로운 방.

그곳에서 두 남자가 마주보고 있었다.

한 명은 귀족복을 입은 남자.

또 한 명은 군복을 빈틈없이 입은 남자.

두 사람 사이에 준비된 홍차는, 준비하고서 다소 시간이 지난 모양이었다.

이것은 두 잔째였다. 두 사람은 그만큼 나름대로 긴 시간 동안 이렇게 마주보고 있었다는 것이다.

"그 소환술사 소년이, 정면으로 미직에게 시비를 걸었나."

"예, 각하."

여러 모로 정기 보고를 서로 마친 다음에, 이야기는 자연스럽게 그쪽으로 옮겨졌다.

아니, 자연처럼 보이는 필연이다.

어느 쪽에게든 지금 가장 핫한 화제이며, 애당초 지금이 이야기를 정리해야 할 때이다. 두 사람의 입장으로 보면 당연한 일이다. 조금 더 지나면 황족이, 그들이 섬기는 주군의 혈족이 이 도시를 찾아오니까.

"그들은 어떻게 움직일 거라고 생각하나?"

귀족 같은 남자가 군복 남자에게 물었다.

"……직접적으로 쳐들어가는 단락적인 성격은 아니란 보고가 올라와 있습니다만, 그러나 이런 수작을 부리는 상대와 승부를 하게 된다면, 솔직히 읽을 수 없습니다."

"흠. 그대도 그런가? 아니, 나도 잘난 기색으로 묻기는 했지만, 나도 그렇다. 직접적인 전투라면, 순식간에 정리가 될 문제겠지. 그러나."

"네. 쳐들어갈 힘은 있어도, 쳐들어가기에 충분한 정당한 이유가 모이지 않았습니다. 그들의 힘은 대단히 위협적이지만, 지금은 그 힘이 발휘되지 않도록 하고 있는 미직이 한 수위, 라고 할 수 있을 겁니다."

후우. 한숨을 쉬고서, 귀족복의 남자는 홍차로 목을 축이고 투덜거렸다.

"흠……. 폐하도 난처한 분이야. 진정한 의미로 그들을, 그를 제어할 수는 없을 텐데, 그래도 끌어들이고 싶어하시니."

그 혼잣말에는 대답하지 않았다.

대답은 안 했지만, 군복 남자도 같은 의견이었다.

끌어들일 생각인지는 알 수 없다. 아니, 그들 정도의 실력자다. 끌어들일 수 있다면 나라로서는 그러는 편이 좋은 게 당연하다.

그러나, 모국과 격이 비슷한 대국인 에리스테인 마법왕국이 그들을 끌어들이지 않았다.

이 사건이 어째서 해결되지 않는가?

그것은 그들이 이성적으로 행동하고 있기 때문이다.

보고된 역량이 맞다면, 미직 일파를 괴멸시키는 것 따위 간단하다. 소환술사 소년의 힘이 아니라도, 소녀들 두 사람만으로 충분하다.

그들이 질서와 법을 흐트러뜨리지 않는, 높은 윤리관과 이성을 아울러 가지고 있기에 현재 상황이 된 것이다. 만약 그들이 도시가 다소 혼란스러워지는 것 따위 알 바 아니다, 라는 극단적인 결론에 빠른 단계에 이르는 사고의 소유자였다고 생각하면 소름이 돋는다.

이성적이란 것은 말이 통한다는 것. 그리고 내전의 해결에 조력을 얻었다는 것은 교섭도 했을 것이다.

그런데도 에리스테인이 끌어들였다, 라는 보고가 오지 않은 것은 끌어들이는 것에 실패했거나, 혹은 포기한 것이다.

그것에서 에리스테인이 뭔가 메시지를 보낸 것이란 생각을 금할 수 없었다.

그들의 주군은 총명하다.

에리스테인의 의도에 대해서 사고를 하고, 몇 가지 예측을 세웠을 것이다.

"뭐, 폐하라면 괜찮을 거라 생각하네만."

"예. 평범한 통치자라면, 그들을 끌어들이고자 생각하여 실행하지 않을 리 없습니다. 결과가 어떻든, 그렇게 획책하지 않는 편이 오히려 의심스러울 겁니다."

"그래. 그런데 에리스테인에 소속되지 않았다. 그 의미는,

폐하라면 당연히 고려하셨을 것이야. 혹은, 그것이 어째서인지, 이미 눈치를 채셨을지도 모르지."

"예."

두 사람은 거의 같은 타이밍에 홍차를 입에 머금었다.

귀족 남자가 차분하게 품에서 담배를 꺼내 불을 붙였다.

연기가 흔들리며 공중에 휘몰아쳤다.

"그러면, 우리들은 우리들의 일을 하도록 하지. 자네, 준비는 어떤가?"

"예. 이번에는 미직으로 좁혀졌으니, 씨는 이미 뿌렸습니다."

"좋네. 그러면 나는 자네가 요청한 것을 준비하지. 하루이틀 안에 준비를 마치겠네."

"수고를 끼칩니다."

"뭘, 상관없다네. 자네가 마음껏 일하면, 내게도 도움이 되니까."

"송구합니다."

군복 남자는 깊게 고개를 숙였다.

그 모습에 너그럽게 응답하며, 귀족 남자는 입에 머금은 연기를 즐겼다.

◇◆◇◆◇◆◇◆

같은 시각.

웬치아 섬의 한 구석에 있는 거대한 저택의 한 방에서, 커다란 파쇄음이 울려 퍼졌다.

일반 가정이었다면 근처에 사는 자들이 뛰쳐나왔을 정도지만, 이 저택은 거대한 부지의 중앙에 서있어서 소리는 주위에 닿기 전에 흩어져 버린다.

그 파쇄음이 울린 방은 웬치아 섬을 포함한 시야크의 거대한 시장을 틀어쥔 상가의 당주 미직의 개인실이었다.

남자는 거친 숨결로 그 거구를 흔들면서 파괴된 책장을 노려보고 있었다.

그 책장 또한 일류 기술자가 만들어 고위 귀족이 아니면 손대기 어려울 정도로 비싼 것이었다.

"이놈, 이노옴! 고작해야 모험가가, 나에게 그 따위 말을! 나를! 겁쟁이라고 매도했다고!!"

벽에 장식되어 있던 호화로운 한손검을 집더니, 그것을 양손에 쥐고 가죽 소파에 휘둘렀다. 검술의 소양 따위 전혀 없어 보이는 난잡한 동작이었다. 검 자체도 무기라기보다는 장식을 위해 만들어진 것이라, 제대로 된 검사가 보면 틀림없이 고철이었다.

그래도 싸움에 몸을 던지는 모험가나 병사들을 상대한다면 모를까, 일반인을 상대하기에는 충분한 흉기.

고급이란 것을 한눈에 알 수 있는 훌륭한 소파가 검으로 찢어졌다.

미직은 몇 번이고 반복해서, 검을 휘둘렀다.

이윽고 갈기갈기 찢어진 소파를 보고, 그제야 조금 기분이 풀렸는지 미직은 커다랗게 숨을 내쉬었다.

완전히 지쳤는지, 검을 든 팔이 떨리고 있었다.

생각처럼 움직이지 않는 몸에 짜증이 난 것처럼, 검을 소파에 박아 넣었다.

집무 책상에 둔 주전자에서 직접 물을 벌컥벌컥 마신다. 입가에서 흐르는 것도 상관하지 않는다.

이윽고 다 들이켜 텅 빈 주전자를 내던지더니, 어둡고 분노로 탁해진 눈을 발치에 떨구었다.

"나에게 거스른 보답은 반드시 받게 해주마……."

미직은 커다랗게 숨을 한 번 내쉬었다.

"그 이야기가 이 타이밍에 들어오다니, 역시 나는 선택 받은 자다. 운이 내 편을 들어주니까. 이 이야기를 잘 처리해서 놈들에게 따끔한 맛을 보여주지."

미직은 승리의 순간을 떠올리며 조금 제정신을 되찾았다. 그리고, 어쩐지 모르게 창문으로 눈길을 주었다. 창문 너머는 밤의 어둠. 그곳에는 방의 불빛에 반사된 흐트러진 집무실이 비치고 있었다.

그것을 보고, 미직은 좋아지던 기분이 상해서 무심코 혀를 찼다.

"누구 없느냐!"

커다란 소리를 질렀다.

한순간의 틈도 없이 집무실에 시종장이 들어왔다.

"부르셨습니까, 주인 나리."

"이 방을 정리하고 새로운 걸로 바꿔. 알겠지? 아침까지다."

"알겠습니다."

시종장이 고개를 숙였다.

"나는 이만 잔다. 침실에 술을 가져와라. 그렇지. 오늘은 세 번째 아내다."

"그렇게 준비하겠습니다."

고개를 계속 숙이는 시종장에게는 눈길도 안 주고, 미직은 방을 나섰다.

시종장은 흐트러진 집무실을 한 번 둘러보더니, 하인과 메이드를 불러서 방 정리를 지시했다.

복도를 걸으면서, 지나치는 메이드에게 지시하여 산하의 상회에서 책장과 소파를 가져오도록 준비를 하게 한다.

지시를 내리는 쪽도, 그것을 받는 쪽도 익숙한 기색이다.

미직이 경기를 일으켜서 방을 파괴하는 것도, 그 다음에 술을 마시고 아내를 난폭하게 안는 것도 흔한 일이다. 또한, 아침이 되면 아내는 몇 갠가 멍이 들어서 침실에서 나올 것이다. 미리 상처약과 붕대, 또한 간단한 의료행위를 할 수 있는 자를 준비하는 손놀림도 익숙했다.

고급 가구를 다루는 상회에게, 미직이 발작을 일으킬 때마다 새로운 가구를 사려는 것은 드문 일이 아니었다. 시간적으로는 비상식적이지만 산하이기에 강하게 대응할 수도 없고 또한 돈도 제대로 지불하며, 고급 가구라는 몇 안 되는 물건이 팔려서 이익이 되기 때문에 여러 가지 의미로 거절할 이유가 없다.

그와 연관된 자들에게는 일상적인 풍경이다.

얼굴이 파래졌고, 체념이 떠오른 표정으로 미직의 침실로 가는 여자와 스친다.

고개를 숙인 채 배웅한 여자의 등을 한 번 보고, 시종장은 한숨을 쉬었다.

제40화 정보상

“상황을 정리해보자.”

저녁을 먹은 뒤 객실로 돌아와서 한 잔 하는 와중. 타이치가 말을 꺼냈다.

그 다음에도 계속 생각하고 있었다. 기다리는 것이 베스트일까? 베스트를 이끌어내지 못하더라도 보다 나은 결과에 다가가려면 어떻게 해야 할까?

갖가지 시뮬레이션이나 추리를 하고 싶었다. 린과 뮤라와 비교하면 머리가 좋지 않은 건 알고 있었다.

그러나, 무리였다.

결론을 내리는 것이, 가 아니다.

시뮬레이션 자체가, 였다.

아무래도 정보가 너무 부족하다. 이대로는 「내 머리로는 답이 안 나와」라는 결론마저도 내릴 수 없었다.

냄비가 있어도 재료가 없으면 요리는 못 만든다.

“어디보자.”

“그러면, 일단 알고 있는 것부터네.”

테리 부부의 여관에, 숙박객이 안 오도록 꾸미고 있다는 것.

테리 부부에게 걸려 있는 절도 용의는 누명일 가능성이 있다는 것.

도시 사람들은 테리 부부에게 연관되지 않으려고 하는 것.

테리 부부에게 관여하지 않으면 평온하게 살 수 있다는 것.

"……이제 와서지만, 용케 버티고 있다."

새삼 확인하고, 알고 있는 것이 너무나 적은 데다가 상황의 심각함이 부각되었다.

용케 꺾이지 않고 여기까지 버텨냈다. 그것은 테리가 얼마나 민트를 사랑하고 있는지에 대한 증명이다. 그가 혼자였다면 진작에 꺾였을 것이다.

"……그러네."

"어떻게든 해주려면, 미직을 무너뜨려야 해."

지금 이대로는 아무것도 못한다.

힘으로 해결할 수 있는 패턴으로서는, 공세를 받아 격퇴할 경우. 반대로 이쪽에서 힘으로 공격해도, 승리를 얻을 수는 있다.

그러나 그것은 일시적인 것이다. 시야크에 있는 동안에는 괜찮을 것이다. 그러나 타이치 일행이 여행을 떠난 다음, 미직이 보복을 하지 않을 리 없다. 오히려 보복할 가능성이 더 높다.

그 경우엔 지금까지처럼 얌전한 수단을 쓸 리가 없다. 테리와 민트는 더욱 심각한 취급을 받게 될 것이다.

그리고 무엇보다도, 힘으로 미직에게 대미지를 줄 근거가 극히 희박하다. 대의명분 같은 거창한 것은 필요 없지만, 행동에 설득력을 얻는 것은 중요하다. 제3자에게 들려줘서 「그 행동은 옳다」라고 말하게 해야 한다.

"역시, 미직이 걸려 넘어질 정도로 굳혀놓지 않으면 안 되겠어."

낮에 온 남자들의 태도를 생각하면 미직은 유죄. 이제는 교묘하게 숨겨져 있는 흑막을 어떻게 드러낼 것인가다.

그걸 위한 최초의 일격. 어디를 칠 것인가. 그것을 생각하지 않을 수 없다.

미직의 행위는, 눈감아줄 수 있는 범위를 다소 일탈하고 있다. 그런 부분에 기회가 있을 것 같았다.

"이제 정보상을 써도 될 무렵이야."

뮤라가 맥락도 없이 꺼낸 말에, 타이치와 린이 「드디어구나」라는 표정을 지었다.

본래 탐문에는 큰 기대를 하지 않았다. 그래도 전혀 단서를 잡을 수가 없어서 질색하고 있었다.

"그러면, 씨앗은 다 뿌렸다고 생각해도 되는 걸까?"

린의 말은 질문이라기보다는 확인이었다.

"그렇네. 이걸로 제1단계. 다음 스텝으로 가야지."

세 사람은 줄거리와 순서를 확인하며 고개를 끄덕였다.

정보상에 물어보러 갈 때, 이번에 남는 건 타이치다. 처음에는 린에게 맡겼지만, 누구라도 문제없이 할 수 있다고 판명됐기 때문에 교대하게 되었다.

이 부근에 화재가 나면 어떻게 될 것인가?

테리는 「금방 옆집으로 옮겨 붙어서 대화재가 나 버릴 거야」라고 단언했다.

그러면 절도 정도가 아니라 중대한 범죄자가 되어 버린다. 실행범은 부하일지도 모르지만, 명령을 내린 미직도 무거운 죄가 되는 것은 상상하기 어렵지 않다. 아무리 미직의 권력이 강해도 이제부터 타국의 황족이 오는 타이밍에 체제 예정 장소에 대화재가 일어나 버리면 수사는 엄격해지고, 미직의 특권도 통하지 않을 가능성이 높다. 엄벌을 피할 수 없다.

말이 좀 그렇지만 여자 하나 때문에 그 정도로 막 나가는 일은 현시점에선 없을 것이다.

그렇다면, 취할 수 있는 강경수단은 한정된다. 두 사람이 너무 멀리 가지 않도록 하기 때문에 다소 불편함과 비효율은 양해를 구할 수밖에 없지만, 그러면 세 사람 중 누가 남아도 테리와 민트를 지키는 건 불가능하지 않다. 교대제로 변경해서, 오늘은 타이치가 남는 차례가 된 것이다.

린과 뮤라는 나란히 거리를 걷고 있었다. 황족을 맞이하기 위해서인지, 거리의 사람들은 어수선한 분위기에 휩싸여 있다. 두 사람에게 힐끔거리며 눈길을 보내는 사람은 있지만, 아무도 말을 안 건다. 그렇게 탐문을 했으니 눈에 띄는 거겠지.

시민이 보이는 반응에 린과 뮤라는 내심 웃었다. 기대한 그대로의 리액션을 보여주고 있으니까. 이것이 씨 뿌리기의 성과. 타이치, 린, 뮤라 세 사람이 『해풍의 지붕』 측에 붙었다고 널리 알리는 것. 그 여관의 상황 개선을 위해서 움직이고 있다는 것을 도시 주민들에게 알리는 것이다.

"……린, 따라오고 있어?"

"응. 대각선 뒤. 거리 유지하면서."

이것도 당연히 예상하고 있었다.

린은 탐색 담당. 뮤라의 기척 탐지도 우수하지만, 린의 소나 마술 유효 범위에는 물리적으로 미치지 못한다. 뮤라가 떨어진다기보다, 린이 반칙 같은 거였다.

"거리 유지라, 꽤 제법이네."

린은 고개를 끄덕였다. 이 소나 마술의 범위 밖으로 나가면, 아무리 탐지에 특화된 밀정 같은 존재라도 목표를 정확하게 계속 포착하는 것에 상당한 난이도가 요구된다.

확실하게 미행하려면 소나 마술의 범위 안으로 들어가는 수밖에 없지만, 그러면 이번에는 린에게 존재가 다 들킨다. 밀정을 울리는 탐색 마술. 그것이 린의 소나 마술이다.

그 추적자는, 린의 마술을 깨닫고 있을 것이다. 그 마술이 어떤 건지는 이해할 수 없겠지만, 상당히 감지하기 어려운 이 소나 마술을 포착할 수 있는 것만해도 찬사를 보내야 한다.

"계속 풀어두는 거였지."

린이 뮤라에게 고개를 돌리며 확인했다.

풀어둘 필요가 없는 경우, 린이 장거리 마술로 저격할 셈이었다. 물론 도시 안이니까 위력은 거의 없는 걸 쓴다. 요컨대, 위협사격이다.

과거에 정밀한 제어를 요구하는 마술을 1킬로미터 밖을 향해 쏘아낸 린에게 그 정도는 식전 운동 같은 거였다.

"그래. 우리들 행동을, 미직에게 제대로 가르쳐 줘야지."

"그렇네."

언뜻 보기에는 미소를 지으며, 화사한 표정으로 그런 이야기를 하는 린과 뮤라. 대화 내용을 확인하지 않으면 그냥 잡담으로 보인다.

남자에겐 눈보신이 되는 표정으로 이야기를 나누며 두 사람이 간 곳은 모험가 길드. 무기다운 무기도 없이 마을 소녀 같은 차림의 소녀 두 사람에게는 어울리지 않는 것처럼 보이는 그 장소에, 린과 뮤라는 주저 없이 들어섰다.

새삼 말할 것도 없는 일이지만, 둘 다 빼어난 미소녀다. 굳이 따지자면 모험가는 남자들 사회다. 그 본거지인 모험가 길드에서 린과 뮤라 두 사람은 대단히 눈에 띈다.

익숙한 기색으로 비어 있는 카운터에 앉았다. 젊은 여성 길드 직원이 정중하게 인사를 했다.

"어떠한 용건이신가요?"

길드 직원이 잠깐 당황했지만, 표정 변화는 한순간. 모험가 길드. 평범한 여자애가 처음으로 방문할 경우, 일단 틀림없이 위축되는 장소. 여기서 이렇게 행동할 수 있다면, 장비품을 갖추지 않았을 뿐 모험가일 거라고 예측한 것이다. 프로다웠다.

"돈을 출금하고 싶은데."

뮤라가 품에서 길드 카드를 꺼내 카운터에 놓았다. 직원의 예측이 맞았다.

"알겠습니다. 얼마면 될까요?"

"어디. 일단, 3천만."

세 사람 사이에 있는 공기가 동결됐다.

"……."

"……."

"……괜찮아?"

"헉?!"

뮤라가 의문스레 말을 걸자, 빠져나갔던 의식이 돌아온 길드 직원. 그녀가 10년 걸려 버는 금액을 아무렇지도 않게 출금한다고 말한 뮤라를 보고, 한순간 현실 도피를 해버린 것이다.

"시, 실례했습니다. 그러면 본인 확인을 위해서, 길드 카드에 마력을 부탁드립니다."

"자."

카운터에 놓인 길드 카드에, 하얗고 가는 손가락이 가볍게 닿는다. 참으로 유연한 동작. 형태가 단정한 예쁜 손톱 끝에서, 미량의 마력이 흘러나와 길드 카드에 문자가 떠오른다. 이걸로 그녀의 신분은 전세계의 모험가 길드가 보증한다는 것이 증명됐다.

"……금빛 검사, 인가요……."

길드 카드의 문자를 확인한 길드 직원이 중얼거렸다.

"아즈파이어뿐이 아니라, 여기도 이야기가 전해졌구나."

"이곳 일대의 모험가들 사이에서는 유명한 호칭이니까요."

대답하는 직원의 음색에 살며시 경외심의 감정이 섞인 것을, 뮤라와 린은 깨달았다. 길드 직원이 처음 방문한 모험가의 길드 카드를 확인할 때 이름 다음으로 주목하는 부분, 모험가 랭크.

그곳에 기록된 『B』라는 문자에, 직원은 순순히 경의를 표한 것이다. 어떤 이유가 있어도, 이 문자를 날조할 수는 없다. 그것은 세상의 상식. 설령 귀족이라도, 왕족이라도, 이 랭크의 개변은 할 수 없으니까.

"본인 확인을 했으니 수속을 하고 오겠습니다. 잠시 시간이 걸리니, 저곳에 앉아 기다려 주세요."

길드 직원이 가리킨 곳은 로비였다. 절반 이상의 테이블은 다른 모험가들이 앉아서 채우고 있었다. 넓이는 아즈파이어 길드의 10배는 될 것 같았다. 도시의 규모로 생각하면, 이것도 좁은 편일지도 모른다.

길드 직원이 안으로 들어갔다. 그 등을 눈으로 배웅하고 일어섰다. 도시가 변하면 어떤 의뢰가 생기는 걸까? 둘 다 그것이 신경 쓰였다.

게시판을 주로 점하고 있는 건 도시 바깥에 서식하는 마물이나 야생동물의 토벌과, 시야크에서 서북서쪽으로 걸어서 이틀 정도 거리에 있는 숲의 채집. 패시브 퀘스트는 흑요마의 토벌이 있었다.

토벌의 증거품을 가져가면, 사후 신고로도 의뢰를 받았다고 판단하여 보수를 지불한다고 했다.

그 밖에도 배를 건조할 때 필요한 자재를 나르거나, 무역으로 수입한 물건을 담아둔 창고의 정리나 경비 등, 항구 도시라서 볼 수 있는 의뢰도 보였다.

그 중에서도 뮤라의 눈길이 머무른 곳은 구리 사마귀 토벌 의뢰였다.

높이 1미터쯤 되는 거대 사마귀. 몸이 구리로 되어 있으며, 잘 단련된 낫의 절삭력은 어마어마하다. 위협도는 B랭크 마물로 잡혀 있으며, 식욕이 왕성한 육식 마물이라 동물뿐 아니라 마물이나 인간도 먹는다.

따스한 기후를 좋아하는 구리 사마귀는 본래 가르겐 제국에 입국하여 어느 정도 남하한 곳의 온난한 기후가 주요 서식 지역이었다. 뭔가가 원인이 되어, 북쪽에 위치한 시야크 부근에 나타난 모양이다. 의뢰서에는 『토벌됨』을 가리키는 커다란 빨간 스탬프가 찍혀 있었다. 토벌 완료 날짜는 지금부터 1개월 전, 최근이다. 아마도 다른 모험가에게 주의를 촉구하기 위해 지금도 붙여놓았으리라.

그렇게 시간을 보내길 잠시.

"뮤라 씨."

이름을 불러서 돌아보자, 아까 카운터에 있던 여성 직원이 돌아왔다.

"여기 있습니다. 액수를 확인해 주세요."

작은 가죽 주머니를 가리켰다. 안에는 금화가 30닢 들어 있었다. 그것을 보고 고개를 끄덕인 뮤라는, 가죽 주머니를 품에 넣었다.

여기는 커다란 도시에 있는 길드라서 거금을 가지고 있지만, 작은 도시의 길드일 경우는 사전에 신청이 필요하게 된다.

갑자기 이런 거금을 내놓으라고 해도, 길드의 규모에 맞추어 상비하고 있는 금액도 변하니까 당연하다.

"용건은 이상이신가요?"

직원이 물었다. 물론 그걸로 끝이 아니다. 일부러 인출한 거금, 용도는 당연히 정해져 있었다.

"이 도시의 정보상 장소를 가르쳐 주세요."

여성 직원에게, 마력을 주입한 길드 카드를 제시하면서 린이 물었다.

보다 자세한 정보가 필요하다. 길드에서 알 수 있는 건 모험가에 연관된 것이다. 지금 린과 뮤라가 바라는 정보는 없으리라. 그렇다면, 그런 정보를 다루는 전문가를 의지하는 것이 지름길이다.

"정보상이군요. 알겠습니다. 잠시 기다려 주세요."

여성 직원이, 앉아 있는 의자 등 뒤에 있는 선반에서 양피지를 묶은 파일을 꺼냈다. 파라라락 넘기더니, 어느 페이지에 이르러서 종이의 움직임이 멈췄다.

"이곳입니다."

가리킨 곳은 시야크의 지도에서 본토 쪽, 바닷가에 있는 막사 따위가 모여 있는 곳. 속된 말로 슬럼가라고 불리는 장소다.

린은 미리 입수했던 시야크 지도에 정보상의 주소를 메모했다. 더욱이 모험가 길드의 소개라는 것을 증명하는 암호도.

"고맙습니다."

메모를 마친 린이 파일을 직원에게 돌려주었다.

"용건은 이상이야. 고마워."

뮤라와 린은 자리에서 일어나 길드를 떠났다. 수많은 모험가들이 그 등을 바라보았지만, 아무도 그 뒤를 좇지 않았다.

정보상을 모험가 길드에서 소개 받을 수 있는 것은 길드의 신뢰를 얻은 자뿐이다.

그 기준은 심플하다. 모험가 랭크 B 이상. 여성 직원과 나누는 대화에 귀를 기울이던 모험가들은 두 사람이 터무니없는 모험가라는 것을 알았다.

이유도 지극히 단순하다. 정보상을 필요로 할 정도의 모험을 하려면, 최소한 B랭크가 될 정도의 실력이 필요한 것이다.

더욱 말하자면, 정보상에게 지불하는 대가도 상당한 금액이 필요해진다. C랭크 정도로는 장만하는데 고생스런 금액. 그것을 지불했다고 흔들리지 않을 정도의 재정 기반이 있다고 판단해야 한다. 그 기준이 B랭크 모험가다.

재정 기반은 충분하고 남는 린과 뮤라. 지난번 내전의 보수로 받은 금화 2천 닢은, 타이치, 린, 뮤라 셋이서 600닢씩 균등하게 나누고, 나눠지지 않는 200닢을 레미아에게 건넸다.

사실은 500닢씩 나눌 생각이었지만, 이미 돈은 충분히 있는 레미아가 「너희들이 좋을 대로 써라」라고 한 것이다.

한 사람 몫의 금액은 일본 엔으로 환산하여 6억. 바라다 파티가 모험가로서 셋이 매달려 필사적으로 벌어들인 액수에, 한 명당 따라잡은 계산이 된다.

둘이서 12억을 넘는 자산을 가진 두 사람은 모험가 길드에서 1시간 정도 걸어간 장소에 있는 슬럼가로 와 있었다.

부랑자와 깡패들이 우글거리는 슬럼가는 결코 분위기가 좋은 장소가 아니다. 운 나쁘게 길을 잃고 들어와 버린 여성, 혹은 깡패들 눈에 띄어 끌려온 여성이 입은 걸 다 빼앗기고 좋다고 몰려든 자들에게 능욕당해 버리는 사건이 한 해에 몇 번은 일어난다. 시야크의 사회문제도 되고 있었다. 그러나 두 사람은 쏟아지는 수많은 시선을 전혀 개의치 않았다.

스커트 자락이나 가슴으로 향하는 남자의 시선은 둘 다 전부터 셀 수도 없을 만큼 받았다. 대충 말하자면 익숙해진 것이다. 가까운 여성들은 이구동성으로 그렇게 말하고, 사춘기 소년인 타이치라는 실제 예로도 확인이 끝났다. 그의 시선은 창피하지만, 그가 다른 여성을 보는 것도 그건 그거대로 뭔가 가슴이 먹먹하다는 복잡한 감정을 품고 있는 건 지금은 일단 제쳐두자.

눈에 비치는 깡패들과 비교하면 200마리의 고블린이 훨씬 강적이다.

물론 아무것도 모르는 자가 보면, 린과 뮤라는 수박이 넝쿨째 굴러들어온 것처럼 보일 것이다.

등 뒤에서 후려쳐서 의식을 빼앗고, 뒷골목으로 끌고 가서 마음껏 즐기려는 부정한 무리는 분명히 있었다. 각목을 손에 들고 다섯 명이 뒤에서 살금살금 소리를 죽여 다가가, 나머지 5미터까지 다가갔을 때 마술을 발현한 린과 뮤라가 동시에 돌아보았다.

거리는 5미터. 손에 각목을 든 상태에서, 자동소총을 손에 든 인간 앞에 서 있을 수 있을까? 힘의 차이를 지구 기준으로 표현하면 이렇게 된다.

몇 발의 『파이어볼』을 공중에 대기시킨 뮤라.

얼음 화살을 10개 정도 몸 주위에 띄운 린.

넝쿨 달린 수박인 줄 알았는데, 사실은 도화선 달린 폭탄이었다. 말 따위 필요 없이, 한 번 노려보자 깡패들의 입을 다물게 만드는데 성공했다.

마술을 쓸 수 있는 것만 해도 일반인보다 한 단계 위에 있는 데다가, 두 사람은 공격 마술을 행사한다. 그것만으로 힘의 차이는 명백해졌다. 깡패들은 자기보다 약한 자를 착취하는 존재. 자기보다 강한 자에게 스스로 손을 대는 하책은 쓰지 않는다.

여전히 쏟아지는 시선에는, 욕정과 함께 두려움이 섞였다. 그 시선만 의식 밖으로 쫓아내 버리면 두 사람의 앞길을 막는 자는 아무도 없었다.

계속 걷기를 20분. 두 사람은 목적지에 도착했다. 겉보기에는 주위에 잔뜩 있는 막사와 다를 바가 없다. 육지에서 바다에 지어진 오두막에서는 나무로 만들어진 기둥이 해면을 향해 뻗어 있었다. 해상의 오두막. 한 마디로 표현하면 그런 느낌이다.

목적지라고 판단한 근거는 간단하다. 그곳에만, 오두막과 육지를 잇는 널빤지를 가로막는 것처럼, 체격 좋은 남자가 서 있었으니까. 겉보기에는 부랑자나 깡패들과 다를 바 없다. 그러나 그에게서 풍기는 분위기는 부랑자, 깡패들과는 달랐다. 요전에 『해풍의 지붕』에 찾아온 날건달 따위하고는 비교도 안 된다. 병사나 경비대원과도 다르다. 모험가나 용병하고도 또 다른, 거친 일을 전문으로 하는 그쪽의 프로일 거라고 린과 뮤라는 생각했다.

"……길드에 여기를 소개 받은 모험가로군?"

남자는 억양이 없는 낮은 목소리로 말했다. 그가 뿜어내는 바리톤 보이스에는 뭐라 말하기 어려운 압력이 있었다.

"……우리는 「정보상」이다. 정보에서 우리를 웃도는 자들 따위 없어."

어째서 알았는지, 그렇게 표정에 드러내기 전에 기선을 제압당해서 당황하는 린과 뮤라.

만만치 않다. 그렇게 느낀 두 사람은 긴장을 늦출 수 없었다.

"……암호를 말해라."

"세상을 비추는 광명과 그림자 나란히 있나니."

어째선지 운율에 맞춘 암호를 말하는 린. 이쪽에도 고전시가 같은 풍습이 있는 걸까?

"……분명히 길드의 소개를 받은 모험가로군. ……따라와라."

린의 암호를 들은 남자는 등을 돌리고 오두막으로 걸어갔다. 그 뒤를 따라서, 삐걱삐걱 소리를 내는 널빤지 위를 걸어갔다. 열려 있는 높이가 낮은 문을 숙여서 통과하여 오두막 안으로 들어갔다.

안은 무척 살풍경했다. 비좁은 방. 바닥에 직접 깔린 카페트 위에 테이블이 하나. 오두막에 있는 것은 그저 그것뿐. 살풍경해서 오히려 인상에 남을 법한 그런 방이었다.

그리고.

"잘 왔구나. 모험가 계집들."

슬럼이 어떻고 방의 인상이 어떻고.

모두 날려 버릴 정도의 압력을 뿜어내는 노파가 현관의 맞은편에 놓인 커다란 쿠션에 앉아 있었다.

"나는 다리가 이 모양이라서. 이대로 실례하마."

그녀 말처럼 오른쪽 다리는 있지만, 왼쪽 다리는 무릎 아래가 없었다. 더욱이 오른쪽 눈에는 검은 안대. 만신창이……라기에는 눈빛이 너무 강렬했다.

몸집 그 자체는 상당히 작은데 이런 존재감이라니. 반세기 옛날로 돌아간다면, 현역의 그녀를 볼 수 있었으리라.

"……허어. 나를 보고 얕보지 않는구나. 그냥 계집아이들은 아닌 모양이군."

"무슨 말씀을 하세요. 숨길 생각도 없으면서."

"허헛."

노파가 주름진 손바닥을 아래로 향해 위아래로 움직였다. 앉아라, 라고 판단하여 바닥에 앉았다.

"제법 날카롭구나, 너희들. 최근 B랭크 모험가는 이 정도도 눈치 못 채는 녀석이 많아서 말이다."

"그걸 못 깨닫는 둔탱이가 정말로 있어?"

뮤라가 기가 막힌단 표정을 지었다. 눈앞의 노파는 더할 나위 없이 노골적으로 압력을 뿜어내지 않았는가?

"있고말고. 고철 B랭크지. 일정 이상의 강함이 없으면, 눈치 못 챈다."

"……."

노파의 말에, 두 사람은 나란히 한순간 말이 안 나왔다.

어느 수준을 넘지 않으면 감지가 안 되는 압력. 그런 재주 좋은 짓을 눈앞의 노파가 했다는 것이다. 시험을 받았다는 게 전혀 신경 안 쓰일 정도로, 노파가 보인 재주에 말을 잃었다.

두 사람을 본 노파가 눈웃음을 지었다. 살짝 올라간 입술에 노파의 심경 변화가 담겨 있었다.

"홀홀홀. 정진하거라, 젊은이들. 내가 할 수 있는데 너희들이 못할 이유가 없을 테니."

"———."

"그러면. 오늘은 뭘 알고 싶어서 왔느냐?"

완전히 주도권을 빼앗겼다. 경험으로는 완패. 그리고 이 노파의 바닥을 전혀 읽을 수 없다.

"자, 물어보도록 해라. 돈만 내면 뭐든지 가르쳐 주마."

정보상.

돈을 내면 그 정보상이 알고 있는 범위의 정보를 얻을 수 있는 장소.

린과 뮤라는 마음을 가다듬고, 물어볼 자세를 취했다.

이제부터는 이 노파의 말을 한 마디도 놓쳐선 안 된다.

뮤라는 작게 숨을 내쉬고, 노파를 바라보았다.

"물어보고 싶은 건, 시야크의 상인 미직의 정보와 미직의 배후에 대한 정보야."

◇◆◇◆◇◆◇◆

뮤라는, 여기에 뭘 사러 온 것인지 눈앞의 노파에게 전했다.

정보상에서 정보를 얻는다. 정보의 신선도, 농도, 정확도에 따라 가격이 바뀌지만, 최소한의 정보라도 결코 싸지 않다.

대개의 정보는 모험가 길드, 혹은 정보통인 여관이나 주점에서 입수할 수 있다.

그래도 얻을 수 없는 정보는, 평범한 모험가에게는 용건이 없는 것이다.

예를 들어보자.

일확천금을 노릴 수 있는 마물에 대한 정보라면 보통 모험가는 개죽음을 맞게 된다.

폭넓은 모험가에게 기회를 주는 커다란 돈벌이 이야기는 정보를 모으고자 할 것도 없이 귀에 들어온다.

일반적인 수단으로는 입수할 수 없지만, 사람에 따라서는 수요가 있는 정보를 공급하는 쪽. 그것이 정보상이다.

그러한 정보를 손에 넣으려면 어느 정도 고생이 필요한 경우가 많고, 정보상으로서도 정보의 가치와 별개로 경비를 회수해야 한다. 그래서, 정보상에게서 구입한 정보는 필연적으로 비싸진다.

뮤라는 모험가로서 홀로 활동하며, 또한 레미아에게 이론적인 형태로 갖가지 지식을 얻었다. 그런 지식 속에는 정보상에 대한 것도 있었다.

일반인이 보기에는 바가지로 보이는 거금을 청구한다. 그러나 레미아에게 배운 뮤라에겐 그것이 기본. 고액의 대금 지불을 망설이지 않는다.

"허어어. 그 날라리 아들내미 미직에 대해서인가? 그 부부를 구하려고 하는 게야?"

"……그걸 어째서?"

놀라움을 삼키며 물어보는 린.

"봐라, 검은 머리 아가씨. 여기가 어딘지를 잊었느냐?"

"……."

뭐든지 알고 있다. 여기는 그것이 상식인 장소라는 걸 떠올리고, 린은 더 이상 신경 쓰는 걸 멈췄다. 생각해봤자 헛수고로 끝날 것이 눈에 보였으니까.

"뭐, 알고 있는 게 당연하지. 이곳은 정보상인걸. ……이 도시에 당신들의 수하가 어느 정도 있는 걸까?"

"홀홀홀. 미안하지만 가르쳐줄 수 없구나."

노파의 말에, 린은 이번엔 놀라지 않고 고개를 세로로 저었다.

"지당한 말이네요."

그렇게 간단히 밥줄의 비밀을 밝혀서야 장사를 못한다.

이번에는 노파가 유쾌한 표정을 감추지 않았다. 뮤라의 물음과 노파의 대답에 대한 린의 대답이 그녀의 마음에 든 것이다.

"재미있는 아가들이구나."

노파는 그렇게 한 번 고개를 끄덕이고, 표정 그대로 눈빛만 강화했다. 비즈니스 모드로 전환한 모양이다.

"그러면, 미직의 스캔들에 대해 가르쳐줄 수 있을까?"

"그 녀석은 스캔들 덩어리란다. 횡령, 탈세, 뇌물수수, 협박, 공갈, 폭행. 언뜻 생각나는 것만 해도 이만큼 있지."

모국의 글러먹은 정치가를 규탄하는 뉴스가 뇌리에 떠오르는 린.

"그리고 조심스럽지. 숨바꼭질이 특기란다. 좀처럼 꼬리를 잡히지 않아."

노파는 차분하게 손바닥을 위로 올려 옆으로 내밀었다.

어느샌가 옆에 서 있던 남자가 노파에게 둥글게 만 양피지를 건넸다.

노파는 그것을 「참고자료란다」라며 아무렇게나 테이블 위에 던졌다.

양해를 구하고 펼쳤다.

대체 어디서 입수했는지, 미직의 탈세나 횡령, 뇌물수수를, 이름만 존재하는 단체를 통해서 행한 것이 기록된 문서였다. 이것 하나만 가지고선 증거가 되지 않겠지만, 이 수치를 알려면 원본이 필요하다. 다시 말해서 진짜 숫자를 베껴 쓴 것이다.

미리 필요하다는 걸 알지 못하면, 대화의 흐름과 함께 내놓는 것은 불가능하다.

두 사람은 진심으로 「이 노파 정체가 뭐지?」라고 생각했지만, 침묵을 지켰다. 섣불리 캐냈다가 괜한 역정을 살 건 없다.

"……부정 퍼레이드네."

"새까매."

"두드리면 먼지밖에 안 나온단다."

미직에 대해 조사한 노파도, 조사 결과가 나올 때마다 기겁했었다. 이걸로 고발하면 정상참작이 불가능한 수준이다.

어째서 미직이 고발되지 않는 것인지 신기할 정도지만, 그것은 노파에게 물어본 두 번째 질문에 연관이 있었다.

이 정도 부정이 만성적으로 일어난자면, 지역을 관할하고 있는 귀족이 내버려 둘 리가 없었다. 하물며 그것이 미직처럼, 시야크라는 대도시에서 커다란 힘을 가진 수준의 상인이라면 더욱 그렇다. 권력을, 돈을…… 영향력을 가진 자라면, 당연히 그에 따른 책임도 지게 된다.

다시 말해서, 그 책임을 벗어날 수 있도록 허용하는 미직의 배후가 있다는 것이다.

노파도 그건 알고 있었다.

"보통은 아무리 미직이라고 해도 진작에 심판을 받았을 테지."

"역시 배후가 있는 거군요."

"그래. 시야크를 관할하는 건 가르레아 가문이란다. 변경백작위지."

변경백작 가문. 상당한 거물이다. 아니, 시야크 정도의 도시를 관리한다면 결코 격이 떨어지지 않는다.

가르레아란 이름을 들은 뮤라가 희미하게 눈썹을 움직였지만, 금방 본래대로 돌아왔다. 그러나 그 사소한 변화라도, 눈 앞의 노파는 놓치지 않았다.

“가르레아 가문을 아는 게냐? 엘프 아가.”

“……삼남이라면, 딱 한 번 만난 적이 있어.”

뮤라로서는 화제로 삼을 생각이 없었기 때문에 반응해 버린 것 그 자체를 없었던 일로 삼고 싶었지만, 이 노파는 그렇게까지 무르지 않았다. 뮤라의 명예를 위해 말하자면, 그녀의 포커페이스가 미숙한 것이 아니다. 노파의 관찰력이 빼어나게 높은 것이다. 숨기기에는 상대가 안 좋았다고 해야 하리라.

뭐 그것에 대해 이 자리에서 추궁하지 않은 것은 뮤라에게는 행운이었으리라. 이야기가 중간에 끊어졌으니 양쪽 모두 이 화제는 그 이상 펼치지 않았다.

“코세이로구나. 지금 시야크를 관리하고 있는 건 코세이지.”

“……당주가 아니라, 삼남이 하고 있는 건가요?”

“오냐.”

노파는 차근차근 설명을 시작했다. 가르레아 가문에서는 백작위 계승권의 유무를 따지지 않고, 열일곱이 된 남아가 시야크 관리를 2년 동안 한다고 했다.

그것은 귀족으로서 실력을 키우는 것과 동시에, 백성의 생활을 이해하기 위해 선조 대대로 내려오는 수단이라고 했다.

“부정이 일어나게 된 것은 차남인 이다사부터란다.”

“……”

이런 장소지만, 린은 한 번 커다랗게 심호흡을 했다. 끓어오르는 웃음을 포커페이스로 죽였다.

코세이에 이다사[#1]. 아까부터 이름에서 악의밖에 안 느껴지는 건 기분 탓일까? 린은 생각했다.

물론 기분 탓이다. 이 세계에서는 딱히 이상한 이름도 아니다. 비슷한 이름이라도, 성실하고 지극히 제대로 된 인생을 살고 있는 자는 수도 없이 존재한다. 이번에는 어쩌다가, 이름이 성질을 나타내는 느낌이 된 것뿐이다.

이런 점이 수도 없이 직면했던, 세계의 차원이 다르면 상식도 달라진다는 점 중 하나일 것이다. 린도, 물론 타이치도 그렇지만, 본래 세계의 상식으로 이 세계에 대해서 모두 논할 수가 없다. 그것은 크든 작든 갖가지 일을 겪으며 알게 된 것이다. 본래 세계의 상식을 끌어오면 오히려 엉뚱한 말로 들리는 일도 있었다.

이번에는 코세이와 이다사의 소행과 함께 이름을 들었기 때문에, 묘한 인상이 남은 것뿐이다.

린의 사고가 샛길로 빠진 사이에도 이야기는 이어진다. 뒤쳐지지 않도록, 린은 금방 그 사고를 구석으로 몰아냈다.

"이다사도 코세이도, 머리는 나쁘지 않다. 미직의 부정을 한쪽에서 지탱하고 있지만, 부정으로 발생하는 수치는 시야크 전체를 볼 때 오차로 정리할 수 있는 범위에서 조정하고

#1 코세이에 이다사 드래곤볼 애니메이션에 등장하는 단역 캐릭터 「이다사」, 「이코세」 형제. 두 이름의 어원은 촌스럽다(ださい dasai), 쪼잔하다(せこい sekoi)이다.

있는 거지."

오차로 정리할 수 있는 범위라서 들키기 어렵다. 실제로 지금까지 그것에 대한 규탄이 없다는 사실이, 얼마나 일을 잘하고 있는지 증명하고 있었다. 특히 이다사는 그런 숫자에 상당히 강해서, 코세이에게 이것저것 불어넣었다고 한다.

"제법, 만만찮다는 거네."

"그렇구나. 미직만 노릴 경우에는, 노출 되면 사정이 안 좋아지는 코세이와 이다사가 무마시킬 위험도 있지."

"그러면, 냄새는 근본부터 없애야지."

"그렇구나."

"미직을 밟아주는 건 덤이 될 것 같아."

두 사람이 도달한 대답에 만족스레 고개를 끄덕이는 노파. 두 사람이 총명한 것은 알고 있었으니, 힌트만 주면 스스로 대답에 도달할 것은 알고 있었다. 그래도 박자가 딱 맞는 두 사람의 영민함에, 노파는 대화가 즐거워졌다.

요즘 B랭크 모험가는 흉작이 많다고 느끼고 있던 노파는, 부하를 제외하면 이렇게 이해가 빠른 자와 꽤 오래 대화를 못 했다. 그것이 자신의 손주뻘 되는 나이의 소녀 두 사람이라면 기쁨도 한층 커진다.

아래 세대도 드디어 재미있어졌구나. 그렇게 생각하기에 충분했다.

"잠입 수사에 적합한 사람을 소개해줄 수 있을까?"

"어째서지? 너희들도 B랭크 아니냐? 그 정도 스스로 못하는 게야?"

최상으로 평가할 수 있는 말을 들은 노파는 굳이 엄격한 어조로 물었다.

"유감이지만, 우리는 그런 잠입의 경험이 아직 없어."

"승률이 낮은 도박을 할 여유는, 지금은 없어요."

"그러니."

눈앞에 있는 15세 전후의 소녀 두 사람이 사실 A랭크에 필적하는 실력을 가진 것은 노파의 정보망에 걸려 있었다.

그만큼의 실력을 가지고서, 자신의 장단점을 자각하고 부족한 부분을 창피하다고 느끼지 않으며 보강하고자 한다. 지금 당장 보충할 수 없다면, 바깥에서 힘을 빌리는 것도 망설이지 않는다. 그것은 간단하면서도 어렵다. 그냥 힘이 아니라, 진짜 강함을 가진 자만 가진 자질이었다.

또 한 사람, 그녀들의 동료인 소환술사 소년도 만나보고 싶었던 노파지만, 지금 세 사람이 놓인 상황을 생각하면 그가 남는다는 선택은 옳다.

"그런 일이라면, 마침 딱 좋은 녀석이 있단다. 싸지는 않다마는. 그 녀석을 고용할 테냐?"

망설이지 않고 끄덕이는 두 사람.

"좋다. 내가 의뢰를 해주마. 한 이틀 안에 결과가 나올 테니, 사흘 뒤에 또 오면 된단다."

"……사흘인가요."

"꽤 빠르네."

"이걸로 먹고 살지 않느냐? 일은 빠르고 정확하게. 손님을 늘리는 요령이란다."

이 정도는 아무것도 아니라는 노파의 태도. 그 요령이란 것도 틀린 건 아니지만, 실현하기 위해서 어느 정도 노력과 코스트가 필요한지 알 수가 없었다.

"이야기는 이걸로 전부더냐?"

조사를 해준다면, 이제 여기엔 용건이 없다. 다음에 또 오면 된다.

"그러면 모두 3천만이란다. 선금으로 천오백만을 받지. 나머지 천오백만은 조사 결과랑 맞바꾸면 된단다."

가진 자금에 딱 맞춘 금액 제시. 계좌에서 인출한 것을 옆에서 본 것 같았다.

기가 막혔지만 이제는 놀라지 않는다. 설령 캐물어도 「정보상이니까」라고 대답할 게 빤하다. 이용하기에는 든든하지만, 적으로 돌리기는 싫은 상대다.

뮤라는 가죽 주머니를 통째로 노파에게 던졌다. 전조도 없이, 게다가 다리와 눈이 불편한 노인에게 할 짓은 아니다.

그러나 두 사람 다 동요하지 않는다. 이 노회한 여인에게 통하지 않는 건 잘 알고 있었다. 그 예상대로 노파는 입구를 묶고 있는 끈의 고리에 검지를 넣어 받아냈다.

고작해야 금화 30닢이라고 해도 던져서 건넨 것을 받으면 나름대로 반동이 있을 테지만, 노파는 그런 모습을 전혀 보이지 않았다.

역시, 노파의 자세는 상대의 방심을 이끌기 위한 포즈 같은 것이다.

"선금 같은 귀찮은 건 생략하겠어. 신용할 테니까 기대를 배신하지 말아줘."

하다못해 앙갚음으로 그렇게 말했지만, 노파는 가죽 주머니를 던졌다 받았다 하면서 대범하게 웃을 뿐이었다.

린과 뮤라는 일어섰다.

계속 문 옆에서 기척을 흐리며 서 있던 안내인 남자가 현관을 열었다.

인사를 하고 등을 돌린 린과 뮤라에게 노파가 말을 걸었다.

"아까부터 헤매고 있는 그림자, 너희들이 풀어두고 있는 거 맞지?"

"그런데."

"그게 왜요?"

"아니, 아무것도 아니란다. 열심히 해보거라."

그 말을 등으로 받으며, 두 사람이 물러갔다. 기척이 멀어져 간다.

"카게로우를 가르레아 가문으로 보내라. 전부 발가벗길 때까지 돌아오지 말라고 해라."

아까 그 노회한, 그러나 보살피기 좋아하는 분위기는 완전히 사라졌다. 지금 노파를 휘감은 것은 건드리면 베일 것 같은 날카로운 검 같은 공기였다.

"……상당히 마음에 드신 모양입니다. ……카게로우를 보낼

거면 두 배는 받아야 수지가 맞는데요."

카게로우는 노파가 품고 있는 부하들 중에서 최대의 실력자. 백작 가문에 침입이라는 임무를 카게로우한테 의뢰하면, 남자 말처럼 6천만이나 7천만이 시세였다.

그것을 아는 안내역을 맡은 남자가 말하자.

"얼빠진 놈. 돈이 아니다."

날카로운 말을 들은 남자가 고개를 움츠렸다. 물론 그도 상당히 뻔뻔스러워서, 안색은 전혀 변하지 않았지만.

"그 녀석들의 잠재능력을 느끼지 못했나? 아직 완전히 발휘하지 못하고 있다."

"…………그건 또 참."

정말로 예상 밖이었는지, 남자가 눈을 동그랗게 떴다.

"**보이신** 겁니까?"

그 물음을 듣고, 노파가 웃었다.

"보였고말고. 언젠가, 저 아가들은 힘을 얻을 거다. 지금 이상의 힘을."

"과연."

"저 녀석들한테 은혜를 입혀둬서 손해 볼 건 아무것도 없다. 오히려 이것이야말로 우리들의 존재 이유다. 아니냐?"

"지당한 말씀."

남자가 그렇게 말하고 한 걸음 물러났다. 그 이상은 할 말이 없다는 의사 표시다.

입을 닫은 남자에게 그 이상 눈길을 주지 않고, 노파는 씨익 웃었다.

"그렇고말고. 모험가는 이래야지. 안 그런가? 지르바여."

노파는 어느 이름을 말했다. 그 이름을 들은 순간, 남자가 공손하게 고개를 숙였다.

지르바. 모험가의 역사를 알아본 자라면 한 번은 눈에, 혹은 귀에 접한 적이 있는 이름. 물론 레미아와 뮤라도 아는 이름이다.

모험가의 시조, 지르바 클레멘스. 그 자가 없었다면 모험가라는 직업은 태어나지 않았을 것이다.

노파는 지르바 클레멘스의 피를 잇고 있었다.

그것이 바로 노파의 정체. 현대의 모험가에게 한탄한 것은 진심으로 하는 말이었다.

그녀는 자신이 흥미를 가진 자 앞에만 모습을 드러낸다. 마지막으로 노파의 모습을 본 것이 누구였을까?

아는 자는 적지만, 그녀는 현대의 살아있는 전설이다. 전성기의 노파에게는 현대 최고의 전사 중 한 명인 스미에라와 현대 최고의 마술사 중 한 명인 레미아가 동시에 덤벼도 당해낼 수 없다고 예상하는 자마저 있었다.

뭐, 그런 예상 따위는 만약의 이야기니 의미 따위 없다. 현실적으로 전성기의 노파는 레미아와 만나지 않았고, 스미에라에 이르러선 태어나지도 않았다.

그리고 무엇보다도, 그런 평가를 받고 있는 레미아나 스미에라가 그것을 전혀 신경 쓰지 않는다.

"기대하고 있겠다, 젊은이들. 나한테 진짜 모험가의 모습을 다시 한 번 보여다오."

그 눈에는, 대체 무엇이 보이고 있을까?

빛나는 영광인가? 아니면 어두운 지옥인가? 혹은 평범한 미래인가. 노파는 말하지 않았다.

◇◆◇◆◇◆◇◆

지금 막 자신들이 만난 인물이, 어떤 의미로 국왕보다도 위대한 인물이라는 생각을 털끝만큼도 못하는 린과 뮤라는 저녁에 접어든 거리를 느긋하게 걸었다.

여전히 그림자가 따라붙어 있었다. 그러면 된다. 이걸로 정보상으로 갔다는 것을 미직이 알게 될 것이다.

지금까지 했던 탐문, 그리고 오늘 방문한 정보상. 모두 밑밥이다. 이걸로 미직은 진심으로 자신의 지위를 위협하려는 자가 나타난 것을 알게 될 것이다. 그리고 그것은 그에게 첫경험일 것이다.

지금까지도 미직의 행패를 참지 못하고 시비를 건 자가 있기는 있었겠지만, 그 정도의 권력을 가졌으니 결정적인 타격을 주지 못하고 격퇴당해 버렸을 거라고 생각한다.

그것 안됐지만, 그렇다고 린 일행이 뭘 해줄 수 있는 건 아니다. 가능한 것은 앞으로 불이익을 당하게 될 사람들을 구하기 위해 노력하는 것뿐이다. 미직을 혼내줄 수 있다면, 과거 미직에게 도전했다 패한 자들의 마음도 조금 풀릴 것이다.

린도 뮤라도, 이 자리에는 없지만 타이치도, 시야크에 와서 평범하게 지냈다면 미직의 횡포 따위 모르고 도시를 떠났을 거다.

이런 행동을 일으키지 않았다고 단언할 수 있다. 웬치아 섬은 리조트. 세 명 모두 리조트를 만끽하는 것이 최대의 목적이었으니까.

모두 우연의 산물. 우연한 인연으로 알게 된 부부가 마음에 들어서, 그 부부가 미직에게 박해를 받고 있으니까 구하고 싶다고 생각한 것뿐이다.

이번 미직의 상대는 본격파다. 소녀 두 사람은 A랭크에 필적하는 실력을 가진 데다가 타이치는 또 차원이 다르다. 따라서 시위 행위가 통하지 않는다.

그리고 정보상을 이용해서 진심이라는 것을 알았을 것이다. 더욱이 이제부터 미직에게 전해지는 것을 굳이 바라면서 압력을 거는 수단으로 삼을 정도로 머리도 돌아간다. 노골적인 적대에 전혀 물러서지 않는다는 인상도 줄 수 있다. 미직의 눈을 테리 부부에게서 타이치 일행 세 사람으로 옮길 수 있는 것이다.

그리고 탐문과 정보상이라는 밑밥에는 또 하나의 노림수가 있었지만, 그것은 확실하지 않기 때문에 그다지 기대하지 않는다. 정보상이 제대로 일을 해준다면 그것으로 미직의 토대를 지탱하는 귀족을 쳐서 일정한 효과를 얻을 수 있으니, 현

시점에서도 승산은 있다. 밑밥에 포함된 또 하나의 노림수가 현실이 되면 승률은 올라가지만, 불확정 사항에 의존하는 발치가 불안한 작전은 세우지 않았다.

그리고 무엇보다도 비장의 수는, 세 사람이 가진 지르말을 비롯한 왕국 중진과의 연줄이다. 이걸 이용하면 작전 모두가 물거품이 되어 사라져도, 테리 부부를 구하고 더욱이 시야크를 해독하는 것이 가능하다.

처음부터 여기에 의지해서는 해결능력이 생기지 않기 때문에 비장의 수로 삼고 있지만, 모든 계획이 틀어졌을 경우 이 카드를 꺼내는 걸 망설이지 않는다. 민트의 인생이 걸려 있는 것이다. 프라이드가 뭐라고 할 때가 아니다.

"그러면, 이다사랑 코세이는 뭘 저질러 줬을까?"

"그러게. 어떤 부정행위가 나올까?"

"아마 기가 막힐 정도로 나올 거야."

두 사람은 정보상이 해주는 일을 의심하지 않는다. 이번 정보상은 길드에서 직접 소개를 해줬으니까.

정보상이 얻는 매상의 몇 퍼센트를 길드가 받는 중개업 같은 것을 하고 있는 것이다. 어중간한 업자는 소개할 수 없다. 최악의 경우 그 업자만이 아니라 길드도 신용을 잃게 되고, 모험가가 오지 않게 될 가능성도 있는 것이다.

그렇게 되면, 그 도시의 모험가에게 의지하지 못하고 직접 어떻게든 해야 하게 된다. 그 길드 관계자가 모두 함께 책임을 지는 것이다.

사흘 뒤가 기대된다. 여관으로 돌아온 린과 뮤라의 보고를 들은 타이치가 말했다. 이걸로 가르레아 가문과, 이어서 미직에게 타격을 넣을 수 있는 찬스가 생긴다. 만사가 잘 진행되면, 테리와 민트를 주박에서 해방할 수 있는 것이다.

그리고, 운이 좋은 건지 아닌지. 아무래도 바람은 타이치 일행에게 불어오는 모양이다. 사태는 생각지 못한 방향으로 호전된다. 기대하지 않았던, 밑밥의 마지막 노림수가 현실이 된 것이다.

◇◆◇◆◇◆◇◆

의식을 기울인 곳에서 린이 큰 길을 걷고 있었다. 타이치가 기척을 감지할 수 있는 한계 거리는 린의 소나 마술로 커버할 수 있으니 그녀도 타이치가 따라오고 있다는 걸 확실하게 포착하고 있을 것이다.

린이 마술을 쓰고 있는 건 타이치가 마음먹고 찾으면 그다지 고생 없이 알 수 있는 것이지만, 지금은 그쪽으로 그렇게까지 의식을 기울이지 않았다.

지금 타이치가 의식을 기울이는 상대는 직선거리로 타이치의 후방 약 200미터에 있었다. 위치관계는 린, 타이치, 그 밀정이다.

"아직, 아직."

밀정도 타이치의 존재는 깨달았을 것이다. 린에 대한 경계와 마찬가지로, 타이치에게도 주의를 기울이는 것을 피부로 느낄 수 있었다.

정보상에게 조사를 의뢰하고 마침 사흘째. 타이치와 린, 그리고 뮤라는 따로 행동을 하고 있었다. 이번에 남은 것은 뮤라. 작전 행동을 취하는 건 타이치와 린의 역할이었다.

오늘, 상황이 커다랗게 움직인다. 타이치가 린과 거리를 두면서 따라가는 것도 행동을 일으키기 위해서다.

지금은 아직, 그때가 아니다. 타이치의 역할은 두 가지. 하나는 밀정의 경계 대상을 늘리는 것. 또 하나는 타이밍에 맞춰 일을 움직이는 트리거가 되는 것.

린의 발걸음에는 망설임이 없었다. 이윽고 슬럼가로 향했다. 멀지도 가깝지도 않은 거리를 유지하면서, 타이치가 그 뒤를 따랐다. 그 더욱 뒤를 밀정이 따라온다.

린이 보는 것과 달리 보통의 소녀가 아니란 것은 슬럼에서 이미 알려진 사실이었다. 그래서인지 첫날에는 그렇게 노골적으로 이쪽을 노리던 시선이 지금은 가끔 느껴질 뿐이다. 시선 끝에 있는 당사자인 린은 지긋지긋한 시선이 줄어들어서 시원하다고 생각하는 참이었다.

한편 처음으로 이 자리에 발길을 들인 타이치는, 깔끔한 복장과 가녀린 몸집 탓에 보이는 것 그대로 깔보이고 있었다.

타이치를 뜯어내고자 꾸미는 자들에게, 지금 둘러싸여 있었다.

모습이 보이는 자, 모습이 보이지 않지만 이쪽을 호시탐탐 노리는 자. 세어 보면 끝이 없고, 쓰러뜨리는 건 간단하지만 일일이 상대하는 건 시간 낭비라는 대답에 금방 이른 타이치. 철두철미하게 완전히 무시하기로 했다.

"따끔한 맛을 보기 싫으면 돈이랑 옷 전부 놓고 가라."

몇 명이 나이프나 각목을 들고 말을 걸지만, 일단은 무시한다.

"이봐, 안 들리냐?"

이어서 말을 걸기에, 어쨌거나 무시한다.

근거리에서 남자들이 떠들어대지만, 더욱이 무시한다.

"이 자식, 쳐죽인다!"

어수선한 말도 화려하게 무시한다.

"죽어라!"

각목으로 때린다. 통증이 없으니 물론 무시한다.

"어……?"

휘두른 각목이 타이치의 머리에서 멎었다.

시야를 가로막으니 일단 치운다.

"우오?!"

때린 남자들이 발을 구르지만, 흥미가 없으니 무시한다.

확보한 시야 끝에, 어슴푸레한 분위기가 떠도는 길을 린이 유유히 걷고 있었다.

"이봐, 너희들 해치워라!"

사방에서 공격한다. 가려움도 안 느껴지는 그것은 타이치에게 공격이라고 인식되지 않았기 때문에, 이것도 적당히 무시한다.

"아, 너무 떨어졌다."

린과의 거리를 유지하기 위해서, 타이치가 걷기 시작했다. 그 뒤에는 공격하느라 지쳐서 주저앉은 자들이, 멍하니 타이치의 등을 보고만 있었다.

원리는 아주 단순해서, 밖으로 새어나가지 않도록 30의 강화를 모두 방어력에 쏟았을 뿐이다.

린이나 뮤라의 중급 마술을 막을 수 있는 이 방어가 강화 마술조차 쓰지 못하는 깡패들에게 깨질 이유가 없었다.

깡패들에게는 린과 뮤라가 훨씬 위협으로 알기 쉽다. 각목으로 때려도, 나이프로 찔러도 상처 하나 없는 타이치는 정체 모를 기분 나쁜 존재로 보였다.

그 다음에는 린뿐 아니라 타이치의 앞길을 막는 자도 사라졌다. 순조롭게 슬럼을 걸어가길 30분 정도. 린이 어느 오두막 앞에 멈췄다. 문 앞에 선 남자와 한두 마디 말을 나누고 오두막으로 들어갔다. 아무래도 저기가 정보상인 모양이다. 린의 목적지 도착. 그것이 타이치에게 작전 행동 개시의 신호였다.

"좋아. 해치우자."

타이치는 빙글 몸을 돌리고, 대각선 위를 보았다. 직후에 그 모습이 문자 그대로 사라졌다.

◇◆◇◆◇◆◇◆

사내를 사흘 못 봤으면 잘 살펴보라. 이런 속담이 있는 걸 린은 기억하고 있었다. 다만 그렇게 눈이 번쩍 뜨이는 변화를 보이는 자는 자신을 높이기 위해 질이 좋고 농밀한 노력을, 자신의 한계까지 하는 것이 가능한 자뿐이다. 변하는 자가 없는 건 아니지만, 사흘 정도로는 변하지 않는 자가 압도적 다수다.

예를 들어 정보상의 오두막은 여전히 낡아빠졌다.

"요것아. 남의 일터에 트집 잡지 말거라."

아무 말도 안 한 린의 시선에서 생각을 읽기라도 했는지, 노파가 야단을 쳤다. 무심코 어깨가 움츠러드는 린.

보통 사람이 아닌 분위기를 풍기는 노파는 여전히 커다란 쿠션에 몸을 싣고서 편히 쉬고 있었다. 그리고, 그 옆에 날카로운 기척을 두른 온몸을 검은색으로 감싼 인물이 서 있었다.

"사흘만이구나. 기다리고 있었단다."

"기다리신 모양이라 죄송해요."

어지간한 일이 없는 한, 윗사람에게는 일단 경의를 표하는 린이다.

"홀홀홀. 됐다 됐어. 그러면 얼른 본론으로 들어가자."

노파는 시선을 옆에 선 장신의 검은 인물에게 보냈다.

"이번에 가르레아 가문, 그리고 미직을 조사한 밀정 카게로우란다."

검은 천 틈으로 엿보이는 날카로운 두 눈 말고는 새까맣다. 젊은지 나이를 먹었는지, 남자인지 여자인지, 모습을 보기만 해서는 아무것도 알 수가 없다.

뭐, 그런 건 확실하게 말해서 아무래도 좋다. 바란 정보가 손에 들어오는가? 중요한 건 그거다.

"걱정 말거라. 내 밑에 있는 녀석들 중에서 제일 우수한 녀석이란다. 카게로우가 실패하는 걸 나는 본적이 없어."

그 말이 정말인지 아닌지는 알 수 없지만, 노파의 자신감은 진짜로 보였다. 뭐 거짓말이라고 해도, 이 노파는 그 정도는 간단히 연기를 해버릴 테지만. 린의 인생 경험으로는 아직 간파할 수 없을 게 틀림없다.

"어떤 느낌인가요?"

"오냐. 이다사와 코세이를 규탄하기에는 딱 좋구나. 카게로우, 건네주거라."

노파가 재촉하자, 카게로우가 한 걸음 앞으로 나섰다.

묘한 감각을 느낀 린이 무의식으로 마술을 발동하는 것과, 카게로우가 갑자기 무슨 힘을 뿜어낸 것은 거의 동시였다.

비좁은 방에, 거대 풍선이 터진 것 같은 충격이 작렬했다.

"……윽!"

"허어……."

거의 조건반사로 뿜어낸 공기탄이 카게로우가 뿜어낸 보이지 않는 탄환에 맞아서 상쇄. 그것이, 그 순간의 전말이었다.

"……갑자기 무슨 짓이죠?"

예고도 없이 공격을 받아 조용히 분개하는 린. 그녀의 분노는 지당한 것이었으나, 상대가 공격하는 기척을 어쩐지 모르게 느끼고, 뒤늦게 반응했지만 동시에 요격하고, 더욱이 같은 위력의 공격을 뿜어내 상쇄한 린도 보통내기가 아니다.

오히려 공격하기까지 시간이 있었던 카게로우에 비해서, 그 공정을 순식간에 생각하지도 않고 해낸 린의 어마어마함이 부각되는 일이었지만 당사자는 아직 그것을 깨닫지 못했다.

"내 마력탄을 막아내다니, 제법이군."

"……마력탄."

낯익은 단어에 눈을 깜빡거리는 린. 검은 장신의 목소리가 젊은 여자의 것이라는 뜻밖의 사실마저 신경 쓰이지 않을 정도로 놀랐다.

"알고 있나?"

과거 수행중에 레미아에게 비는 시간에 배웠다. 마력을 굳혀서 탄환 삼아 날린다. 말하자면 단지 그것뿐이지만, 입으로 말하는 것처럼 단순하지 않다.

마력은 그것 자체로는 주인을 떠난 순간부터 맹렬한 기세로 감쇄된다. 마력탄에 유효성이 인정된다면 공격 마술은 필요 없다. 마력탄이 쓸만한 게 아니기에 마술이 발달한 것이다.

타이치가 과거에 도전했다가 못 써먹겠다고 한 것만 봐도 어느 정도 기세로 감쇄되는지 알 수 있다.

그것을, 눈앞의 카게로우는 사용했다. 린은 그것을 믿을 수가 없었다.

“카게로우. 장난이 심하구나. 얼른 못 건네주겠니?”

“죄송합니다.”

전혀 죄송스런 기색 없는 어조로 형태만 갖춘 사죄를 하고서, 카게로우는 품에서 몇 장의 양피지를 말아놓은 것을 꺼내 린에게 건넸다.

양피지를 받은 린은 제정신을 차렸다. 손 안의 그것을 빤히 바라보았다.

“……이게.”

“그래. 확인해 보거라.”

그 말에 따라, 양피지를 묶어둔 끈을 풀어서 펼쳤다.

이다사, 코세이의 이름으로 발행된 영수증이나 명령서. 그것들로 발생한 수지를 중앙…… 다시 말해서 왕국 중추부에 보고할 때 적힌 보고서. 그 밖에도 낙하산 인사나 금전이 발생하는 유착, 본래 필요 없는 빚의 차용증. 억지로, 무리하게 맺은 노동자에게 불리한 고용계약. 부정 퍼레이드다.

“……거래 금액에 대해서는, 그렇게까지 얼버무리지 않았네요.”

부정의 수는 많다. 건수를 집계하기만 해도 한고생이다. 그런데도, 결제상의 금액은 딱히 눈에 띄는 금액의 수정이 보이지 않았다.

뭐, 다소 있기는 하지만, 이익을 얻고 있는 것 같지는 않다. 한 건 한 건이 소액, 모두 합쳐도 미직이 가진 막대한 자산과 비교하면 참새 눈물만큼도 안 된다.

오히려, 미직 쪽에서도 시세보다 조금 넉넉하게 지불하는 일마저 있었다.

실제로 거래를 하는 상대도, 이 정도 웃돈을 얹어주는 것 정도라면 딱히 영향이 안 나올 거라는 견해가 기록되어 있다. 반대로 넉넉하게 지불하는 일도 있는 것이다. 그 견해도 당연하다.

거래처에 좋게 보이려고 웃돈을 얹어 지불했다. 그렇게 말하면 납득할 수 있는 정도밖에 안 된다.

"그게 녀석의 교활한 점이지. 크게 거스르지만 않으면, 장사를 하기에는 괜찮은 상대란다. 왕궁의 재무 담당자도 상거래에서 이상한 점을 찾기는 지극히 어려울 거다. 설령 겉으로 조사를 해봐도, 구석을 콕콕 찌르는 정도밖에 못할 거야. 거래 자체는 성실하게 해서, 깊숙한 곳을 찾기 어렵게 한다는 거구나."

"하지만, 이 정도로 저지르면 눈에 띌 것 같은데요……."

그것은 지당하다. 상거래에 문제가 없어도, 그 밖의 부분이 새까마니까.

그냥 넘어갈 리가 없다. 그러니까.

"……유착, 이구나."

"그런 거란다. 현실이란 것은 복잡한 일이 많지만, 뜻밖에 단순한 일도 흔하지. 어렵게 생각하니까, 보기 어려워지는 일도 있단다. 이번 경우는, 단순하기에 효과적이고, 중요한 부분은 노출되기가 어렵다는 것이지."

분명히, 짚이는 구석이 있었다.

어렵게 생각한 결과, 스스로 자신을 불리하게 몰아세웠던 테니스 시합. 그것을 깨닫고 난 뒤에는 심플하게, 오는 볼에 몸이 반응하는 것에 맡기며 자신이 치고 싶은 곳에 받아 치는 것으로 전환했다. 이렇게 하고 싶다. 그 생각에 충실하게 따른 결과, 그 시합을 다시 주도하는데 성공했다.

책략 자체는 특별한 것이 아니라 누구든지 생각할 수 있는 것.

그러면서도 효과적.

설령 원리를 알아냈다고 해도, 의지해야 할 영주가 미직과 이어져 있으니 손대기 어렵다.

그러나, 완전히 손쓸 수 없을 리는 없을 것이다. 예를 들어 린 일행은 정보상을 이용해 부정의 증거를 손에 넣었다.

싸지는 않지만, 몇 개의 상회가 손을 잡으면 내지 못할 금액은 아닐 것이다.

"……어째서, 아무도 아무것도 안 한 걸까요? 무엇 하나 할 수 없는, 상황은 아니었을 텐데."

손에 든 부정의 증거를 보고, 린이 조용히 중얼거렸다.

누군가에게 들려주기 위한 질문이 아니었지만, 그것에 대답하는 자가 있었다.

"이 도시의 주민도, 아무것도 안 한 건 아니다. 이렇게 부정을 폭로하고자 획책하여, 실제로 증거를 손에 넣은 적도 몇 번인가 있지."

"그러면, 어째서인가요?"

"미직이 그것을 재빨리 감지하여 행동을 일으키기 전에 짓밟은 것이 하나. 유효한 증거도, 제출한 곳에서 무마되는 것이 또 하나구나."

행동을 일으키지 않았을 리가 없다.

그렇지만, 그 대책이 세워져 있다.

"……연줄이, 없구나……."

깨달았다.

중얼거린다.

노파가 씨익, 웃었다.

그런 것이다.

고발은 기선을 제압당해서 불가능.

행정부에 제출해도, 애당초 그 행정부가 한패니까 의미가 없다.

그러면 다른 도시의 영주에게 전달할 수 없을까, 그것을 생각한 자도 있을 것이다.

그리고 아마 그것도 가로막혔다.

그래서 아직도 이렇게 제멋대로 굴고 있는 것이다.

그렇지만, 린은, 타이치는 그렇게 안 된다.

어중간한 상대가 자객으로 와도, 타이치 일행을 막을 수 있을 리 없다.

더욱이, 연줄이 있다. 거대한 연줄이다.

조건이, 모인 것이다.

"이것만 있으면."

"최소한이라도 작위 강등. 최악의 경우는 제명, 코세이와 이다사는 폐적되고서 추방 처분. 옆에서 거든 미직도 상당한 처분을 받게 될 거다."

미직은 이 정도 뇌물을 코세이와 이다사에게 건넸고, 그 대가로 제멋대로 굴고 있는 것이다. 증거가 되려면 이 정도는 되어야 한다는 것도 분명하지만, 실제로 보니 그 강렬함을 새삼 실감했다.

"일, 빠른 데다가 우수하네요."

"속도와 정확함이라고 했잖느냐."

홀홀홀. 특징적인 노파의 목소리가 방에 울려 퍼졌다.

이게 있으면 할 수 있다. 그러나, 주의하고 또 주의해야 한다.

린이 주먹을 꾹 쥐었다. 그리고, 노파에게 눈길을 돌렸다.

"필사 복제도 해준단다."

린이 무슨 생각을 하는지, 표정으로 알 수 있는 모양이다.

이해가 빨라서 참 좋다.

"부탁할게요."

"그러마. 좋은 손님이니 싸게 해주마."

"복제는 세 부 부탁해요. 아, 그 중에 한 부 말인데요. ……로 부탁드려요."

"……오냐. 오늘 밤까지는 완성해주마."

린의 의도를 정확하게 파악한 모양인지, 노파는 재미있다는 기색으로 웃었다.

"좋네요. 그리고, 또 한 가지 의뢰가……."

추가 의뢰도 수리되어, 린은 고개를 숙였다. 땅을 바라보며 결의를 새롭게 다졌다. 오늘밤, 결행이다.

◇◆◇◆◇◆◇◆

타이치는 훌쩍, 건물 지붕으로 뛰어 올랐다. 그 모습을 본 밀정이 황급히 뒤로 도는 것이 시야 구석에 비쳤다. 놓치지 않는다. 타이치는 그 이상의 속도로 밀정을 향해 달렸다.

타이치가 따라잡을 때까지 2초도 안 걸렸다. 건물 사이의 좁은 틈에 뛰어내리려는 밀정의 목덜미를 붙잡아 올려서, 그 등에 무릎 차기를 때려 박았다. 뼈가 부러지지 않도록 조절은 했지만, 삐걱삐걱하는 느낌이 무릎에 전해졌다.

비명을 지를 틈도 없이, 폐에서 공기가 빠져 나온 건지 휴우, 하는 호흡 소리가 들린다. 타이치는 밀정의 몸을 빙글 회전시켜서, 명치 아래 부근을 노려 치켜 올리듯 때렸다.

"그윽! 크아악!"

숨막히는 기침을 하면서, 밀정은 위액을 토해내고 웅크렸다. 죽일 생각은 애당초 없지만, 도망칠 여유를 줄 정도로 봐줄 생각도 없었다.

허리의 검을 뽑아서, 남자의 턱 앞에 겨누었다.

"다 말할 생각 있어?"

아마도 미직이나 가르레아 가문의 차남, 삼남이 고용했을 것이다. 그 자신에게 원한은 없지만, 테리와 민트가 괴로워지는 원인이 된 이상, 타이치도 놓칠 수는 없었다.

"없겠지."

타이치가 너스레를 떨었다.

이제야 구토가 잦아들었는지, 밀정이 고개를 들어 타이치를 노려보았다. 그러나, 힘의 차이는 뼈아플 정도로 알 것이다. 등과 배에 한 발씩. 직접 때릴 거였으면, 손에 싸구려 나이프라도 하나 들고 있었다면 곧장 밀정을 처리할 수 있었을 것이다. 죽일 수 있는데 죽이지 않는다. 그것은 방심이나 오만으로 받아들일 수도 있겠지만, 한편으로 잔혹할 정도의 역량 차이에 따른 강자의 여유란 것을 대치한 상대에게 새길 수도 있었다.

무르게 보일 수도 있을 것이다. 그러나 밀정의 역량을 재고서, 어떤 기습을 하더라도 그 다음에 선수를 칠 수 있다고 판단했다. 이 남자가 일부러 이런 공격을 받아서 타이치의 빈틈을 유도할 가능성은 씻어낼 수 없다. 언제든지 80의 강화를 해서 움직임을 막을 마음가짐을 유지하며, 타이치는 무표정하게 남자를 내려다보았다.

한편 밀정으로서 계속 타이치 일행을 감시하고 있던 남자는 눈앞의 소년에게서 일절 빈틈을 찾지 못해 아연해지고 있었다. 믿을 수 없는 속도와, 일격의 공격력. 이 정도 상대 앞에서 일부러 공격을 맞는다니…… 그런 짓을 할 여유는 남자에게 없었다. 눈으로 좇을 수도 없는 속도로 접근하여, 깨달았을 때는 등뼈가 부러진 것 아닌가 싶을 정도의 공격을 받았고, 더욱이 무자비한 바디 블로우를 맞았다. 뒷세계에서 사람의 고통을 양식으로 삼는 남자가, 적을 눈앞에 두고서 땅을 기며 토사물을 뿌리는 추태를 보이다니, 프라이드가 용납하지 않는다. 프라이드는 용납하지 않지만, 몸이 일어서는 것을 거부했다. 이것은 이미 조건 반사 수준으로, 토한 것도 자신의 의식으로는 어떻게 할 수가 없었다.

감시 대상인 소년. 모험가라는 것은 태도나 자연스럽게 주위에 의식을 기울이는 것 등으로 어쩐지 짐작하고 있었지만, 그가 진심으로 이쪽을 경계하기 시작한 오늘 확신했다.

그리고 그러자마자, 어떻게 못할 정도의 일방적인 반격을 받았다.

그가 모험가가 됐다면, B랭크 정도라면 금방 올라설 수 있을 것이다. 그것은 주관적인 판단이 아니라, 실제로 B랭크 모험가와 대치하는 상황에 빠져서 호각으로 싸워 상대의 공격을 버텨내고 도망친 경험이 있기 때문이다.

밀정이긴 하지만 전투 능력도 제법이라고 자부하고 있었는데, 임무과 함께 자신감도 박살났다.

이대로 있을 수는 없다. 그러나 그 공격을 보니, 남자는 어떻게 할 수가 없다. 지금 이렇게 내려다보는 그의 눈은 남자가 어중이떠중이를 내려다볼 때와 같은 눈을 하고 있었다.

"부, 부탁한다……. 이, 이제 달라붙지 않을 테니까 눈감아 줘……."

자기 목소리가 약한 것과, 그리고 애당초 목소리를 내는 게 고작이라는 사실을 깨닫고 남자는 쇼크를 받았다.

남자는 전력으로 애원했지만, 당연하지만 타산도 포함되어 있었다. 소년의 자비를 구해서, 어딘가에 몸을 숨기고 몸 상태를 가다듬는 것이다. 겉보기에 젊어 보이는 그라면 무른 면도 있을 거라고 생각했다. 그러나 결과적으로 실패했다. 남자는 시야가 흔들리는 것을 이해하는 것이 고작이었다. 덤으로 그를 덮친 것은 목덜미를 잡혀서 숨이 막히는 상황이었다. 그리고 다리가 땅에 닿지 않은 것을 깨달았다. 시선이 급격히 높아졌다.

"으……극."

그 시선을 조금 아래로 내리자, 검을 들지 않은 손으로 남자의 가슴팍을 붙잡고 들어 올린 소년의 모습.

"미안하지만 무리야."

"……!"

소년은 안색을 전혀 바꾸지 않고 말했다.

자신에게 주어진 미약한 희망이 사라지는 초조함을 느끼는 밀정 남자.

어째서지? 필사적으로 애원했잖아. 그는 과거에 노린 상대가 목숨을 구걸했을 때 놓아준 적이 없다는 걸 깨닫지 못했다. 그가 노린 자도 그야말로 지금 그와 같은 생각을 품었을 것이다.

"놓아줘봤자, 어차피 또 밀정 작업으로 돌아가잖아?"

"……그, 그런 일은…… 쿨럭!"

무심코 목소리가 거칠어지다가, 숨을 제대로 쉴 수가 없어서 기침을 했다. 그런 남자를, 타이치는 묵묵히 보고 있었다.

"아니. 신용할 수 없어. 그래서, 말이지."

타이치가 손을 놓는다. 중력에 따라 남자의 몸이 자유낙하를 시작했다. 그것을 옆에서 덮치는 강렬한 충격. 콰직. 왼쪽 팔꿈치에서 불길한 소리가 났다.

"또 어슬렁거리면 짜증나니까, 양팔과 양다리를 부러뜨리는 걸로 봐줄게."

고통을 견디며, 남자는 비지땀이 맺힌 고개를 들었다. 그곳에 타이치는 없었다.

이번에는 오른팔을 덮치는 둔중한 충격. 오른쪽 팔꿈치를 걷어차서, 구부러지면 안 되는 방향으로 구부러졌다.

그 고통에 괴로워할 틈조차 없이, 다른 곳이 부러졌다. 짓밟혀 부서진 것은 오른쪽 발목. 마지막으로 칼날을 돌린 칼등으로 왼쪽 다리를 때려서 무릎이 파괴됐다.

죽지 않고 넘어갔다. 그런 것이 위로가 되지 않을 정도의 격통이 남자의 사지를 덮쳤다. 이 길의 프로인 남자는, 그래도 강철 같은 정신으로 버텼지만 아픈 건 아픈 것이다.

아무리 그가 프로라도, 양팔과 다리가 부러지고 즉시 회복할 수단은 없다. 남자는 이 자리에 붙박인 것과 마찬가지다.

"일이 얼추 끝나면, 신고해둘게. 당신이 여기 쓰러져 있다고."

그때까지 거기서 기다려. 그 말을 남기고, 타이치는 발길을 돌렸다.

압도적인 강자에게 프라이드와 함께 완벽하게 얻어맞아 쓰러졌다. 그것은 이 세계에서는 종종 있는 일. 강함이 정의. 아무리 겉치레나 듣기 좋은 말을 늘어놓아도, 어린애조차도 알고 있는 이 진리를 뒤집을 수는 없다.

마치 갓난아기의 팔을 비트는 것처럼 간단하게, 그를 처리해버렸다. 소년으로 보이는 타이치에게 완패한 남자는 무심코 웃었다. 분하다고 생각하는 것이 주제넘을 정도의 실력 차이를 체감하고, 웃는 수밖에 없었던 것이다.

◇◆◇◆◇◆◇◆

린은 어느 찻집에서 차를 마시고 있었다. 그러나, 언뜻 봐서 그녀가 린이란 걸 간파하는 자는 극히 일부라고 단언할 수 있다.

뮤라에게 배운 특수한 염색약으로 머리를 짙은 녹색으로 바꿨다. 더욱이 평소 포니테일로 묶고 있던 머리를 풀어 내리고 안경을 썼다. 언뜻 봐서 그녀가 린이라는 걸 깨닫지 못하리라.

이런 차림을 한 것에는 물론 이유가 있다.

현재 사람을 기다리고 있었다. 린과 만나는 것이 노출되면 안 되는 상대.

타이치가 밀정을 막고 있겠지만, 만약을 위해 변장을 했다.

잠시 기다렸다. 한가해서 머릿속으로 코세이와 이다사의 부정 자료를 돌이켜보고 있는데, 그림자가 졌다. 린은 숙이고 있던 고개를 들었다.

그곳에는 밝은 황갈색의 머리칼을 세미 롱으로 기른 여성. 검소한 복장에 걸맞지 않은 단정한 얼굴. 조금 주근깨가 있지만 그것도 매력 포인트다. 그녀가 린이 기다리던 사람이었다.

"안녕하세요? 아티 씨."

이 자리에 이쪽을 살피는 자가 없다는 것을 확인한 린이 인사를 하고 자리를 권했다.

"늦어서 죄송해요."

"많이 안 기다렸어요."

조금 미안한 표정을 지으며 자리에 앉은 아티에게 린이 대답했다.

휴대전화 같은 문명의 이기도 없는 이 세계에서, 30분 정도 늦는 건 지각도 아니다. 현대에서처럼, 예를 들어 5분 전 행동이라는 것은 상당히 엄격한 기준이다. 문화가 다르니까 이 세계에도 상당히 순응한 린은 물론 상대에게 그런 것을 요구하지도 않는다.

그 다음에 린은 타이치, 뮤라와 만나기로 했지만 그 시간도 일몰 전후 1시간이라는 대단히 적당한 범위였다.

"그래서, 어떻게 됐나요?"

"여기요……."

주문을 할 시간도 아껴가며 린이 본론으로 들어갔다. 대화에 전혀 완충제가 없는 린에 대해서, 아티도 다 아는 기색으로 얇은 코트 안에서 몇 장의 서류를 꺼내 린에게 건넸다.

받아 든 린은 그것을 파라락 넘기며 살폈다. 긴장하여 몸을 긴장시킨 아티의 시선을 느끼며, 이윽고 수십 초도 지나지 않아 서류를 다 보고 검지의 손톱으로 종이를 가볍게 두드렸다.

"이 정도 있으면 충분해요. 고맙습니다."

그건 아티가 가장 듣고 싶었던 말이다. 호오. 커다랗게 내쉬는 한숨과 함께 아티가 몸을 이완시켰다. 한숨에는 대량의 긴장이 담겨 있었다.

"자, 그럼 가요."

"네."

아티가 가게에 들어와서 3분도 안 지났다. 주문을 받으러 온 웨이트리스와 마주쳤다. 린은 자기가 부탁한 드링크 대금에 어느 정도 웃돈을 얹어서 건네고 「잘 마셨어요」라고 말했다. 아티가 찻집으로 와서 주문하지 않은 것에 대한 사과의 의미도 담긴 것이었다. 미안하지만 아무 말도 들을 생각이 없었기 때문에, 린과 아티는 빠른 걸음으로 가게를 나섰다.

"자, 이대로 모험가 길드에 가요."

"알겠습니다."

아티가 고개를 끄덕였다. 그녀는 미직의 네 번째 아내. 그리고, 내통자다. 그녀의 접촉은 타이치 일행에게 온 편지 한 통이었다. 발신인이 아티라는 걸 들키지 않도록, 모험가를 3명 고용해서 릴레이 형식으로 배달을 의뢰한 것이다. 한 통의 편지를 전달하기만 하는 걸로 제법 큰 금액을 받을 수 있기에, 모험가는 기꺼이 받아줬다고 한다. 과연 미직도 아내 모두를 감시하지는 않고 있어서, 모험가에 대한 의뢰도 부드럽게 진행될 수 있었다.

참고로 이 여관에 편지를 전달한 모험가는 미직에게도 보고가 됐지만, 편지나 배달품까지 감시하지는 않은 모양인지 그 뒤에도 딱히 변화는 없었다.

편지 내용은 지정된 날짜에 아까처럼 린이 머무르고 있는 찻집에서 기다린다는 취지의 글과, 미직의 아내라는 아티의 이름.

함정일 가능성도 있지만, 어지간한 트랩으로 어떻게 할 수 있는 귀여움이 세 사람에게 있을 리 없었다. 트랩은 짓밟아서 부숴버리면 된다. 세 사람이 일치했기 때문에 호출에 응답하는 게 정해졌다.

타이치를 감시로 붙여서 린이 접선에 응한다. 지금 린과 함께 걷고 있는 아티가, 후드가 달린 망토를 걸치고 그 후드를 깊숙하게 눌러쓰고 나타났다.

이야기를 들어보니, 린에게 협력하고 싶다고 했다.

요즘 주위를 날아다니는 날파리가 있다고 미직이 말했다고 한다. 몸도 마음도 무방비 해지는 타이밍에서 은근히 자세하게 물어보니, 린 일행의 이야기가 나와서 알았다고 한다. 적은 정보원으로 상황을 파악하고, 린 일행이 미직을 진심으로 끌어내리고자 하는 걸 알았다.

아티는 약혼자가 있었지만 미직이 그 이야기를 뭉개버리고, 깨닫고 보니 미직의 아내가 될 수밖에 없는 상황이었다고 한다. 미직은 아내가 여섯 명. 개중에는 미직을 사랑하는 아내도 있는 모양이지만, 대부분이 그 때문에 인생의 길이 억지로 틀어져 버렸다. 돈은 자유롭게 쓸 수 있다고 하지만, 미직에게서 해방되고 싶다는 아내가 많다고 아티가 말했다.

따라서, 이리저리 움직이고 있다는 린 일행을 조금이라도 돕고 싶다고 접촉을 꾀한 것이다.

같은 여자로서, 반한 남자와 이어지고 싶다는 마음은 잘 알 수 있었다.

아티는 지금도 약혼자였던 남자를 사랑한다고 했다. 그러나 지금의 자신은 그를 볼 낯이 없다며 어깨를 떨구고 눈꼬리를 닦는 모습에 린은 새삼 분노를 느꼈다.

아티는 미직이 거듭했던 부정의 증거를 몰래 가지고 나온다며, 린에게 제안했다.

마침 도움이 되는 요청에 즉시 수긍하고 싶었던 린이지만, 그건 위험이 따른다. 괜찮은지 물어보니 꼭 협력하고 싶다며 울음을 터뜨려서, 마지못해 「무모한 짓은 하지 마세요」라는 말과 함께 보내게 되었다.

그리고 오늘, 무사히 린의 곁으로 돌아온 아티. 그녀가 입수해온 증거와 정보상에서 입수한 증거. 이것이 있으면 충분히 코세이와 이다사를 몰아붙일 수 있을 것이다. 그리고 그 여파로 미직도 한꺼번에 뭉개버린다.

그때까지, 아티는 보호대상이다. 그 준비도 물론 이미 마쳤다. 잠시 지나서 도착한 모험가 길드. 그곳에 있던 모험가 20명을 보고서, 아티는 조금 겁을 먹었다.

"오, 왔군."

"기다리셨죠."

마침 입구 근처에 있던 모험가 5인조가 린에게 말을 걸었다. 그들은 어엿한 C랭크 모험가다. 랭크는 실력과 함께 모험가의 사람됨도 나타낸다. 일을 대충 하고 불성실하면, 모험가 랭크를 올리는 건 지극히 어려운 일이다.

"뒤에 있는 여자가 호위 대상이야? 나머지 두 사람은 어딨어?"

"나중에 합류할 예정이에요."

린이 아티의 등을 밀어 앞으로 보냈다. 남녀가 섞여 있지만, 모험가들은 성별 상관없이 대부분이 듬직하며, 근처에서 볼 수 있는 불량배와 비교가 안 될 정도의 존재감을 뿜어낸다. 일반인인 아티가 겁을 먹는 것도 당연한 반응이다.

"……호위? 무슨 뜻인가요?"

불안과 의문을 표정에 띠우는 린을 보는 아티.

린은 아무것도 아닌 것처럼.

"이제부터 가르레아 가문과 미직을 덮칠 거니까요. 궁지에 몰린 가르레아 가문과 미직 일파가 폭거에 나서지 않을 거라고 장담할 수 없어요. 그러니까 당신의 신변과 안전을 확보하기 위해서죠."

라고 말했다.

그건 알고 있지만, 과잉이 아닌가 말할 수도 있는 호위의 수에 말을 잃은 아티.

린의 말을 들은 모험가들은 즐거워 보였다.

“그런데, 한 명당 100만이라니 서비스 좋잖아. 그렇게 많이 받아도 돼?”

5인조 중 한 명이 말을 걸었다.

“그만큼 일을 해줘야죠. 20명이나 고용했으니까, 지키지 못했다는 변명은 일절 안 들어요?”

“뭐, 그쪽이 좋다면 우리는 할 말이 없지. 벌써 현금박치기로 받았으니까. 너희들도 긴장 풀지 마라.”

그래! 환성이 올랐다. 선불로 10만. 무사히 지켜내면 90만이 손에 들어오는 의뢰다. 호위 대상은 3명. D랭크 이상의 실력이 분명한 모험가 동료가 20명. 맛깔나는 의뢰였다.

이 의뢰를 낸 타이치 일행을 의심하는 자도 있었다. 내용에 비해서 높은 보수액이다. 당연하다. 그러나 그 의혹을, 앞서 말한 모험가 5명이 한 마디로 씻어냈다. 아즈파이어에서 A랭크 승격 타진을 받은 모험가, 라는 한 마디로. 어째서 그것을 알고 있는가 하면, 그들은 시야크와 아즈파이어를 자주 오고 가기 때문에 어느 날 아즈파이어를 방문했을 때 타이치 일행의 소문을 들었다고 한다. 모험가 랭크에 길드의 체면이 연관된 것은 말할 것도 없는 이야기. 랭크에 관한 헛소문은 즉시 뭉개진다. 타이치 일행에 관한 소문이 뭉개지지 않는 걸 보면, 정말이라고 판단한 것이다.

“자, 아티 씨. 이 사람들은 우리가 고용한 호위예요. 안심하고 그들에게 맡겨 주세요.”

“…….”

"아티 씨?"

"어, 아, 네. ……아, 알았어요."

더할 나위 없는 주도한 준비. 게다가 보수는 모두 합해서 2천만. 이 정도 액수를 아무렇지도 않게 생각하며 지불하는 린에게, 아티는 서늘함을 느꼈다. 남편은 터무니없는 모험가를 적으로 돌린 것이 아닐까?

"사모님. 우리 말을 잘 들어줘. 무슨 일이 있어도 단단히 지켜줄 테니까."

어지간한 일이 없으면 폭력 사태는 일어나지 않겠지만, 만에 하나는 충분히 있을 수 있다.

미직. 그리고 가르레아 가문에 적의를 드러낸 자들에게 고용되었는데, 그들은 전혀 겁먹지 않는다.

모험가의 담력에 경탄하는 아티.

모험가는 자유로운 존재인 것이다.

"앞으로 2시간이면, 우리가 행동을 시작할 거예요."

린은 그렇게 중얼거리고 지팡이를 꺼내 상태를 확인했다.

자기보다 다섯 살은 연하일 소녀의 끝 모를 저력에, 아티는 어쩐지 둥실둥실 비현실적인 감각을 느끼면서, 린의 행동을 멍하니 바라보았다.

◇◆◇◆◇◆◇◆

장소가 바뀌어 『해풍의 지붕』에서는, 외출할 준비를 마친 테리와 민트가 의자에 앉아 어쩔 줄 모르듯 시선을 우왕좌왕 움직이고 있었다. 그 맞은편 의자에서는 뮤라가 긴장 따위 털끝만큼도 안 느껴지는 기색으로 홍차를 마시고 있다. 뮤라가 평정을 유지하고 있었기에, 테리와 민트도 어떻게 흐트러지지 않고 있었다.

현재, 『해풍의 지붕』은 CLOSE 팻말이 문고리에 걸려 있었다. 이게 걸린 것은 오늘 아침으로, 영업을 재개할 수 있는 건 무사히 돌아왔을 때다.

휴업을 가리키는 팻말을 걸었을 때, 테리가 「오는 손님은 없을 테지만」이라며 쓸쓸하게 중얼거렸다.

그러나 그것도 지금까지다. 오늘밤 반드시, 코세이와 이다사에게 철퇴를 내린다. 그리고 미직에게 대미지를 준다. 그 다음 이 여관을 다시 일으키는 건 두 사람에게 달렸지만, 테리와 민트라면 괜찮을 것이다. 두 사람은 성실하니까.

뮤라는 문득 일어서서, 허리의 검을 벨트에서 풀어 검을 뽑았다. 별 건 아니다. 전투를 앞두고 반드시 하는 무기 확인이다. 언제나 검에 신경을 쓰는 뮤라에게 확인하는 것 그 자체가 그대로 의미가 있는 건 아니다. 어떤 종류의 의식 같은 것이다. 이른바 루틴워크라고 불리는 것이다.

평소처럼 문제가 없는 걸 확인한 뮤라는 검을 칼집에 되돌렸다. 키잉. 경질의 소리가 조용한 실내에 울렸다.

그것이 신호가 됐는지 우연인지 같은 타이밍에 문이 열렸다. 지금 이 여관을 방문하는 건 한 명밖에 없다. 퍼뜩 입구로 고개를 돌린 테리와 민트의 눈에 들어온 것은 느긋한 어조로 「다녀왔어」라고 말하며 들어온 타이치였다.

“어서 와, 타이치. 어떻게 됐어?”

“따라다니던 녀석은 양팔과 다리를 부러뜨리고 지붕 위에 방치하고 왔어. 아마 못 움직일 거야. 린은 아티 씨랑 모험가 길드에 들어갔어.”

“그래. 감시자는?”

“재워뒀지. 얼마 동안 안 일어날 거야.”

“알았어. 때가 됐네.”

잡담이라도 하는 것처럼 가벼운 어조의 두 사람. 그러나 내용이 굉장하다. 타이치는 확실하게 일을 하고 왔다. 밀정과, 여관을 감시하는 다수의 미직의 부하를 무력화했다고 한다. 당연한 것처럼 두 사람은 말하지만, 그런 방면의 지식에 어두운 테리와 민트에게는 좀처럼 믿을 수 없는 대화 내용이었다.

적지 않은 거친 일이 있었음을 알 수 있다. 그리고, 타이치에게는 지금 그 내용이라면 아무 문제가 없다는 것도.

“그러면 모험가 길드에 가자. 예정대로 두 사람은 거기서 대기해줘.”

“아, 그래.”

테리의 대답에는 당혹이 듬뿍 블렌드 되어 있지만, 타이치도 뮤라도 눈치 못 챈 척하기로 했다.

타이치와 뮤라는 두 사람을 데리고 모험가 길드로 갔다. 이 시간에 출발하면 해가 지기 전후 10분 정도의 오차로 도착할

것이다.

추적자가 없다는 것을 틈틈이 확인하면서, 거리의 상태를 바라본다. 거리는 여전히 황족 환대의 준비로 소란스러움이 가득했다. 대충 매일 일몰부터 1시간 정도까지 이런다. 어째서 이렇게까지 시간이 걸리는가 하면 이유는 간단하다. 현대처럼 전동 공구 같은 것도 없고, 짐이나 자재의 운반도 트럭 같은 것으로 단번에 대량으로 옮길 수 있는 게 아니며, 또한 웬치아 섬은 마차가 금지라서 인력이기 때문이다. 작업 공정 따위는 어느 정도 굳어져 있지만, 그래도 현대의 전문업자에 필적하는 작업 효율이라고 생각할 수는 없다. 더욱이 축제 준비를 하면서도 본업을 소홀히 할 수는 없다. 필연적으로 사전에, 게다가 상당한 시간을 들여서 준비를 한다.

타이치의 이 의견에 린도 뮤라도 동의했지만, 축제는 준비할 때가 가장 즐겁다. 이윽고 축제가 열리면, 비현실적인 그 시간은 그야말로 쏜살처럼 지나가고, 어어어 하다가 순식간에 정리되어 버릴 것이다.

걷는 속도에 맞추어 느긋하게 경치가 흘러가고, 이윽고 어두워질 무렵, 모험가 길드에 도착했다.

문을 열자, 다소 시간 차이는 있지만 이쪽으로 향하는 40을 넘는 시선.

타이치와 뮤라는 신경 쓰지 않았지만, 아티처럼 테리 부부가 조금 당황하는 게 등 뒤에서 느껴졌다.

"예정대로네."

"린."

모험가의 벽 안쪽에서, 린이 이쪽으로 찾아왔다.

"린의 준비는…… 물어볼 것도 없겠네."

"어? 나한테는 물었는데?"

"린이 시시한 미스를 하는 건 상상할 수가 없어."

"나는 시시한 미스를 한다고?"

"안 해?"

"하는 게 전제야?"

"어?"

"어?"

쓸모도 없는 대화를 나누는 타이치와 뮤라. 의미는 없다. 그냥 노는 거다. 타이치는 그렇다 치고, 린은 제쳐두고, 뮤라가 농담에 어울려준다. 침식을 함께 하며 생사를 헤쳐 나가고, 그 정도로 친해졌다는 것이다.

"아, 오늘밤은 여기서 묵어줄 수 있을까? 그들이 테리 씨랑 민트 씨 두 사람을 보호할 테니까."

뮤라가 갑작스레 말하자 고개를 끄덕이는 게 고작인 부부. 사전에 듣지 않았다면 대응조차 못했을 것이다.

"그러면, 부탁할게요."

"갈 거야?"

"그래. 가르레아 가문의 못난 아들놈들과 미직을 두들겨 패주고 올게."

"무서운 걸 모르는구만. 좋아. 그녀들은 우리한테 맡겨두렴."

“그래. 맡길게.”

나란히 모험가 길드를 나서는 세 사람. 테리 부부와 아티는 차례차례 솟아 오르는 의문의 대답을 내지 못하고 있었다.

가르레아 가문에 미직. 이곳 시야크에서는 가장 강력한 권력자들. 그것들을 상대하는데, 마치 하이킹이라도 가는 것처럼 부담이 없다.

오늘밤, 시야크는 변화를 이루고자 하고 있었다.

◇◆◇◆◇◆◇◆

“부정의 내용을 정보상에게 모으도록 하고, 미직이란 것의 아내가 내통자가 되었다, 라.”

“네. 말하자면 그것뿐입니다만.”

“그래. 그러나, 얕볼 수 없는 이야기로군.”

“맞는 말씀이십니다.”

호화로운 방 하나.

그곳에서는 두 남자가 마주보고 있었다.

한 사람은 귀족복을 입은 남자.

또 한 사람은 군복을 빈틈없이 입은 남자.

타이치 일행의 움직임을 일일이, 그러나 그들에게는 일절 알려지지 않은 채 감시하고 있는 자들이었다. 타이치 일행에게 알려지지 않으려면, 화려한 추적행동을 할 수가 없었다. 적어도 감시의 눈을 두지는 않았으니까.

가능한 것은 그들이 남긴 행동의 족적을 따르는 것뿐.

그렇지만, 그들에게는 그거면 충분했다.

자신들의 존재를 타이치 일행에게 들키는 것은 목적에 반한다. 일절, 존재를 깨닫지 못하게 해야 한다. 그러기 위해, 리스크가 높은 행동을 할 수가 없었다.

"그 정보상의 이야기는 이쪽도 파악하고 있다. 실력이 상당한 모양이더군. 우리나라에 있었다면, 무슨 일이 있어도 끌어들이라고 폐하께서 명령을 하셨겠지."

"그 정도입니까?"

"그래. 특히, 그곳의 카게로우라는 자가. 운 좋게 살짝 들을 수 있었다만, 녀석은 대단히 위험하다. 만약 우리들이 표적이 된다면, 암살을 막는 것은 지극히 어려울 거야."

"놀랍군요……."

이 장소는 모국의 첩보부 중에서도 톱 레벨에 위치하는 실력자가 간신히 구축한 거점이다. 여기를 입수하려고 첩보원들이 대단히 고생했다는 이야기를 들었다. 그것이 노출되다니, 생각하기도 싫었다.

"물론, 표적이 됐을 때, 이야기지. 우리들은 지금 현재 딱히 표적이 될 만한 것이 새어나간 적이 없다. 이쪽의 첩보원도 중요한 부분은 입수하지 못하게 하는 모양이니."

"멋지군요. 카게로우라는 녀석이 있는 가운데, 상당히 힘을 쓴 모양입니다."

"그들이 쏟은 노력은 특별한 포상을 준비해줘도 좋다고 생각할 정도다."

"그러한 보답이 있다면, 보다 한층 힘을 쏟을 겁니다."

여기서 포상은 이 귀족 같은 남자의 사재를 이용한 것이다. 개인적으로 그들이 한 일에 보답하고자 하는 것이니, 일일이 본국이나 당국에 확인할 것도 없다. 그리고 군복의 남자도 그것은 알고 있었다.

한 박자 지난 다음, 두 사람은 컵을 들어 기울였다.

귀족복의 남자는 전처럼 담배를 물고 불을 붙였다.

뿜어낸 연기가 천장으로 올라간다.

그것을 바라보며, 남자는 시선을 군복에게 되돌렸다.

"뭐, 지금은 그건 됐다. 그것보다도."

"네. 소환술사 소년들에 대해서로군요."

"그래."

그들의 말처럼, 타이치 일행이 이 도시에서 쓴 수는 두 가지다. 부정의 내용을 정보상에게 모으도록 의뢰한 것과, 미직의 아내에게 협력을 받은 것이다.

말로 하면 그것뿐이지만, 둘 다 경시할 수 없는 요소가 있었다.

"그 정도 정보상이라면 돈만 가지고 움직이지 않는 일이 많다. 녀석들의 눈높이에 합격한 자여야 하지."

"그렇습니다. 시세의 2배 금액을 쌓아도, 돈 문제가 아니라고 거부하여 일을 의뢰할 수 없는 일도 종종 있다고 하지요."

"그래. 돈만 쌓으면 어떻게든 된다는 얄팍한 놈들일수록 힘으로 어떻게든 하자고 생각하는 법이지만……."

"그걸로 어떻게 할 수 있다면, 고생하지 않는다고 할 수 있지요."

"맞다. 녀석들은 그렇게 하지 않을 뿐이지 나름대로 무력도, 연줄도 가지고 있다. 자신들을 힘으로 어떻게 하려는 자에게 내리는 제재는 가열찬 법이지."

지금 이야기를 하면서, 두 사람의 머릿속에 자국의 어리석은 자작의 얼굴이 떠올랐다.

강한 야심을 가졌고, 자작 정도로는 만족하지 못한 남자다. 자기 영지의 경영이 순조로우니까 거기에 주력하면 될 것을, 하필이면 라이벌이라고 본인이 멋대로 단정한 백작을 끌어내리기 위한 소재를 찾고자 정보상에 의뢰한 것이다.

돈을 쌓으면 어떻게든 될 거라고 생각했지만, 정보상의 눈높이에 합격하지 못해 의뢰를 거부당했다. 자작은 그것에 격노했다. 무슨 일이 있어도 자기 말을 듣게 만들고자, 무력으로 복종시키려고 그날 밤에 사설 기사단을 파병했다.

그 결과, 파병된 사설 기사단은 반괴. 다음날 아침에는 자작 가문의 스캔들이 대대적으로 공개되었다.

그 스캔들은 분명한 근거가 있었다. 자기 생각대로 일이 진행되지 않자 망설임 없이 무력을 쓰는 그 인간성도 어우러져서 사태를 무겁게 본 중앙이 작위를 자작에서 남작으로 내리고, 더욱이 영지 몰수, 혈연자는 유배형이란 무거운 벌을 내렸다.

그 중죄에 절망한 전 자작, 현 남작이 목을 매달고 자살을 기도했을 정도였다. 직전에 구하긴 했지만, 지금은 과거의 패기 따위 전혀 없고 부하들의 말이 없으면 자잘한 정무도 보지 못할 상태라고 한다.

손님을 고르고, 검을 겨누는 자에게는 가차 없는 정보상. 이것은 자국의 이야기지만, 타국인 에리스테인, 시야크에 거점을 잡은 타이치 일행이 이용한 정보상도 비슷할 것이다. 그것이 귀족복의 남자와 군복 남자의 공통 견해였다.

말로 하면 「정보상을 썼다」일 뿐인 이야기. 그러나 그 눈높이에 합격하는 것은 참으로 어려운 일이다.

그리고 또 하나는 미직의 아내가 내통자가 되어 타이치 일행에게 협력을 했다는 점.

"이것에 대해선 그들이 그런 것을 타고났다, 라고 판단할 수밖에 없습니다."

"그래. 무시무시하군. 미직의 아내 중에 그만한 배짱을 가진 자가 운 좋게 있었고, 운 좋게 내통자가 되는 것을 결단하고, 운 좋게 그 행동이 이루어졌다. 이런 불확정 요소를 끌어들이는 것이 가장 무서운 것이다."

"말로는 내통자, 라고 쉽게 말할 수 있지만, 실은 우연에 우연이 거듭되지 않으면 결과가 나오지 않으니까요."

그들은 각자 정무와 군무에 종사하고 있다. 그 일은 계획에 따라 움직이는 일이 대부분이다. 그런 그들이 보기에 그런 불확정한 요소를 끌어들이는 일이 있는 자라는 것은, 상황을 읽기 어렵게 만들기 때문에 대단히 성가신 것이다.

"소환술사 소년은 분명히 어마어마한 힘을 가지고 있을 겁니다. 그러나, 어쩌면 더욱 무서운 것은 그런 것을 끌어들이는 것일지도 모릅니다."

"……귀관도 그렇게 생각하는군. 나도 그렇다."

"이렇게 보면, 에리스테인은 영단을 내린 것처럼 느껴집니다."

"그렇군……."

그들의 주상인 황제가 타이치에게 흥미를 가졌다고 하는데, 과연 그들을 어떻게 하려는 것일까?

황제는 두 사람 따위는 미치지 못할 정도로 총명하다. 그것은 그 생각을 전혀 읽을 수가 없다는 뜻이기도 하다.

"뭐, 현기증 나는 이야기는 여기까지 하지. 마지막 보고가 있다고 했었지."

"예. 그러면 보고하겠습니다."

"그래. 말하라."

귀족복의 남자가 너그럽게 고개를 끄덕이자, 군복 남자가 낭랑하게 보고를 시작했다.

"결론부터 말씀 드리자면, 미직에게 사람을 200명 원조했습니다."

"허어, 200명이라. 슬럼에서인가?"

"그렇습니다."

귀족복의 남자가 말하고 싶은 건 이해가 된다.

지난번에, 타이치, 린, 뮤라가, 각자 슬럼가에서 한바탕 소동을 일으켰다.

그때 린과 뮤라는 무력을 보여서 두려움을 샀고, 타이치는 보통이 아닌 방어력으로 불쾌감을 주었다. 각자 이유는 다르지만 결과적으로 기피되고 있다.

슬럼가에서 살아가는 자들은 대부분 위험에 민감한 편이다. 그렇지 않다면 다른 사람에게 가차 없이 잡아먹히는 장소니까. 그것은 나라가 바뀌어도 바뀌지 않는 특징이었다.

또한, 정보에 예민하다. 어디서 손에 넣었나? 라고 무심코 물어보고 싶은 최신 뉴스를 그냥 날건달이 알고 있기도 하다.

슬럼가, 결코 얕볼 수 없는 장소다.

그런 슬럼가의 인간이라면 타이치와 린, 뮤라가 두려운 존재라는 것을 분명하게 파악하고 있을 것이며, 그렇다면 위험에 다가가지 않을 거라고 생각했다. 그렇기에 사람을 모으는 것에는 여러 궁리가 필요했다. 무지한 자를 속이는 것하고는 다르니까.

"네. 그래서 경계심이 약한 자를 중심으로 노렸습니다. 그 다음은, 그들에게 격퇴된 것을 무기 탓으로 돌렸습니다. 국군 병사가 사용하는 것과 같은 수준의 품질을 가진 무기라면 통할 거라고 불어넣어서, 몇 몇에 한 명 꼴로 낚을 수 있었습니다. 200명을 대충 넘길 무렵에 끊은 것입니다."

"그렇군. 그러면 내가 준비한 무기는 도움이 됐다는 것이군."

"그 정도 수라면, 저로서는 상당한 난제였사오니, 각하 덕분입니다."

“아무리 나라도, 국군 병사 수준의 품질을 가진 무기라면 조금 고생을 하긴 했지. 그러나, 그것을 확실하게 살린 것은 귀공이다. 그 이상의 겸손은 필요 없다.”

“송구합니다. 이번 미직에게 원조한 200명 모두의 손에, 정식 채용된 병사가 사용하는 품질의 무기를 들려주는데 성공했습니다.”

날건달이라지만 200명이나 되는 수라면, 무기가 제대로 갖춰지면 그만큼 방심할 수 없는 것이 사실이다. 정식 병사와 비교하면 없는 것보다는 나은 정도지만, 그래도 없는 것보다는 훨씬 좋은 것 또한 사실이었다.

이곳은 타국이다. 모국이었다면 간단한 각각의 준비도, 나라가 다른 것뿐인데 상당히 고생을 하게 된다.

“그리고 각하께 빌린 실력 있는 마술사, 그리고 저의 지기인 전사와 마술사도 대기하고 있습니다.”

“그 또한 잘 됐군.”

이미, 주사위는 던져졌다.

이제는 사태가 어떻게 진행되는가, 놓치지 않고 주시하는 것뿐이다.

일에 대한 이야기가 끝나자, 자국의 주상에 대해서 떠올랐다. 아까 일단 제쳐두었기에 끊어졌던 이야기다.

일 이야기는 물론 중요하지만, 그것은 다소 미뤄둔 것에 지나지 않는다.

두 사람이 품은 염려가 그걸로 해결되는 것이 아니니까.

자신들의 모국이 위기에 빠지는 일 없이 번영해야 한다.

그것은 평범하게 생활하면 일개 시민이라도 모국에 대해 조금은 품는 생각이다.

그들처럼, 정치나 군사에 직업을 가지고 제대로 일을 한다면 보다 강하게 품는 것이다.

그들의 주상은 총명하다.

실패는, 없을 거라 생각하지만.

귀족복의 남자와 군복의 남자는 염려를 씻어내지 못하고, 그렇다고 자신들이 어떻게 할 수가 없다는 불안에 나란히 한숨을 쉬었다.

제41화 결판 첫째

손에 든 시계로 시각은 오후 8시 25분. 밤의 단란한 한때를 보내는 시간대다.

영업중인 주점이나 식당이 모인 지구는 소란에 휩싸여 있을 것이다.

그곳의 소동도 닿지 않을 정도로 동떨어진 한산한 부유층 주택지. 그곳에 있는 저택 한 채를 향해서 타이치 일행은 걷고 있었다.

대로 끝에는 황황한 불빛이 비추는 커다란 저택이 우뚝 서 있었다.

"멈춰라. 누구냐."

조금 앞에 위치한 저택에 이제 곧 도착할까 싶은 거리에서, 길을 막는 무장 집단이 나타났다. 과거처럼 돌파할 생각이 없기 때문에 세 사람은 순순히 멈춰 섰다.

"누구긴? 알고 있잖아?"

눈치 못 채주면 난처하다. 이 집단이 타이치 일행에게 용건이 있지 않다면 곤란하다.

그렇게나 도시를 들쑤시고, 자신들의 존재를 드러냈으니까.

"이 도시의 고름을 짜내러 왔지."

뮤라 또한 대범하게 웃으며 응답했다.

3명대 수십 명의 집단.

타이치 일행은 한 걸음도 물러서지 않는다. 또한 무장 집단도 여기서 한 걸음도 못 간다고 버티는 것은 변함이 없다.

"고름이라고? 네놈들, 장난치나?"

예상대로, 뮤라의 말에 험악한 분위기가 돌았다.

"장난일 리가 없잖아. 틀린 일을 하고 있다고 생각하지 않으니까."

린 또한, 성실한 표정으로 뮤라를 지지했다.

무장 집단에서 싸울 기색이 흘러나왔다.

타이치 일행이 한 걸음도 물러설 생각이 없다는 걸 알았을 것이다. 그들은 각자의 무기를 겨누었다.

"길거리에서, 싸울 생각이냐?"

"네놈들이 물러나지 않는다면, 어쩔 수 없는 일이다."

그렇게 말하면서도, 타이치도 그것을 예상하고 있었다. 문제는 없다. 실피의 힘을 쓰면 주위에 피해가 가지 않도록 하는 것도 가능하다.

"그러냐. 그러면, 너희들은 내가 상대하지."

"뭐야?"

"내가, 혼자서, 상대한다."

한 걸음 내딛고, 칼을 뽑았다.

린과 뮤라는 타이치 뒤에서 움직일 생각이 없었다.

"이 수를 상대로, 혼자서, 라고? 깔보는 거냐?"

"너희들이야말로, 혹시 우리들에 대해서 제대로 조사 안 한 거야?"

타이치를 제대로 알고 있다면, 이 인원수 차이가 아무런 핸디캡이 안 된다는 건 알고 있을 것이다.

"뭐라고? 무슨 말이지?"

이 말로 그들이 타이치의 정보를 거의 모른다는 것을 알았다. 아니, 그들에게 알려주지 않았다는 걸 알 수 있었다.

그러면, 대체 무슨 생각으로 준비된 집단일까? 시간 끌기일까? 그것마저도 어느 정도나 될까 의심스러운 수준인데.

"아니야. 그러면, 린, 뮤라. 예정대로 먼저 가줘."

"응."

"그래, 알았어."

타이치의 말을 듣고, 두 사람이 움직이려고 한다.

"놔둘까 보냐! 쏴라!"

그 움직임에 대한 대응은 재빨랐다.

집단 후방에서 다수의 화살과 『파이어볼』이 발사된 것이다.

마술을 쓸 수 있는 녀석이 있었구나, 하는 감상과 함께 타이치는 그것을 요격했다.

화살도 마술도.

모두, 칼로 베어 버렸다.

후두둑 떨어지는 화살과 사라져 버리는 불덩이.

무장 집단이 술렁거렸다.

"이봐, 저 녀석 단숨에 전부 베어 버렸어."

"너, 저런 거 할 수 있냐?"

"바보냐? 할 수 있으면 모험가가 됐지. 훨씬 돈벌이가 되니까."

"그렇지."

그 목소리가, 술렁거리는 가운데 들렸다.

하나뿐이라면 집단 안에도 할 수 있는 자가 몇 명은 있다.

그렇지만 지금 그 동시공격을 혼자서 모두 대처할 수 있는가 하면, 대답은 틀림없이 NO였다.

눈앞의 소년이 「우리를 모르는 거냐」라고 물어본 것을 떠올렸다.

타이치는 「우리랑 싸우는 것이 어떤 일인지 모르는 거냐?」란 의미로 물어본 것이다.

말이 부족한 것은 물론 일부러였다. 이건 테리와 민트에게 걸었던 시비를 타이치 일행이 옆에서 비싸게 사들인 것이다.

친한 자가 상대라면 부족한 말에 대한 보충도 필요하지만, 지금은 그럴 필요는 없는 것이다.

린과 뮤라는 그들이 타이치의 소행에 놀란 틈을 타서 도로 양 끝의 건물 위에 뛰어 올라 건물 위를 달려갔다.

"이, 이봐! 저 녀석들!"

"젠장! 막아라!"

그 목소리에 반응하여 두 사람을 향해 화살이 날아간다.

그러나.

그것들은 모두, 그녀들의 5미터쯤 앞에서 기세를 잃더니 힘없이 떨어졌다.

“뭐냐?!”

“화살이!”

빗나간다면 모를까, 기세가 줄어드는 방식이 명백하게 부자연스럽다. 그 결말은 전혀 예상하지 못했다.

“원하는 대로 하게 둘 것 같아?”

그 목소리를 낸 것은 타이치.

린과 뮤라는 이미 상당히 멀리 나아갔다. 저 스피드라면 따라가도 도저히 따라잡을 수 없다.

무장 집단은 린과 뮤라를 포기할 수밖에 없었다.

이 정도 수가 모였는데, 고작 세 사람의 발을 묶지 못했다는 사실은 이미 어떤 변명을 해도 사라지지 않는다.

“화살을 떨어뜨린 건 너냐?”

“아아, 그래.”

“대체 뭘 했지?”

“가르쳐줄 리가 없잖아.”

실피에게 힘을 빌려서, 도로와 건물 사이에 바람의 벽을 구축한 것이다. 그 힘 앞에서 보통 화살 따위는 무력. 그 결과로 추진력을 송두리째 빼앗겨서 힘없이 떨어졌다, 라는 것인데.

어떤 수를 썼냐고 물어보면, 말할 리가 없다.

녀석들도 무심코 물어봤을 뿐이리라. 타이치의 대답에 다른 생각은 딱히 없는 모양이다.

뭐, 당연한 이야기였다. 자신들이 그런 질문을 들었어도 솔직하게 대답해줄 리가 없으니까.

"그러면, 댁들은 나를 막아야 하는 거겠지만."
타이치는 말하자마자, 훌쩍 그 자리에서 사라졌다.
"유감이지만, 어울려줄 의리는 없단 말이지."
그 이상을 깨닫기도 전에 타이치의 목소리는 집단의 등 뒤에서 들렸다.
놀라움과 동시에 무장 집단이 돌아보자, 등 뒤 약 30미터 이상 떨어진 곳에 타이치가 서 있었다.
보이지 않았다.
어디를 어떻게 이동한 것일까?
위를 뛰어넘었을까? 중간을 빠져나간 걸까?
"그러니까, 안녕."
타이치는 몸을 돌려 달려갔다.
그 속도는 무장 집단의 누구보다도 빨랐다.
따라가 봤자 전혀 소용없다고 생각될 정도였다.

◇◆◇◆◇◆◇◆

"네놈들, 무슨 용건이냐. 여기는 영주님의 저택이다."
문 앞까지 오자, 당연히 신분을 묻는다.
평범하게 생각해서 귀족의 저택에, 이 시간에, 예약도 없이 오는 것은 비상식적인 일이다.
"이곳의 차남과 삼남 도련님한테 용건이 있어서 왔어."
그렇게 말해 봤자 상대하지 않을 것을 알고 있으면서. 뮤라는 더욱이 비상식을 쌓아 올렸다.

"네놈, 장난치는 거냐? 돌아가라."

밀쳐내는 것 같은 상대의 태도. 뮤라는 품에서 양피지를 꺼내 문지기에게 내밀었다.

"읽어보도록 해."

무기라도 꺼내는가 하여 경계한 두 사람이었지만, 눈앞에 내민 양피지 두 장의 내용을 읽으면서 안색이 나빠졌다.

그녀가 내민 것은 아까 들른 정보상에서 받은 증거의 사본 중 한 부다.

다시 말해서, 코세이와 이다사가 저지른 부정의 증거였다.

그것을 날조라고 무시할 수는 없다. 결산 서류에는 가르레아 가문만 사용할 수 있는 가문의 문장이 찍혀 있으며, 또 한 장은 명백하게 코세이와 미직의 친필로 보이는 결재 사인이 있는, 결산 서류와 다른 금액이 적힌 견적서.

이 아름다운 소녀들이 가르레아 가문 차남과 삼남이 저지른 부정의 증거를 가지고 쳐들어왔다는 걸 문지기는 깨달았다. 그리고 무엇보다도, 자신이 섬기는 가문 주인의 혈연자가 부정에 손을 댔다는 현실이 그들을 후려쳤다.

"믿을 수 없어? 그거 줄 테니까 정말인지 아닌지 본인들에게 물어보면 어떨까?"

린이 그렇게 말한 것과 동시에 뮤라가 양피지에서 손을 놓았다. 파삭 땅에 떨어졌다.

문지기 두 사람은 얼굴을 마주보았다. 자신의 가치관이 흔들린 것이다.

린과 뮤라로서는 더 이상 그들에게 할 말이 없었다. 말단 부하를 아무리 괴롭혀봤자 해결되지 않는다. 그래도, 그들이 심각한 표정을 짓게 만들 수는 있다.

그 표정과 손에 든 양피지가, 린과 뮤라를 코세이, 이다사와 이어주는 징검다리가 될 것이다. 이윽고 자신들은 판단할 수 없었는지, 한 명이 양피지를 주워 저택 안으로 들어갔다.

두 사람은 그것을 묵묵히 바라보았다. 금방, **이야기를 이해하는** 자가 나올 것이다.

잠시 기다렸다.

예측과 다르지 않게, 아까 그 문지기와 또 다른 사람 한 명.

건물에서 나오는 역광으로 멀리서는 실루엣밖에 알 수 없었지만, 다가올수록 그 인물이 이야기를 하기 충분한 상대라는 걸 판별할 수 있었다.

어엿한 집사복을 입은 늘씬한 체격. 온화한 표정에 교묘하게 은폐된 날카로운 눈빛. 이 저택에 있는 가르레아의 이름을 가질 자격이 있는 자들 중 누군가를 섬기는 집사이리라.

서로의 얼굴이 보이는 거리가 되자 집사는 눈을 한순간만 가늘게 떴다.

"당가에 용건이 있는 것은 여러분이십니까?"

세련된 인사와 함께, 상대에게 위압을 주지 않는 온화한 목소리. 그곳에 숙련된 기술이 살짝 엿보인다. 귀족을 섬기는 집사에게는 요구되는 것도 많으며 일반 시민하고는 거리가 먼 존재지만, 마찬가지로 아무리 양보해도 일반인이라고는 부를 수 없는 린과 뮤라가 신경 쓸 이유가 없다.

린이 「그래」 하고 말하며 고개로 긍정을 나타냈다.

"알겠습니다. 그러면 안내하겠습니다. 이쪽으로 오시지요."

또 다시 인사를 하면서 집사가 온 길을 돌아가기 시작했다.

린과 뮤라는 얼굴을 마주보며 고개를 끄덕이더니, 집사 뒤를 따라 걸었다.

여기까지는 예상했던 몇 가지 시뮬레이션 중 하나를 따르고 있었다.

바로 옆에서 뮤라가 「여기까지는 순조롭네」라고 작게 중얼거린 것을, 린이 간신히 들었다.

집사의 안내를 받아 저택 안을 걸었다. 참으로 호화로운 내장이다. 품격이 없다고도 할 수 있지만. 보란 듯이 장식된 장식품은 부쉈다간 얼마를 변상해야 할지 상상도 안 된다. 부수지 않도록 주의해야겠다. 이런 생각을 하는 린과의 거리는 1미터 이상 떨어져 있었다. 그런 부분이 소시민인 린이었다. 신경 쓰는 기색도 없이 걸어가는 뮤라가 조금 부럽고 원망스럽다.

널찍한 저택 안을 걸으며 안내받은 곳은 이 또한 널찍한 응접실이었다.

발이 푹 빠질 정도의 융단, 금과 은으로 장식된 호화로운 테이블. 마주보는 두 쌍의 소파가 그것을 끼고 설치되어 있었다.

왕궁의 응접실을 따라잡을 기세지만, 한 가지 말할 수 있는 건 품격이 왕궁보다 훨씬 떨어진다는 것이다.

자신을 과시하는, 강한 주장이 느껴지는 레이아웃. 너무 밀어붙인다.

“여기 앉으시지요.”

집사가 말하며 고개를 숙였다. 그의 말에 따라 앉자, 응접실 입구하고는 다른 문에서 급사가 나오더니 재빨리 차를 준비했다. 솜씨도 상당히 좋다.

코세이와 이다사는 그렇다 쳐도, 일하는 자는 백작 가문의 이름에 부끄럼이 없다고 할 수 있었다.

명백하게 초대받지 않은 손님이다. 어떤 책략을 부릴지 알 수 없는 지금, 내놓은 음료도 조심할 필요가 있다.

독을 검출하는 약은 있지만, 어디서 감시할지 모르는 이상 섣부른 짓을 할 수는 없다. 상대가 찌르고 들어올 법한 틈을 극력 만들지 않아서 나쁠 거 없다. 현재 마력을 사용해서 탐색을 하는 건 린 뿐이다. 뮤라는 자신들의 기척 탐지 능력에 의지하고 있다. 그리고 그 탐지로, 이쪽을 감시하는 1인분의 기척이 두 사람에게 닿고 있었다.

상상한 것처럼 상당한 실력자로 보이는 기척의 은닉. 그것을 탐지할 수 있으니 린과 뮤라의 탐지 능력도 얕볼 수 없다. 그러나 그것에 자만하는 건 위태로울 것 같았다.

“금방 다시 오겠습니다. 잠시 쉬고 계십시오.”

퇴실한 집사는 무척이나 정중하게 대응해 주었다. 두 사람은 말을 나누지 않고, 지금까지 몇 번이나 복습했던 내용을 떠올렸다. 둘이 뭉쳐서 사고하여, 서로가 즉시 서로를 커버할 수 있도록.

몇 분, 혹은 몇 십 분. 세고 있던 것이 아니라서 정확하게는 모르지만, 조금 기다리자 누군가 문을 노크한 다음에 열렸다.

"기다리게 했군, 손님들."

린 일행은 소파에서 일어나 문 쪽으로 몸을 돌렸다.

입실한 것은 두 사람. 얼굴은 단정한 편이라고 생각하지만, 아무리 봐도 음험해 보이는 눈매가 모든 것을 망치고 있는 두 사람. 그런데 한 명이 이쪽을 보더니 얼굴이 굳어졌다. 린은 표정이 굳어진 쪽이 코세이라는 걸 이해했다.

그러면, 어쩐지 사람 기분 거슬리는 어조로 말하며 들어온 쪽이 이다사.

"나는 당주 대리 보좌인 이다사다. 이쪽은 당주 대행이며, 내 동생인 코세이다."

그들은 상석에 해당하는 소파 앞에 서더니 자기소개를 했다. 신경 거슬리는 쪽이 이다사가 틀림없었다.

"모험가 랭크 B인 린입니다."

"마찬가지로, 모험가 랭크 B인 뮤라야."

린과 뮤라도 마찬가지로 간단히 자기소개를 했다.

"허어. 그 나이에 이미 모험가 랭크 B라. 무척 훌륭하군."

"고맙습니다."

"칭찬을 받아 영광이야."

인사치레의 응수. 서로의 태도는 온화하지만 분위기는 불똥이 튀기 시작했다.

"그러면, 아무래도 급하게 찾아와서 말이지. 조금 기다리게 만든 모양이야. 하던 일을 멈출 수가 없어서 끊기 좋은 곳까지 하는 수밖에 없었지."

기다리게 만드는 게 당연하다. 이렇게 말하는 이다사에게.

"신경 쓰지 마. 오래 기다린 것도 아니니까."

뮤라의 말도 참 버릇이 없었다.

프라이드가 높아 보이는 이다사와 코세이는 견디기 어려울 것 같았는데, 예상에 비해 두 사람은 태연했다.

정말로 효과가 없는 건지, 아니면 억지로 참고 있는 건지. 그건 이제부터 알 수 있는 일이다.

"흠. 시골 아이에 걸맞은 품격이 없는 말투로군. 뭐, 재미있는 선물에 대한 포상으로 용서해주지."

"그건 참 고맙네."

초전은 무승부.

이어서 2회전이다.

"그러면, 너희들이 가져온 선물 말이다만. 참으로 유쾌했다. 마음에 들었어."

"마음에 들었다면 다행이네."

그들이 대역일 가능성은 버릴 수 없지만, 그건 그거대로 좋다. 본인을 끌어낼 방법은 준비했다.

"놀랍더군. 설마 그런 것을 날조해서 있지도 않은 중상을 하고자 하는 무리가 있을 줄이야."

과연. 아무래도 린 일행의 말을 트집이라고 하여 어떻게 나오는지를 보려는 것일까?

물론 상대의 리액션 따위는 아무래도 좋은 일이다. 기나긴 지구전을 할 생각은 털끝만큼도 없었다.

"어머. 문지기가 가지고 있던 양피지가 날조라고?"

"그 정도로 정교하다니. 눈이 낮아서는 간파할 수 없겠지."

모두 날조인 것은 아니다.

그의 말이 허세인지 아닌지는 모르지만, 일부는 정답이었다.

그렇다. 그 문지기에게 건넨 한 장은 정보상의 연줄로 마련한 진짜의 복사. 그런 의미에서는 날조라고 할 수도 있었다.

그러나, 그건 진짜를 토대로 만든 것이다. 진짜인지 아닌지 인정은 그 만만찮은 노파의 보증을 받았다. 의심할 여지는 없다.

"후응. 난봉꾼(잔챙이)인줄 알았더니, 조금은 입이 돌아가네."

뮤라는 난봉꾼이라 쓰고 잔챙이라고 읽으며 싸늘하게 웃었다.

그 모습에 눈썹을 올린 것이 이다사.

히익, 숨을 날카롭게 들이쉬면서 안색이 나빠진 것이 코세이. 아무래도 코세이에게 뮤라는 트라우마인 모양이다.

"아까부터 상당히 예의를 모르는 말투로군. 여기가 어디인지 알고는 있나?"

"물론, 우리는 싸구려 도발을 하고 있는 거야."

"……."

다시 말해서, 반응한 이다사의 패배다.

한 방 먹었다. 모험가 주제에 제법이군. 조금 다시 보았으니

반격을 하고자 이다사가 생각을 하는 것과 동시였다.
뮤라의 시선이 그에게서 벗어난 것을 깨달았다.
"아까부터 아무 말도 없는데, 이봐, 코세이? 오랜만이지?"
기선을 제압당했다. 그리고, 아주 약간 동생이 당황하는 걸 느낀 이다사는 작게 혀를 찼다.
"그, 그래……. 그렇, 군, 오랜만이야……."
이다사에게 코세이가 뮤라와 아는 사이란 것은 예상 밖이었고, 아무래도 심상치 않은 사정이 있어 보이는 것도 예상 밖이고, 그 결과로 코세이가 위축된 기색인 것도 예상 밖이었다.
이래서는 괜한 틈이 생긴다.
뭐 이다사 입장에서는 괜한 틈이지만, 뮤라에게는 미리 준비한 수 중 하나였다.
"흠. 너희들은 면식이 있었나?"
뮤라가 이야기를 바꾸었고, 그것에 코세이도 올라탄 이상 다소는 그것에 어울려줄 필요가 있었다.
이다사로서는 불길한 예감이 강하게 느껴지기에 금방 본래 노선으로 이야기를 되돌리고 싶었다. 그러나 그렇게 하면, 이 이야기를 하는 것이 좋지 않다는 걸 들켜서 묘한 틈이 될 수도 있다.
"그래, 맞아. 언제였더라? 코세이가 갑자기 날 찾아와서는 첩으로 삼아주마, 라고 했었지."
"아니, 그건……."
"그랬어? 뮤라?"

처음 듣는 에피소드에, 린이 무심코 몸을 내밀었다.

그 이야기는 들은 적이 없었다.

“그래. 타이치랑 린이 이 세계에 오기 전 일이고, 이야기한 적이 없었으니까 모르는 것도 무리가 아니야.”

“그랬구나. 그래서, 뮤라를 첩으로 삼겠다고 일부러 온 거야?”

“아니, 본래 목적은 따로 있는데 덤으로 들렀다는 느낌이었어. 뭐 그런 식으로 제안을 듣는 건 내 뜻하고 달랐으니까, 약간 거칠게 돌려보냈었지.”

“아니, 그건 약간이…….”

“아아. 덤인 데다가, 또 그런 식으로 말을 했으니까. 권력이나 그런 거 가진 사람은 그런 사람도 있구나. 권력으로 찍어 눌러서 여성을 억지로 억누르는 사람.”

이다사는 깨달았다. 동생인 코세이가 그런 제멋대로인 짓을 했다는 것도 처음 들었지만, 그것을 빗대어 에둘러 이렇게 말하는 것이다.

미직이 그렇다. 그리고, 너희들도 그 횡포를 부린 자와 다를 바 없다—.

평소에는 형인 이다사에게 뒤쳐지지 않는 영리함을 가진 듬직한 코세이였지만, 지금 이 자리에서는 이미 쓸모가 없으리라.

뮤라라는 소녀에게 상당한 창피를 겪은 모양이지만, 그것에 역정을 내며 앙갚음을 할 생각을 하는 게 아니라 당해낼 수 없다고 생각하여 꼬리를 말고 있으니까.

“그래. 나도 여자로서 그런 건 싫어해. 지금은 거절하길 잘

했다고 생각해."

"응, 그게 정답이었다고 생각해."

"그러니까, 그건 거절이라거나……."

"이제 됐다. 입 다물어라, 코세이."

"……."

본인을 눈앞에 두고서 가차 없이 깎아 내리는 아리따운 소녀들. 그 말에 상당히 동요하고 있는 것이리라. 또 다시 약하게 뭔가 말하려는 코세이를, 이다사가 말을 잘라서 가로막았다.

이미 동생을 이 자리에 데리고 온 것 자체를 후회하고 있던 이다사였지만, 그렇다고 중간에 퇴실시키는 것은 자신들이 불리함을 인정하는 것이 된다. 상대가 같은 귀족이라면 몸이 안 좋다는 이유를 들어서 퇴실시킬 수도 있었다. 그 자리에 있는 것으로 어떤 방향에서 상대가 유리해질 지 알 수 없으니까.

그러나, 상대는 B랭크라지만 말하자면 그저 모험가.

이른바, 푸른 피 따위 흐르지 않는 평민이다. 그런 평민을 상대로 귀족일 때와 마찬가지 대응을 하다니, 그의 프라이드가 용납하지 않았다.

"아무래도, 내 동생하고는 얕지 않은 인연이 있는 모양이군. 그 이야기는 훗날 기회를 마련해서 느긋하게 하도록 하고, 이야기를 되돌리지."

"어머? 상관없는 이야기를 했다는 생각 안 하는데?"

"물론이다. 그러나, 어디까지나 부수적인 이야기이며, 이 자리의 본론이 아니지."

"그래, 분명히 그렇네."

처음부터 뮤라에게 압도당했던 코세이는 그렇다 치고, 이다사는 넘어가지 않았다.

아니, 상대는 누가 뭐래도 변경백작 가문의 후계자 후보들인 것이다.

린도 뮤라도 일이 쉽사리 풀릴 거라고 생각지 않는다.

이 정도 반격은 해오는 게 당연한 거라고 받아 들였다.

그리고 아무래도 그런 기색은 이다사도 깨달은 모양이다. 그가 린과 뮤라에게 내심 높은 점수를 주고 있는지, 잔망스럽다고 매도하는지는 모르겠지만. 표면상으로는 드러내지 않는다.

"그럼. 어디. 너희들이 우리들의 부정을 날조해서 명예를 훼손한 건에 대해, 이쪽이 공식적으로 고발한다. 이런 이야기를 하고 있었지."

"아니에요. 당신들의 부정은 틀림없이 진짜예요. 고발하는 건 이쪽이죠."

이다사가 이야기를 되돌리는 김에 괜한 사족을 붙이는 것을 린이 즉시 끊어냈다.

"재미있는 농담이군. 나는 아까 그것이 가짜라고 단언했을 텐데."

이다사는 어디까지나, 그건 가짜다, 라는 자세를 무너뜨리지 않을 생각이다.

그것이 우연이라지만, 가짜다, 라고 단언한 것은 정답이었다.

"어째서, 가짜라고 잘라 말할 수 있나요?"

전혀 흔들리지 않고, 끝까지 시치미를 떼는 이다사.

물론, 그것을 인정해 버리면 모든 것이 끝장이기 때문에 가짜라고 단정하고 대응하는 건 틀리지 않았다.

린은 단순하게 어떤 변명을 할지가 신경 쓰였다.

그 순간만큼은, 린은 설전의 한 수가 아니라 순수한 의문을 던졌다.

그렇지만 옆에서 듣고 있던 뮤라가 「이건 결정타가 될 수 있는 굉장한 한 수네……」라고 무심코 중얼거릴 정도의 위력이 있었다.

"어째서, 라고? 당연하다. 나는 그것에 기재된 내용을 일절 기억하지 못한다. 모조리, 다 꾸며냈다고 말할 수밖에 없는 숫자들뿐이더군."

과연.

이치에는 맞는다.

그렇게 생각하는 것도 당연하다.

왜냐하면, 비슷하기만 하고 실제 숫자는 굳이 기재하지 않았으니까.

설마 이렇게까지 생각대로 될 줄은 린도 뮤라도 생각하지 않았다.

"훌륭해요. 분명히, 이건 가짜입니다."

린은 순순히 이다사의 혜안을 칭찬했다. 모르는 숫자니까 가짜다. 과연, 맞는 말이다.

반대로 이다사는 으스스함을 느꼈다. 이렇게 증거까지 만들어서 쳐들어와놓고, 린이 순순히 가짜라는 것을 인정한 것이 납득이 가지 않았다. 인정해 버리면 무기가 사라진다. 그렇다면, 명예 훼손으로 고발해서…… 거기까지 생각하고, 이다사는 머릿속에 강한 경종이 울리는 것을 깨달았다.

그러나, 이미, 늦었다.

"그렇지만. 이 양피지의 내용은 근거 없이 만든 게 아냐."

그렇게 말하고, 뮤라는 품에서 다른 양피지를 꺼냈다.

"이게, 진짜."

팔랑 내민 것은 아까 문지기에게 보인 양피지 두 장과 같은 것이었다.

드디어 흉중이 온화할 수가 없게 됐는지, 이다사가 표정을 찌푸렸다.

"덤으로, 이게 당신들이 말하는 날조를 만든 원본의 복사."

린이 테이블에 양피지를 몇 장 던졌다. 그것은 미직과 코세이가 밀약한 수많은 부정의 증거들.

그 정도의 원본이 그녀들에게 있다는 증거였다.

이다사는 반사적으로 말이 나오지 않았다. 이것은 이다사에게 심상치 않은 사태였다. 여기 있는 양피지에 기록된 숫자들 몇 개는 이다사도 기억하고 있었다. 아까 그 가짜 양피지하고는 전혀 다르다.

그에게 최악의 사태다. 진짜로 원본을 가지고 있다고 판단해야 한다. 거기까지 재빨리 사고를 하고서.

그 결과, 침묵이 무엇보다도 웅변적이라는 걸 이해하면서도 이다사는 적절한 반격의 말이 나오지 않았다.

"그러면. 우리들 주장의 근거는 밝혔어. 이제부터가 본론."

입을 열려던 이다사에게 말을 할 기회를 주지 않는다.

"미직과 손을 끊어줘야겠어."

린이 잘라 말했다. 그것을 들은 이다사는 잠시 침묵했다.

"크크크…… 아하하하핫!"

호쾌하게 웃었다.

"무슨 말을 하는가 했더니. 정말이지. 이래서 시골뜨기는. 우리들의 힘을 모르니까 그런 말을 할 수 있는 것이다."

"……."

"부정? 그래서 어쨌다는 거냐? 우리가 이윤을 얻는 건 이 세상의 이치다. 어째서인지 아나? 그것은 우리들에게 내려진 권리이기 때문이다."

이다사의 말이 멈추지 않았다. 드디어 일어서서 침을 튀길 기세로 말했다.

"우리들의 힘이 있으면, 너희들 같은 유상무상이 아무리 발버둥 쳐도 그 위에서 뭉개버리는 것 따위 손쉬운 일이다. 상당히 노력한 모양이지만, 헛수고였구나. 그런 양피지에는 아무런 의미도 없다. 종이조각이다. 쓰레기다. 휴지다! 어째서인지 알려주마! 우리가, 그것을 가짜라고 단정하면 가짜가 되는 것이다! 알겠나!!"

상당히 흥분한 모양이다. 이다사는 어깨를 들썩이며 숨을 쉬었다.

이다사의 흥분이 만들어낸 독무대가 막을 내렸다.
응접실을 침묵이 지배했다.
시선을 마주치는 네 사람. 이윽고, 린이 고개를 바로 위로 들었다.
"그렇다는데요, 카게로우 씨."
"듣고 있었다. 그 발언은 넘어가줄 수 없군."
갑자기 등 뒤에서 목소리가 들리자, 이다사와 코세이가 경직됐다.
그리고, 움직이지 못하는 이유가 하나 더 늘었다. 이다사와 코세이의 목덜미에, 은색으로 빛나는 단검 끝이 다가와 있었으니까.
"너, 너는……."
"호오. 과연 나에 대해선 아는 모양이군."
"카………… 카게로우…………."
시야를 확보하기 위한 눈 부분 말고 온몸을, 모두 칠흑의 의상으로 감싼 카게로우.
"그 자료는 내가 입수한 것이다. 너희들은 내가 한 일에 트집을 잡는다는 건가?"
남자라면 뇌수가 녹아 내릴법한 달콤한 음색으로, 전혀 그것에 걸맞지 않은 말을 하는 카게로우. 섣불리 분노가 담긴 것보다 오히려 더 두렵다.
"그, 그럴 셈은……."
"없는 건가? 내가 입수하고, 내가 만든 복사인데 말이지."

"……."

카게로우가 한 일을 모조리 매도했다는 걸 그제야 깨달은 이다사. 복사를 한 것은, 실제로는 그녀가 아니지만 그 진위를 확인할 용기는 두 사람에게 없었다. 방금 전의 위세는 한순간에 쪼그라들었다.

아즈파이어에서 타이치, 린, 뮤라가 영웅 취급을 받는 것처럼. 레미아가 『낙엽의 마술사』로서 경의를 모으는 것처럼. 이곳 시야크 제일의 실력자라고 아는 사람은 다 아는 카게로우.

카게로우를 거스르지 말라. 거스른 자는 무참한 결말이 기다린다.

그것은 언더그라운드를 아는 자에게는 이미 불문율이었다.

카게로우는 자신의 일에 높은 프라이드를 가졌다.

그것을 매도한다는 것은 곧 그녀의 삶을 부정하는 것. 주인인 노파가 인정한다면 어떤 상대의 의뢰라도 받아들인다.

일이 완벽하지 않으면, 카게로우 자신의 자산을 동원해서라도 손님에게 돈을 돌려줄 정도다. 반대로, 그녀의 일이 완벽했는데도 트집을 잡으면 상대가 귀족이라도 베어 버리는 걸 주저하지 않는다.

그것이 카게로우였다.

"아, 그랬지. 당신들 착각하고 있는 것 같으니까 가르쳐주겠는데."

여전히 소파에 앉은 채, 뮤라가 느긋하게 말했다.

"아까 『미직과 손을 끊어라』라고 한 말. 그거 말야. 요구가 아냐."

"뭐……?"

"명령이야. 거부권을 줄 생각은 없어."

"네놈, 무슨 말을……."

말하던 이다사의 입이 강제로 멈추었다.

방 바깥이 상당히 소란스러워졌으니까.

"카게로우 씨, 역시 대단해요. 그 짧은 시간에 준비한 건가요?"

"돈을 받은 이상, 일은 확실하게 한다."

린과 카게로우의 대화였다.

"무, 무슨 일이……."

코세이의 말에 대한 대답은, 활짝 열린 문 너머에서 들어온 다수의 사람들이 주었다.

"날조 자료로 모험가 길드와 자경단에 신고했어. 당신들을 구속하겠어."

대략 30명을 넘는 사람들이 밀려들어왔다. 아무래도 사람이 너무 많아서 응접실에 다 들어오지 못한다.

"끌고 가라."

카게로우의 말을 신호로, 건장한 남자들이 이다사와 코세이를 구속했다.

"네, 네놈들! 뭘 하고 있는지 알고 있는 거냐!"

"물론 알고 있어. 용의자를 끌고 가는 거지."

짖어대는 이다사를 뮤라가 아무렇지도 않은 어조로 업신여겼다.

"이, 이봐! 어째서 이런 무례를 용납하느냐!"

뮤라하고는 말이 안 통한다. 이다사는 이어서 모험가와 자경단에게서 한 걸음 떨어진 곳에 바른 자세로 서 있는, 린과 뮤라를 안내한 집사를 보았다. 그는 가슴 앞에 손을 대고 깊게 인사를 했다.

"제가 허가했습니다. 부디, 반성해 주소서."

"배, 배신한 거냐?!"

"네. 제가 틀렸습니다. 더 빨리, 두 분을 막아야 했습니다."

"이, 이런 일이! 네놈도 그냥 넘어가진 못한다!"

"알고 있습니다. 저도, 죗값을 치르겠습니다."

집사의 말이 결정타가 됐는지, 이다사는 망연자실해졌다.

이야기가 끝났다는 듯, 밧줄로 몇 겹으로 묶인 귀족 두 사람을 데리고 가는 건장한 남자들. 그들이 다시 파란 하늘을 볼 수 있는지는 심판하는 자에게 달렸다. 국난인데도 계속 죄를 저질렀으니까.

"……좋아. 이걸로 제1단계는 끝났네."

"응. 다음은 미직이야."

"두 분. 잠시 이것을."

이다사와 코세이를 배웅한 집사가 뮤라에게 한 장의 양피지를 내밀었다.

"이용하시지요."

집사가 공손하게 고개를 숙였다.

이것은 밝혀지면 미직에게 큰 타격이 되는 서류일 것이다.

그러나 동시에 의문이 남았다. 뮤라의 어깨너머로 양피지를 들여다보던 린이 시선을 집사에게 돌렸다.

"조금 버릇없는 질문일 수도 있겠지만, 어째서 당주의 이름으로 내놓지 않은 건가요?"

집사는「송구하오나……」라고 말하며 고개를 숙였다. 그 얼굴은「걸려들었다」라는 감정이 교묘하게 숨겨져 있었다. 이 두 사람이라면 이 정도 기지는 가지고 있으리라 읽고서 한 일이다. 그는 멋으로 시야크라는 거대 도시를 다스리는 귀족의 집사를 하는 게 아니다. 사람을 보는 눈은 분명했다.

"당주님께서는, 이다사 님과 코세이 님에게 연금 당하신 상태입니다. 그 두 분이 처단되는 이상, 그 연금에는 효력이 없다고 생각합니다."

"그래서, 우리들한테 해방을 도와달라는 거야?"

"뻔뻔스럽다는 것은 알고 있습니다. 그러나 저도, 장남이신 드이히 님도 병사를 움직일 권한을 빼앗겼습니다."

"그렇구나……."

아직 실권이 이다사와 코세이에게 있는 상태. 그들을 이제 막 붙잡은 참이다. 범죄자라지만, 차남과 삼남이 동시에 사라진 가르레아 가문의 대미지는 헤아릴 수가 없다.

"입구는 이다사 님과 코세이 님에게 거스를 수 없는 기사와, 두 분이 고용한 용병이 지키고 있습니다. 병사를 움직일 수 없는 저로서는 어떻게 할 수가 없습니다."

두 사람은 얼굴을 마주보았다. 이야기를 들어보니 그냥 내버려둘 수는 없으리라. 아직 미직이 남아 있지만, 그쪽에는 타이치가 갔을 것이다. 그러면 문제없겠지.

"좋아. 뮤라. 하자."

"그러네. 미직은 타이치한테 맡기면 될 거야."

"응, 괜찮을 거라고 생각해."

린과 뮤라는 집사의 안내를 받아 저택을 절반쯤 빙 돌아가서 뒤뜰 구석에 있는 별채에 도착했다. 해당 건물을, 기척을 지우고 사각으로 숨어들면서 상태를 살폈다.

집사가 말한 것처럼, 변경백 가문을 섬기는 기사와 마술사, 더욱이 용병으로 보이는 집단, 합쳐서 50명 정도가 건물을 둘러싸고 있었다. 3교대인 것 같으니, 총 150명 정도에 이를 것이다.

"저기구나."

"그렇사옵니다."

"꽤 많네."

"뭐, 우리들이라면 문제없을 거야. 신호하면 지원 부탁해."

"응, 알았어."

뮤라의 말에 린이 고개를 끄덕였다. 수의 차이는 유리함과 불리함을 정하지 않는다.

뮤라는 성큼성큼 일직선으로 별채에 다가갔다.

"멈춰라. 너는 뭐냐."

기사들은 뮤라의 모습을 본 순간 경계심을 드러냈다. 그래도 걸음을 멈추지 않은 뮤라에게 황급히 경고를 한 것이다.

그 경고에 순순히 따라, 뮤라는 멈춰 섰다.

양자 사이에 있는 것은 15미터 정도의 공간. 기사들은 실수했다. 이 거리는 이미 뮤라의 사정거리 안이다.

뮤라는 묘하게 어색함이 없는 태도로 말했다.

"당신들을 직무에서 해방하러 왔어."

의심스런 표정을 한 그들이 입을 열기 전에, 뮤라는 이어서 말했다.

"이다사와 코세이는 부정이 폭로되어 연행됐어. 당신들이 그 건물을 지킬 의리도, 대의명분도 존재하지 않아."

그 말은 그들을 경직시키기에 충분한 위력을 자랑했다.

"헛소리를. 무슨 근거가 있나?"

가장 빨리 부활한, 붉은 망토에 기사 갑옷을 입은 남자가 반론했다. 그가 여기를 지휘하는 것이리라.

"근거라면 이거야."

이해가 빠른 자가 있어서 수고를 덜 수 있겠다고 생각하며, 뮤라는 품에서 카드를 꺼냈다.

"이 길드 카드에 맹세해. 이다사와 코세이를 구속하도록 유도한 건 나랑 동료들이니까. 모험가 길드도, 이다사와 코세이의 구속에 협력했어."

전혀 흔들림 없이 뮤라는 계속 말했다.

"어떡할래? 물러날 거야? 아니면 싸울 거야?"

"……물러날 리가 없지!"

길드 카드만으로는 신용할 수 없다. 대장의 얼굴에 그렇게 적혀 있었다. 하긴 당연하다고 뮤라는 생각했다. 이 정도는 교섭으로 쳐주지도 않는다. 길드 카드를 보이기만 한 걸로는 설득력 따위 한 조각도 없는 것이다.

"하는 수 없네. 물러나지 않는다면 억지로라도 치우는 수밖에 없는네."

"하! 그건 이쪽이 할 말이다!"

사람을 바보 취급하는 것처럼 웃음을 짓고는 모두 검을 뽑았다.

당장이라도 달려들려는 기사들을 바라보며, 뮤라는 검을 위로 들어 아무렇게나 휘둘렀다.

날아오는 얼음의 화살이 수십 개, 그들 사이로 빠져나가 땅바닥에 박혔다.

남자들은 전율했다. 그들도 이 공격의 굉장함을 알 정도로는 실력자였던 것이다.

조준이 거칠어서 빗나간 것이 아니다. 만약 그렇다면, 빗나가는 화살과 맞는 화살이 있을 것이다. 모두 빗나갔다. 아니, 모두 맞지 않도록 정밀한 제어 능력으로 쏘아낸 마술.

그것이 의미하는 것은, 술자가 그럴 셈이었다면 모조리 직격 코스로 쏘아낼 수 있었다는 것. 땅에 깊숙이 박힌 무수한 얼음 화살. 그것이 직격하면 무사할 수 있을까?

무심코 말을 잃은 남자들에게, 뮤라는 검을 어깨에 지고서 짙은 웃음을 지었다.

"내가 언제, 혼자서 왔다고 했어?"

"……."

복병이 있다고 생각했어야 했다. 그런 기초적인 것마저 의식하지 못한 그들의 실수였다.

문득, 중압을 느끼고 기사와 용병들이 하늘을 올려다보았다.

그곳에는.

화톳불의 흔들리는 빛에 비쳐 반짝이는 얼음의 창. 언뜻 보기에도 100개가 넘었다.

아까하고는 자릿수가 하나 다르다.

그 날카로움에.

그 모든 것이 이쪽을 포착한 광경에.

그리고 이쪽으로 다가오는, 지팡이를 든 소녀에게서 솟아오르는 마력에.

모두가 숨을 삼키는 기척이 있었다.

얼음 속성의 광범위 공격 마술『프리징 랜스』. 얼음 속성만 해도 난이도가 뛰어 오르는데, 그것을 이 정도 수로 발동하고 있는데도 전혀 흐트러진 기색이 없는 술자 소녀.

기사들이 상대하기에는 버겁다. 그렇게 생각하기에 충분했다.

"가능하면, 쏘지 않고 넘어가고 싶어. 이해해줄 수 없을까?"

그렇게 말하며, 린은 더욱이 마술을 행사했다.

그녀 주위에 나타나는 불꽃의 창, 그 수는 수십.

상공에서 내려다보는 얼음의 창.

정면으로 포착하는 불꽃의 창.

기사라면 마술 그 자체는 드물지 않게 볼 수 있다.

그러나, 이 정도 규모의 마술을 2개나 동시에 행사할 수 있는 마술사는 어지간해서 만날 수 없었다.

기사들도, 또한 마술사들도, 또한 용병들도, 이 정도 술자는 본 적이 없었다.

"참고로, 나도 어린 소녀라고 얕봤다간 다칠걸?"

주위에 울리는 방울처럼 맑은 목소리.

린의 마술에 의식을 빼앗겼던 그들의 귀에 그 목소리가 똑똑히 닿았다.

목소리의 주인을 돌아보자, 그곳에는 당연히 엘프 소녀.

시선을 모은 뮤라가 검을 스르릉 뽑아 겨누었다.

그 모습이 상당히 익숙했고, 검은 결코 멋으로 가지고 있는 게 아니란 것을 이야기하고 있었다.

강렬한 마력이 그녀를 감싸고, 그 주위가 아른거렸다.

아니다. 신경 써야 하는 건 얼음의 창과 불꽃의 창을 다루는 소녀뿐만이 아니다.

이 엘프 소녀도.

타입은 다르지만, 격은 동등한 것이다.

마술사는 물론이고, 기사들 또한 마술을 쓰지 못하면 오르지 못하는 지위.

그리고 용병들 또한, 마력을 쓰지 못한다고 포기해 버리면 죽음이 가까운 일이다.

따라서, 아니, 그렇기에.

그들은, 린과 뮤라의 마력을 깨달을 수 있었다.

2명대 50명. 인원 차이는 압도적인데도, 소녀 두 사람에게 어른들이 완전히 압도당했다.

"크…… 그러나, 물러설 수는 없다!"

가장 빨리 제정신을 차리고 재기한 것은 그 중에서 리더를 맡은 것으로 보이는 대장격인 남자였다.

그는 검을 손에 쥐고 흐트러짐 없는 자세를 보였다.

자세가 말한다. 그는 대장을 맡기에 걸맞은 실력을 가졌다.

갑작스런 일이었다. 둔중한 소리와 충격과 함께, 대장격인 남자가 가지고 있던 검이 중간에서 두 동강으로 부러졌다. 부러졌을 때 충격으로 팔이 저리고, 무기로서 쓸모가 없어진 검을 놓쳤다.

믿을 수 없다는 표정으로 앞을 보니, 자세를 낮춘 뮤라가 검을 휘두른 자세로 눈앞에 서 있었다.

이 일격이, 메울 수 없는 실력 차이가 있다는 것을 여실하게 알려주었다.

고작 한순간.

15미터의 거리를 단번에 좁힌 데다가 검을 일격으로 부러뜨릴 정도의 참격을 뿜어내는 검사를 이길 자신이 있는 자는 이 자리에 없었다.

그녀 한 명을 억누르기 위해서 어느 정도 인원과 노력이 필요한지 짐작도 안 되며, 더욱이 그녀를 엄호하는 뛰어난 실력의 마술사가 지금도 대량의 마술을 유지한 채 위협하고 있다.

아무리 수가 압도적이라도 이길 요소가 발견되지 않았다.

그렇지만 물러설 수 없었던 기사들에게, 등 뒤에서 목소리가 들렸다.

"우리는 빠진다."

"……?!"

목소리의 주인은 이 저택의 기사가 아니라 고용된 용병들이었다.

놀라움으로 얼굴을 물들인 기사들에게 곁눈질하며, 그들은 차례차례 무기를 넣었다.

"네놈들, 배신하는 거냐?!"

"아니야. 빠진다고 했잖아."

용병 한 명이 고개를 좌우로 저었다.

"딱히 너희들을 적대할 생각은 없어. 거기 아가씨는 이쪽이 덤빌 생각 없으면 봐줄 생각 같으니까."

시선을 받은 뮤라는 어깨를 으쓱거렸다. 어쩔 수 없다는 표정과 그 동작이 긍정을 의미하고 있었다.

"그렇게 된 거야. 미안하지만 이제부턴 댁들끼리 하라고."

용병들은 무기를 넣고, 그러나 이쪽에 대한 경계를 풀지 않은 채 자리를 벗어났다. 필연적으로 뮤라와 기사들이 대치하게 됐다.

"그래서, 당신들은 어쩔 거야?"

대답은 들을 것도 없었다. 수가 줄어든 이상, 기사들의 열세는 움직이지 않는 것이 되었다.

본래 힘의 차이는 명백했었지만, 수가 적은 것보다는 많은 편이 당연히 좋다. 그러나 그것마저도 와해되어 버렸다.

그것이 의미하는 것은 하나.

이다사와 코세이 일파가 붕괴된 순간이었다.

제42화 결판 둘째

린과 뮤라가 가르레아 가문 당주를 구하려고 움직일 무렵.
타이치는 미직의 저택 앞에 서 있었다.
눈과 코앞에 거대한 저택이 버티고 있었다. 하는 일은 아까 린과 뮤라가 백작 가문에 쳐들어갔을 때 수단과 마찬가지다. 하나 다른 것은 미직 쪽의 리액션의 크기였다. 부정의 증거를 보이자마자 문의 수위가 날아갈 듯 안으로 들어가고, 얼마 안 되어 집사로 보이는 인물을 데리고 돌아온 것이다.
"당신이 주인나리께 용건이 있다는 모험가입니까?"
"그래."
"알겠습니다. 이쪽으로 오시지요."
걷기 시작한 집사의 바로 뒤를 따라갔다. 그대로 타이치의 키보다 몇 배는 될 법한 현관을 지나, 현관에서 들어가 얼마 안 되는 응접실로 안내를 받았다.
"잠시 여기서 기다려 주십시오."
타이치는 그곳에 마련된 소파에 앉았다.
품에 손을 넣어 증거인 양피지가 제대로 있는 걸 확인해본다. 교섭의 경험은 없지만, 어떻게든 될 거라고 생각했다. 다소의 긴장은 분명히 있지만, 처음부터 실패를 생각해도 어쩔 수가 없다. 이만큼이나 자신을 지원해주는 서류가 있는데 실패할 거란 생각도 전혀 안 들었다.

보통은 그것 말고도 원정지에 혼자 쳐들어갔다는 무형의 압력이 걸리겠지만, 타이치는 그런 것과 인연이 없었다. 미직이 어느 정도 전력을 가졌는지는 모르지만, 아무리 그래 봤자 왕국군의 기사만은 못할 것이다. 그 정도 상대라면 고전하는 편이 어렵다.

그렇지만, 그렇게 되지 않아서 나쁠 게 없다. 전투가 일어나면, 확실하게 시간이 걸린다.

"……영차."

등받이에 푹 기대고 있던 몸을 일으켰다. 손님이 왔으면 차라도 내오는 게 보통이지만, 타이치에게는 그런 대우가 없었다. 역시나 환영하지 않는 모양이다.

뭐, 그런 건 저쪽 사정이고, 타이치하고는 상관없는 일이다. 이윽고 10분이 경과했지만, 아무도 찾아오지 않았다.

이대로 계속 기다리게 만드는 이유로 생각할 수 있는 건 시간 끌기다. 어째서?

생각나는 이유는 두 가지.

하나는 타이치를 요격하기 위한 준비를 갖추고 있는 것. 처음부터 예측 못한 사태를 좀 대비해 두라고 생각하기도 하지만, 뭐 그걸로 타이치 자신이 손해를 입는 게 아니니까 신경 쓰지 않기로 했다.

또 하나는 생각할 것도 없다. 미직이 도망치기 위해서다. 지금은 야반도주처럼 짐을 꾸리고 있을까? 일단은 놓치지 않기 위한 수는 써뒀다. 실피의 힘을 빌어서, 이 저택의 부지에서 나가는 자가 없는지 체크하고 있는 것이다. 부지에서 나가는 자가 한 명이라도 있을 경우, 실피가 타이치에게 알려주기로 되어 있었다.

실피의 신호가 있으면, 타이치는 여기서 얌전히 기다릴 생각이 없었다. 벽을 부수면서라도 바깥으로 나갈 생각이었다.

그러나 현 시점까지 실피의 신호는 없었다. 다시 말해서, 그가 쳐둔 그물에 걸린 자는 없다. 아직 미직은 도망치지 않았다는 것이다.

과연 이 두 가지 중 어느 것일까? 아니면 타이치가 생각지도 못한 제3의 선택지가 있는 것일까? 그런 생각을 하고 있을 때였다.

콩콩. 누가 문을 노크했다.

"실례합니다."

인사와 함께 방에 들어온 것은 타이치보다 조금 연상으로 보이는 메이드였다.

"안내해드리겠습니다. 이쪽으로 오시죠."

"그래, 잘 부탁해."

메이드의 재촉을 받아서 일어섰다.

안내를 한다고 하는데, 과연, 어디로?

그것에 대한 언급은 없었다. 다시 말해서 「어디로」, 「누구에게」 안내를 하는지 전혀 밝히지 않은 것이다. 당사자는 자세히 말하지 말라는 명령을 받았을 뿐일지도 모르지만.

과연, 타이치를 요격할 준비는 끝난 걸까?

아니면 그냥 기다리게 만들면 수상하게 생각할 테니, 적당히 안내하면서 시간을 버는 걸까?

메이드가 걷기 시작한 곳을 보고, 타이치는 한 가지 확신했다. 적어도 후자는 아니라고.

타이치를 뒤에 붙이고 걷는 메이드는 어째선지 현관을 통해 밖으로 나갔다.

그대로 정문까지 똑바로 이어지는 길을 조금 걸어간 곳에서, 메이드가 멈춰 섰다.

"여기까지 안내를 하도록 명받았습니다. 그러면, 저는 실례하겠습니다."

그렇게 말하자마자, 메이드는 지금 걸어온 길을 아까보다 다소 빠른 걸음으로 돌아갔다.

마치 말려드는 건 사양하겠다고 말하는 것처럼.

뭐 그것도 그럴 것이다.

그녀가 걸어가는 모습을 뒤에서 보고 있었는데, 동작 자체는 메이드답게 숙련돼 있지만 명백하게 무술 같은 건 소양이 없다는 걸 알 수 있었다. 그렇다면 이 자리에서 1초라도 빨리 떨어지고 싶었을 것이다. 이윽고 그 모습이 정면 현관 안으로 사라졌다.

누가 뭐래도 여기 오는 사이에, 세는 것도 귀찮아질 정도의 험악한 시선이 타이치에게 박혔으니까.

자신을 향한 것이 아니라도, 그 폭력의 공기를 두른 시선은 일반인. 그것도 여성은 견디기 어려웠음이 틀림없다. 타이치도 이 세계에 와서 얻은 치트가 없었다면 위축되는 것 정도에 머무르지 않았다. 하물며 아까 그 메이드와 달리 타이치는 타깃이니까.

그걸 생각하면, 오히려 용케 참고서 공포심을 드러내지 않았다는 감탄마저 들었다.

팔방에서 마술의 불이 밝혀지고, 나무를 쌓아놓은 장작 다수에 불이 붙었다.

밤의 어둠을 쫓아내는 것처럼, 기세 좋게 타오르는 불이 주위를 비추기 시작했다.

기척 그 자체는 느끼고 있었지만, 이렇게 불빛에 비추어 나타난 집단의 규모는 압권이었다.

집단은 셋으로 갈라져서, 각자 세 방향에 위치했다. 하나가 정문 쪽. 다른 둘은 각자 타이치의 오른쪽 뒤와 왼쪽 뒤에 있었다.

딱 타이치를 중심점으로 정삼각형을 그리는 위치였다.

"오오, 이것 참 꽤 많이 모았네."

그 광경에, 타이치는 솔직한 감상을 내뱉었다.

대부분이 깡패와 다름없는 날건달들이지만, 20퍼센트 정도는 다르다. 싸우는 걸 생업으로 하는 자들이 섞여 있었다.

타이치가 적대 세력의 전력 분석을 하고 있는데—.

"왔구나. 모험가 애송이."

2층 발코니에서 타이치를 내려다보는 그림자가 넷. 타이치는 반대쪽을 돌아보았다.

주위의 날건달과는 명백하게 수준이 다른 세 실력자를 거느린, 둥그런 실루엣의 인물.

틀림없다. 서게, 미직. 타이치는 그것을 확신했다.

뜰에서 타오르는 불이 그림자를 비추었다.

커다란 몸이지만, 빈말로도 단련한 것처럼 보이지 않는다. 포식— 아니, 폭식한 결과일 것이다. 상당히 부풀어 올랐다.

"혼자서 여기까지 온 배짱은 칭찬해주마. 그러나, 어차피 꼬맹이로군. 함정 하나 둘쯤은 있는 게 당연하지 않나? 그런데 어슬렁거리며 찾아오다니, 그 정도도 생각을 못하는 모양이군."

미직의 말은 불꽃의 오렌지 색에 비친 어둠에 잘 울렸다.

그의 발언에 맞추어 주위의 깡패들이 저열한 소리로 웃었다.

전에 슬럼가에서 타이치는 몇 명의 깡패들에게 습격을 받았다. 물론 타격은커녕 아무리 때려도 전혀 효과가 없는 으스스한 놈이란 인상을 주었을 것이다.

타이치를 포위하는 깡패들 중에 타이치를 공격한 자도 있었다. 그때는 다른 것에 집중했기 때문에 습격자들을 주시하지 않았었다. 그래도 힐끗 본 얼굴이 기억났다.

그때 깡패들은 타이치를 정체 모를 것을 보는 것처럼 질겁한 표정을 지으며 물러났었다.

그것을 기억하고 있다면 여기에 없을 텐데. 아니, 설령 오는 것이 타이치라는 걸 몰랐다고 해도 얼굴을 보면 당시의 「으스스함」이란 감각을 떠올리지 않을까?

그렇게 생각해 다시 한 번 남자를 보아도 저열한, 그러나 자신 있어 보이는 표정은 바뀌지 않았다.

변한 것이라면, 들고 있는 무기가 어엿한 검이라는 것일까?

멀리서 보기에는 저 수준이라면 국군 병사가 지급 받는 검에 손색이 없어 보였다. 적어도 새내기 무렵 타이치가 쓰던 검보다는 두 랭크 정도 상질인 것은 틀림없다.

그렇지만, 저걸 사려면 상당한 돈이 필요하다. 검에 그만큼 돈을 들이며 생활을 했다면 슬럼에 있을 리 없다.

다시 말해서, 후원자가 있다는 것이다.

가장 유력한 후보는 지금 타이치를 내려다보고 있는 미직일 것이다.

어쩌면 린과 뮤라가 간 귀족, 가르레아 가문일지도 모르지만.

물론 누가 후원자라도 상관없다.

타이치가 할 일은 처음부터 정해져 있었다.

"그래서, 그 어차피 꼬맹이를 어떡할 건데? 미직 씨."

미직이라는 것을 확인하기 위해서. 그리고 단순하게 상황을 움직이기 위해서.

타이치는 굳이 불손하게 물었다.

"과연 모험가 따위 하천한 직업을 택할 만하군. 나 같은 선택된 자에 대한 예의가 없으니."

그에 대한 리액션은 명백했다.

미직은 언뜻 보기에도 알 수 있을 정도로 표정을 찡그리더니, 타이치를 둘러싼 집단에게 명령했다.

"이 녀석한테 예의를 알려줘라. 포상은 전에 말한 것처럼. 이 녀석을 쓰러뜨리고 다음에 칠 동료 계집들이다. 쓰러뜨리면 마음대로 하거라."

과연, 그렇게 부추겼구나.

녀석들은 린과 뮤라에게도 한 방 먹었다.

갚아주고 싶다. 그러나 마술사가 상대라면 돌격하는 게 무섭다. 그러나 그저 상처가 안 났던 소년이라면 어떨까?

그들의 심정을 예상하면 그렇지 않을까?

우오오오. 하늘로 주먹을 치켜 올리며 환성을 지른 다음, 세 집단이 동시에 타이치를 향해 달렸다. 움직이기 시작한 건 거의 깡패들뿐이고, 타이치를 살피고 있던 전투원들은 욕망에 휩싸이면서도 그 돌격에 참가하지 않았다.

양쪽의 거리는 애당초 그렇게 떨어지지 않았다.

그래서, 순식간에 남자들은 타이치 곁으로 쇄도했다.

선두를 달리는 세 사람이 세 방향에서 창을 내지르며 다가왔다.

창이라. 타이치는 기가 막힌 심정을 감추지 않았다.

예의고 뭐고, 죽일 생각이 가득하잖아.

뭐, 그들이 손에 든 무기는 모두 날이 뭉개져 있지 않다.

죽일 셈이라는 건 그야말로 그대로일 것이다.

물론 얌전히 당해줄 이유는 없고, 애당초 이 녀석들에게 바보처럼 솔직하게 맞서줄 이유도 없었다.

세 사람 중에서 가장 다리가 빠른, 바로 뒤에서 다가오는 한 명을 표적으로 정했다.

기세 좋게 돌아보면서, 선두에 선 남자의 품으로 파고들었다. 타이치가 움직이는 것을 남자의 뇌가 인식하는 것보다도 빠르게, 당장이라도 찔러 들어오려는 창의 오른손과 왼손 사이의 자루를 베어 버렸다.

달리면서 창을 내밀기 위해 취하고 있던 밸런스가 무너져서 남자가 앞으로 기울었다. 타이치는 그의 등 뒤로 돌아가서 뒤통수에 킥을 때려 넣었다.

"크엑!"

신음 소리를 내면서 땅에 풀썩 널브러지는 남자. 일격으로 의식을 빼앗겨 흰자위를 드러내더니 꼼짝도 하지 않았다.

세 방향에서 집단 구타, 아니 집단 살상을 하려던 남자들은 무슨 일이 일어났는지 전혀 파악하지 못했다.

타이치가 나아간 것은 불과 두세 걸음.

그러나 움직임 자체가 지나치게 날카로웠는지, 거의 지각하지 못한 모양이다.

타이치는 아무리 때려도 상처 하나 입지 않았다. 이상한 방어력을 가졌지만, 그것뿐이라고 남자들은 생각했다. 무기가 좋으면 사방에서 두들겨 패면 문제없다고.

그런 식으로 생각하던 그들은 방금 처음으로 반격을 받아 타이치의 힘의 일부를 이해해 버렸다.

그 전투력은 슬럼가에서 빈둥거리던 날건달하고는 비교가

안 된다. 수의 폭력으로 일반인을 상대로 으스대고는 있어도, 모험가처럼 싸움에 몸을 던진 자의 상대가 될 리 없었다.

모험가를 상대할 수 있는 힘이 있었다면, 슬럼가에서 깡패로 머물 이유가 없다. 모험가가 되면 돈을 얻고, 맛있는 것을 먹고, 지붕이 있는 여관에서 자며, 창관에서 괜찮은 여자를 안는 생활이 기다리니까.

타이치의 선제공격이 상상 밖이었기에 날건달들은 발을 굴렀다. 그런 반응을 보여서, 타이치가 대강의 힘을 파악한 것도 깨닫지 못했다.

이 정도면, 그거면 되겠지— 타이치는 재빨리 이 자리의 공기를 제압하기로 정했다.

그 자리에서, 타이치의 모습이 사라졌다.

정문 쪽에서 다가오던 집단 바로 뒤에 나타난 타이치는 오른손에 응축한 바람을 쥐고서 자세를 잡았다.

'실피, 약하게.'

'괜찮아~.'

일부러 뜻을 전할 필요 따위 없고, 말하지 않더라도 실피도 알고 있겠지만 이른바 양식미라고 할 수 있는 대화다.

쥔 감촉으로, 충분히 힘 조절을 하면서도 타이치의 요망을 만족하고 있다는 것을 알 수 있었으니까.

"좋은 거 줄게!"

쥐고 있던 손을 펼치며 내밀었다.

거기서 뿜어져 나간 강풍. 이미 그것은 강한 바람의 범주에 머무르지 않고 고속으로 다가오는 벽 같은 것이었다.

"우왓!"

"키아아아!"

정문 쪽에 진을 치고 있던 집단과, 각각 타이치의 좌우 뒤에서 오던 집단의 일부.

남자들이 날아가 버렸다.

땅바닥을 구르는 정도로 그치지 않고, 태반이 저택의 벽에 격돌했다. 벽에 격돌한 것뿐이라면 괜찮지만, 운이 나쁜 자는 자기보다 뒤에 날아간 사람에게 치어서 완전히 뻗어버렸다.

또한, 그보다 나은 자라도 창문을 깨고서 저택 안으로 굴러 들어가 가구 따위를 파괴해 버렸다. 그때 받은 충격이 있으니 벽에 부딪힌 것보다 정말로 나은 건지는 의문이 남지만.

가장 나은 것은 현관을 부수고 로비로 굴러간 자일까? 그곳에는 가구 따위도 없기 때문에 자연스럽게 기세가 줄어들면 멈출 수 있었다.

내민 손을 내리면서, 공격의 결과를 확인했다.

대략 절반 가까이 날아갔을까?

가장 커다란 어드밴티지라고 생각한 수의 차이가 한순간에 사라졌다.

방어력만 있다고?

누구냐? 그런 무책임한 말을 한 놈이.

이 녀석도, 아니, 이 녀석이야말로 괴물이잖아—.

남자들의 내심을 차지한 것은 그런 부조리한 책임을 남에게

떠넘기는 감정.

그러지 않으면 도무지 해먹을 수 없었다.

그도 그럴 것이 100명 전후가 단숨에 전투불능이 된 것이다.

"그럼, 내 목적은 미직을 붙잡는 거야. 저 비계 개구리를 이쪽으로 넘긴다면 더 이상 싸우지 않을 수 있는데?"

타이치는 남자들에게 말했다.

그 말은 이 자리에 한정해서 그들에게 천혜에 필적하는 것이었다.

남자들은 얼굴을 마주보았다. 고용주를 넘기기만 하면 자신들은 이제 이 괴물과 싸우지 않아도 된다.

지금은 힘 조절을 해주고 있는 모양이니 날아간 녀석들도 죽지는 않은 모양이지만, 언제 마음이 바뀔지 알 수 없다.

방금 그 접근전, 그리고 지금 보여준 무시무시한 원거리 기술.

둘 다 마음만 먹으면 사람 한둘 정도는 손쉽게 죽여버릴 수 있을 게 틀림없다.

남자들의 전의가 거의 사라진 걸 보고, 타이치는 새삼 발코니 위로 시선을 옮겼다.

미직은 낯빛이 다소 창백해졌지만, 아직 꺾이지 않았는지 타이치의 시선을 깨달은 순간 콱 노려보았다.

겁먹은 것을 인정하기 싫을 것이다. 타이치의 힘을 보고서도 대항하는 마음가짐은 훌륭하다.

이제는 쉽게 수정할 수 없을 미직의 비대화된 프라이드 때문이지만, 그걸로 도망치는 자세를 적에게 보이지 않는다는 의미에서는 난점만 있는 건 아닌 것 같았다.

뭐 타이치에게 필요한가 물어보면, 고개를 좌우로 저을 뿐이지만.

"이놈……! 날 거스르다니! 가라!!"

미직의 호령에 맞춰 곁에서 대기하던 세 사람이 발코니에서 내려왔다.

그것에 맞춰 나머지 절반 넘게 줄어든 집단이 기다린 것처럼 물러났다.

타이치와 더 이상 적대하고 싶지 않은 마음은 지긋지긋할 정도로 전해졌기 때문에 타당한 판단이리라. 타이치로서도 날건달은 폭력적이지만 일반인이다. 그런 녀석들을 괴롭히는 취미는 없다.

이렇게 내려온 세 사람은 명백하게 전투를 생업으로 삼는 자들.

한 명은 마술사 차림을 하고 있는 요염한 묘령의 여성.

빼어난 용모는 아니지만, 어른의 요염함이 넘쳐흐른다. 나름대로 세파에 시달리면서도 제1선을 살아온 자만 낼 수 있는 매력, 이라는 것이다.

그 증거로, 아직 여자로서 현역인 연령인데도 관록이 스며나오고 있었다.

당연하지만 이 여성과 타이치는 면식이 없었다.

그러나 나머지 두 사람은 본 적이 있었다.

"어라? 너희들은……."

"오, 기억하고 있었나? 기쁜걸."
"그래, 너 같은 실력자의 기억에 남다니, 영광이군."
두 사람— 갈고리를 쓰는 남자와 마술사 남자가 웃었다.
그들의 전투력이 눈에 들었으니까 기억하는 게 아니다.
아즈파이어의 도적 토벌에서 린과 뮤라가 나설 필요가 있었던 경호원이었기 때문이다.
"끝까지 말할 것 없어. 네 인상에 남을 정도 실력이 못 되는 건 다 안다."
"그래. 이건 우리들의 자기만족이야. 너는 신경 쓸 필요 없다."
"그러냐."
타이치는 무심코 전투태세로 들어갔다.
"일단 물어보는데, 입 다물고 물러난다면 맞지 않고 넘어갈 텐데?"
그렇게 물으면서도, 타이치는 그들이 물러서지 않을 거라고 생각하고 있었다.
그 정도 위협을 했는데도 불구하고 그들은 이렇게 정면에서 있는 것이다.
당해낼 수 없다는 걸 알고 겁을 먹었다면 여기 올 리가 없다.
"농담마라! 너 같은 녀석을 상대할 수 있는 기회가 앞으로 얼마나 있을 것 같냐!"
"그래. 쓸려 나가는 것 또한 흥이 나지. 그러나, 1초만이라도 발을 묶어 보겠다."
이건 또 참. 타이치는 기가 차는 심정을 감출 수가 없었다.

보아 하니, 묘령의 여성도 쓴웃음을 짓고 있었다.

"뭔데? 나이 먹을 만큼 먹은 어른이 다들 배틀 정키야?"

"정키란 것은 뭐지?"

"전투 중독, 이란 뜻이야."

그것을 듣고, 갈고리 남자와 마술사 남자가 실소했다.

"크하하! 맞는 말이다! 우리들은 배틀 정키지!"

"그래. 절묘한 말이군. 분명히 맞는 말이야."

기쁜 기색으로 배틀 정키를 긍정하자, 어쩔 도리가 없다고 어깨를 으쓱거리는 타이치.

"그쪽 누나는 어쩔 거야? 할 거야?"

만약을 위해 물어봤다.

여기를 지나가려는 이상 두 명이든 세 명이든 상관없지만, 수고가 없는 편이 좋다.

"이쪽도 일이거든. 승산이 제로인 싸움은 사양하고 싶지만, 일단 전력을 다하는 걸 보여주지 않으면 신용이 떨어져."

여성의 시선이 힐끔 발코니를 향해 움직였다.

거기서는 아직 도망치지 않은 미직이 지저분하게 「해치워라」라거나 「죽여라」 따위로 소리 지르고 있었다.

"그러니까, 당신이 우리들을 상대할 필요가 없는 건 알고 있지만, 조금만 상대 부탁할게."

여성 또한 지팡이를 겨누었다.

"……알았어. 일격으로 끝내줄게. 선수는 양보할게, 전력으로 와."

타이치는 허리를 낮추더니 마력으로 강화했다.

상대하지 않고 가는 건 어렵지 않지만, 쫓아와 뒤에서 공격하는 것도 재미없다.

물론 등 뒤에서 공격을 해도 문제는 없지만, 이후의 우려를 없애두는 건 틀린 게 아니리라.

"간다! 돌창습아(突槍襲牙)!!"

갈고리 남자가 두 다리에 강화 마술을 걸고 땅을 찼다. 직후에 바람의 마술이 등을 밀었다. 더욱 속도가 올라간다. 세세한 제어는 못하는 건지, 앞으로 기울어진 그대로 갈고리 남자는 갈고리를 허리춤에 대기시키고 있었다. 그렇지만 그 기세에서 자세가 무너지지 않는 건 훌륭했다.

그대로 속도를 이용해 꿰뚫어 베어내는 기술이리라.

합체기라고 할 법한 그것은 분명히 어마어마하다. 그러나 타이치에게 이 정도 스피드는 그렇게까지 특필할 것이 아니었다.

순식간에 눈앞으로 다가온 남자의 갈고리를 흐르는 것처럼 붙잡더니, 돌진의 기세를 이용해 뒤로 던지며 땅에 처박았다.

굉음과 모래 먼지가 피어오른다. 갈고리 남자는 입에서 피를 뿜어내며 침몰했다.

"다음은 이거다!"

직후에 등 뒤에 다가오는 다수의 바람 칼날.

하나하나의 속도도 빠르고, 또한 칼날 자체도 커다랗다. 조준도, 그 모든 것이 타이치에게 직격하는 코스다.

아마도 『풍월륜』이다.

갈고리 남자를 지원하면서, 빈틈없이 연속으로 커다란 기술을 뽑어내는 마술사의 기량.

이 정도 큰 기술을 소화하는 이 남자도 분명히 실력자다. 방어력, 위력, 탄속, 모두 빼어났다.

'실피, 부탁해.'

'아이 아이 서(Aye, aye, sir)!'

타이치는 양 주먹에 바람을 두르면서 돌아서더니, 그것 하나하나에 손을 대어 비껴냈다.

바람의 칼날은 모두 궤도가 빗나가고, 등 뒤의 돌바닥을 차례차례 부수며 갈아엎었다.

"마지막이야! 받아봐!"

마지막 바람의 칼날을 비껴내는 순간, 상공에서 다가오는 커다란 바위.

도적 토벌 때 베어 버린 바위보다도 한 사이즈 거대하다.

거대한 바위를 상공에서 떨군다. 심플하지만, 그만큼 효과적인 마술이다.

굳이 따지자면 테크니컬한 이미지가 있었던 그녀가 뭘 할 건가 했는데, 선택한 한 수는 잔재주 없이 화력 일변도. 머리가 딱딱한 힘의 기술.

여기서 그걸 고르는 발상도, 그것을 실현시키는 마법력도 일류다.

요염한 여성도 뛰어난 마술사라는 것이리라.

다가오는 커다란 바위를 올려다보며 타이치는 뛰어올랐다.

"하아앗!"

주먹을 하늘로 치켜 올리며 요격했다.

커다란 바위는 타이치의 주먹이 박힌 순간에 어마어마한 기세로 금이 가고 산산이 부서졌다.

타이치가 착지했다.

갈고리 남자는 의식을 잃진 않았지만, 대미지가 커서 타이치를 상대로 계속 전투하는 건 불가능. 지금도 간신히 일어선 참이었다.

마술사 남녀도 자신의 비장의 수를 사용했기 때문에 피로가 컸다. 게다가 그것을 어려울 것 없이 깨부순 것이다. 더욱 그럴 것이다.

"끝난 걸로 봐도 되지?"

"젠장…… 우리가 졌다……."

따끔하게 당하고, 깔끔하게 패배를 인정하는 갈고리 남자. 다른 두 사람도 이견은 없는 모양이다.

"좋아, 그럼 나는 간다."

승자가 패자에게 할 말은 없다. 그렇게 말하는 것처럼, 타이치는 미직이 있던 발코니로 뛰어올랐다. 미직은 세 사람이 패한 순간에 토끼처럼 도망치기 시작했다.

완전히 패배한 세 사람은 어쩐지 만족스러워 보였다.

◇◆◇◆◇◆◇◆

"젠장! 어째서, 어째서 이런 짓을 해야 하는 거냐!"

미직은 서재의 책상을 뒤지면서 투덜거렸다.

셋이나 되는 비장의 수를 아무렇지도 않게 격파한 순간, 미직은 거품을 물고 도망쳤다.

간신히 서재에 도착했다. 그 길은 지금까지 살아오면서 가장 빠른 느낌이었지만, 완전히 늘어진 몸이면서 전성기에 뒤지지 않는 속도로 도착한 것도 깨닫지 못했다.

땀을 뻘뻘 흘리고 어깨를 들썩여 숨을 쉬면서 방을 난잡하게 뒤졌다.

필요한 것을 가방에, 필요 없는 것을 아무데나 던져 버렸다. 요컨대 야반도주 준비다. 찌우고 찌운 자산은 어느 정도 계좌에 맡겨뒀다. 필요할 때 인출하면 당장의 생활비는 곤란할 것 없다. 그리고 가져갈 수 없을 정도로 대량의 값비싼 보물도 이 저택에 있지만, 웬만해선 찾을 수 없는 숨겨진 방에 있으니 얼마 동안은 괜찮을 것이다. 일이 좀 조용해 질 때까지 이 도시를 벗어나, 변경의 작은 도시에서 숨을 죽인다. 장소는 시야크에서 가까운 아즈파이어면 되겠지.

대충 가방에 욱여넣은 미직은 짐을 바라보면서 원한을 뱉어냈다.

"이놈…… 어디서 굴러먹던 말뼈다귀인지 모를 모험가 꼬맹이가. 두고 보자!"

곧장 도망쳐야 할 정도로 상황은 긴박하다.

그러나 한 번 불이 붙은 분노를 즉시 진압할 방법을 미직은 가지지 못했다. 지방을 쌓아서 추해져버린 얼굴을 일그러뜨렸다.

"반드시, 이 빚은 갚아주마……!"

일개 모험가 주제에 대상인인 미직에게 거스른 것은 물론이고, 이렇게 야반도주까지 몰아 세웠다. 소년들에 대한 분노가 멈추지 않는다. 무심코 준비하던 손을 멈추고, 매도의 말을 커다란 소리로 외칠 정도로.

물론 그것은 안 좋은 행동이었다.

"이쪽에서 소리가 들렸는데에."

"히익?!"

문득 도망치는 원인이 된 목소리가 들리자, 미직은 작고 날카롭게 숨을 들이켰다.

그걸로 흘러나온 한심한 비명. 치욕에 따른 분노와, 쫓기고 있다는 공포가 뒤섞였다.

황급히 준비를 다시 시작하여 달려가고자 하는 참에—.

탈출 경로가 된 숨겨진 문이 있는 책장 앞에 등을 기대고 팔짱을 낀 타이치를 발견했다.

"무, 무, 무슨……."

"여어, 미직 씨. 야반도주 준비는 끝났어?"

동네 아저씨한테 말을 거는 것처럼 스스럼 없는 태도.

어째서냐. 어째서 여기까지 올 수 있었지? 미직은 혼란에 빠졌다.

서재로 가는 길은 어디서 가든 복잡한 미로처럼 되어 있었다.

그것을 이 저택에 오늘 처음 들어온 타이치가 어떻게 헤매지 않고 온 것인지 알 수가 없다.

“이제, 끝이야. 포기하고 투항하면 거친 짓은 안 한다.”

미직은 달렸다. 야반도주를 위해 꾸린 짐도 내던지고서.

그 뒷모습을 보면서 타이치가 말했다.

“실피.”

“알았어~.”

“미직의 위치를 부탁해.”

“오케이. 맡겨둬~.”

의지를 받아서 기쁜 모양인지 흔쾌히 승낙을 받고서 타이치는 천천히 걷기 시작했다.

◇◆◇◆◇◆◇◆

미직은 도망쳤다. 지금까지 살면서 제일, 한심하게 늘어진 몸을 원망했다. 저주했다.

이런 몸이 아니었다면 더 빨리 달릴 수 있었을 거다.

집안을 잇기 전의 미직은 날씬한, 단련된 상인 같은 몸이었다. 현장에서 뛰어 다녔으니까 당연하다. 젊음과 넘치는 체력으로 이틀 정도는 밤을 새며 계속 일할 수도 있었다.

그러나, 지금은 그런 흔적도 없다. 발이 느리다. 꼬인다. 스태미나가 가속하듯 줄어든다. 지방으로 뒤룩뒤룩 부풀어 오른 몸으로는 좁은 곳을 지날 수도 없다.

"젠장, 젠자앙!"

이 저택은 미궁 같았다.

오래 일한 자라면 모를까, 취직한지 얼마 안 된 신입 메이드나 수습 집사 등이 길을 잃었다는 이야기는 자주 듣는다.

미직조차도 저택 안에서 길을 잃지 않게 된 것은 철이 든 다음이었다. 길을 잃지 않을 때까지, 태어나서 몇 년이 지나 간신히 자유롭게 걸어 다닐 수 있게 되고도 더욱이 몇 년이 필요했다.

그 정도로 길을 잃기 쉬운 장소인 것이다. 그래도 이 집 안에 있는 한, 숨을 장소는 얼마든지 있다.

쿠앙!

갑자기 소리가 울리며 등 뒤의 벽이 날아가 버렸다.

그곳에서, 타이치가 뛰쳐나왔다.

"빌어먹을!!"

어째서냐.

어째서 이렇게 정확하게 내 장소를 찾을 수 있는 거냐!

미직은 구르다시피 모퉁이를 돌았다. 관성을 제어하지 못해 반대쪽 벽에 부딪히면서.

중간에 지나치는 사용인이 미직을 보고서 공포에 물든 표정으로 피한다.

그래. 그러면 된다. 부딪히기라도 하면 따라 잡힌다.

그러나, 도망치려는 의지에 반하는 것처럼 몸이 말을 안 듣는다.

조금이라도 숨을 가다듬으려고 무심코 벽에 등을 기댔는데.

쫘악.

바로 옆의 벽이 가로세로 대각선으로 잇따라서 갈라지더니, 그곳에서 타이치가 나타났다.

"이제 끝이야. 포기하고 투항하면 거친 짓은 안 한다."

"키아아악!"

무심코 펄쩍 뛸 정도로 놀라, 미직은 통통 튀는 모양새로 도망쳤다. 그 순간, 전방의 광경을 보고 감이 왔다. 그렇다. 이곳은—.

방 안에서 다른 방을 경유해서 지나가면, 저택의 반대쪽에서 반대쪽까지 갈 수 있는 것이다. 다수의 루트가 있기 때문에 여기라면 추적할 수 있을 리가 없다.

미직은 가까운 방으로 뛰어 들어가더니, 그곳에서 다른 방을 경유해 달렸다.

방을 몇 개 경유했다.

쿠당, 문을 강하게 닫고서 옆의 벽에 기대어 눈을 감았다. 기댄 등이 주르르륵 내려갔다.

"허억, 허억, 허억……."

한계를 넘어서 너무 달렸다. 이쯤에서 제대로 쉬어야 한다.

그러고 보니 너무 조바심이 난 나머지 기껏 꾸린 짐도 가져오지 못했다.

지금 가진 것은 금화 2닢과 은화 따위가 몇 닢 정도. 천하의 대상인 미직이 보기에는 참으로 볼품없는 소지금이다.

“젠장…… 놈이 포기하고 나면, 가지러 가야겠군…….”

아직 거칠게 숨을 쉬지만, 간신히 조금 차분해졌다.

눈에 들어온 땀이 따끔거린다.

그것을 비싼 천으로 만든 셔츠 소매로 닦고 눈을 떴다.

“수고했어. 조금 쉬었어?”

“히이……익!”

타이치가 방에 있는 의자에 앉아 있고, 펼치고 있던 책을 닫는 참이었다.

어디로 들어왔는지.

일절 소리가 들리지 않았다는 것.

그런 것은 모두 아무래도 좋았다.

“아아아아!!”

드디어 체면 따위 내팽개치고 미직이 비명을 지르며 방을 뛰쳐나갔다.

그리고, 잠시 달린다. 법칙성을 느끼게 해선 안 된다. 초조함에 타들어가는 사고로 논리적인 결론을 내고, 굳이 적당한 방으로 뛰어들자.

타이치가 방의 한복판에서 「안녕」 하고 한 손을 들었다.

“우, 우와아아아아아!!”

황급히 방을 뛰쳐나가, 다른 방으로 뛰어들었다. 그곳에는 타이치가 없다!

미직은 방 안을 둘러보고— 집무 책상이 있는 것을 깨달았다. 그 안에, 의자와 책상 사이로 몸을 끼워 넣었다.

"하아아아………… 하아아아…………."

억누르고 싶어도 억누를 수 없는 가쁜 숨이 흘렀다.

"에잇."

그 가벼운 소리와 함께.

문득, 주위가 허전하고 밝아졌다.

"무슨…………."

말을 잃었다.

타이치가, 거대한 집무 책상을 가볍게 들어 올린 것이다. 미직의 공포를 끌어내기 위한 연기로 희미하게 미소를 짓고 있었다.

"이제, 끝났어. 포기하고 투항한다면 거친 짓은 안 한다."

그리고, 통산 세 번째, 같은 말.

"아아아아아아아아아아!! 아아아아아아!!!"

미직은 거듭되는 충격에 부서질 것 같은 정신을 질질 끌면서, 고통마저 느끼기 시작한 몸에 채찍질을 하여 달렸다.

어째서.

어째서냐.

어째서 발견되는 거냐.

계단을 오르고 올라서 발코니로 나섰다.

난간에 등을 기대자마자 누가 어깨를 두드렸다. 돌아보니 그곳에 타이치가 있었다.

그가 공중에 떠 있거나, 그런 건 아무래도 좋았다.

어슴푸레한 복도를 달렸다.

달렸다.

지하의 식량 저장고에 도착하여 어두운 곳에 몸을 숨기고 있는데—.

눈에 비친 것은 미직이 좋아하는 특제 고급 훈제 고기를 「이거 맛있는걸」 하고 멋대로 깨물고 있는 타이치였다.

어째서 이렇게 되나.

어째서 도망칠 수 없나.

프라이드를 버리고 화장실에 틀어박혔다.

옆의 벽을 두드리며 「배라도 아파?」라는 타이치의 목소리가 들렸다.

믿을 수가 없다.

어디를 가든 있지 않은가?

30초 이상 도망칠 수가 없다.

저택 안을 달려 다녔다.

어디를 달리고 있는지, 어디로 가고 있는지.

이 저택은 자신의 생가인데도.

자신이 어디에 있는가 마저, 미직 자신도 알 수가 없게 됐다.

다만, 깨달았다.

가까운 곳에 숨겨진 문이 있다는 것을. 그곳에서 도망칠 수 있다. 그러면 전혀 다른 곳으로 나온다.

그렇다. 장소는 저택 밖에 있는 마구간이다.

그곳에서 말을 달려, 이 저택 부지에서 나갈 수 있다.

미직은 숨겨진 통로에 넘어질 것처럼 뛰어들었다.

그리고, 채광창에서 간신히 들어오는 밤의 불빛만 의지해서 숨 막히는 지하통로를 달렸다.

다리가 꼬였지만, 뛰쳐나오듯 바깥으로 나왔다.

해냈다. 도망칠 수 있다.

이걸로.

"늦잖아. 여기까지 직진이니까, 조금 더 빨리 와도 됐을 텐데?"

말의 목덜미를, 쓰다듬고 있는, 타이치와, 마주쳤다.

"————."

말이 안 나온다.

비명조차, 안 나온다.

휘청, 머리가, 흔들렸다.

미직은, 드디어, 망가졌다.

"우갸아아아아아아아아아아아아아아아아악!"

미직은 그렇게 비명을 지르고는 몸을 돌려서 온 길을 돌아가기 위해 달렸다.

달렸다.

달렸다.

창피 따위 상관없다.

남들이 하는 말은 빌어 처먹으라고 해라.

그저, 도망치고 싶다.

그저, 떨어지고 싶다.

그렇게 어디를 어떻게, 어느 정도 달렸는지도 완전히 파악하지 못하게 됐을 때.

드디어 한계까지 힘을 쥐어 짜냈던 몸이 비명을 지르며, 미직은 발이 꼬여서 꼴사납게 쓰러졌다.

평소였다면, 이 쓰러진 모습을 목격한 메이드가 있다면 입을 막기 위해 더할 나위 없는 꾸지람을 했으리라.

쓰러진 모습을 보인 것이 평민이었다면 조소를 지으며 꼴사나운 모습을 즐겁게 관찰할 수 있었으리라.

그렇지만, 지금은.

그런 여유 따위 아무데도 없었다.

그곳은 서재였다.

도망쳐 다니고, 달려 다니고.

도착한 장소가 출발 지점이라니.

"핫핫하! 어디로 도망을 치고 계시는 걸까."

괜히 더 거슬리는 어조로 중얼거린 타이치는 미직의 등을 짓밟았다.

"으겍?!"

지금까지 일절 손을 대지 않았던 타이치가 드디어 손을 댔다.

다시 말해서, 일련의 도주극(정해진 연극)은 종료, 라는 것이다.

체크메이트였다.

"그러면. 끝이야."

"힉…… 히이익!"

두려움 가득히 타이치를 보는 미직. 타이치는 등에서 발을 치우는 것과 동시에, 이번에는 미직의 다리를 붙잡아 도망치지 못하게 하며 몸을 숙였다.

품에서 몇 장의 양피지를 꺼내, 목소리를 내어 읽었다.

"그러니까. 이건 분식 결산. 이건 사업 수주금액 부풀리기, 이건 납품 수를 속인 거고. 너 대체 얼마나 해먹은 거야?"

공포에 물든 머릿속에 타이치의 말은 얄궂을 정도로 매끄럽게 들어왔다.

그것들은 모두 미직의 기억에 있었다. 최근에 처리한 참이었다. 사인과 결제 도장을 찍은 것은 다름아닌 미직이니까.

미직은 무심코 타이치가 가진 그것을 빼앗았다. 타이치는 순순히 미직에게 빼앗겼다. 이 정도 증거를 모았다는 눈앞의 소년에게, 미직은 겁을 먹고 물러섰다. 뭘 어떡하면 이렇게까지 할 수 있는가?

"그게 갖고 싶어?"

타이치가 중얼거렸다. 미직은 희망을 가슴에 품고 그것을 황급히 품에 넣기 시작했다. 나중에 태우는 수밖에 없다. 은폐를 해야 한다. 꾸깃꾸깃해져서 거추장스러워졌기에 제대로 넣을 수가 없었다. 미직은 짜증을 내면서 양피지와 격투했다. 간신히 집어넣은 미직은 이걸로 안심이라는 것처럼 웃었다.

안심일 리가 있나. 이미 붙잡히지 않았는가.

애당초, 방금 전까지 타이치에 대한 공포로 마음이 뒤덮여 있지 않았던가?

여러 가지 의미에서 실컷 내몰리고, 궁지에 몰려서 정상적인 판단을 못하게 된 미직은 이미 자신이 무엇을 하고 있는지

조차도 이해하지 못했다.

"수고했어. 그건 복사본이지만 말야. 원본은 이거야."

그 웃음이 얼어붙었다. 타이치가 같은 것을 또 다시 꺼낸 것이다.

"아…… 으……."

미직은 자신이 무엇을 해왔는지 알고 있었다. 게다가 이 상황에서 누군가가 구해주는 것이 불가능하다는 것도.

그의 상인 인생은 한순간에 막을 내리게 된 것이다.

"여기 오기 전에 신고를 해뒀으니까, 이제 곧 너랑 네 간부가 붙잡히게 될 거야."

그 신고를 담당한 것은 카게로우다.

방심 상태인 미직은 눈이 공허했다.

"아아, 마지막으로."

"으겍?!"

오른손으로 미직의 멱살을 잡고서 쑥, 자신의 얼굴 부근으로 접근시키는 타이치. 지근거리가 된 얼굴을 타이치가 노려보았다.

낮은 목소리가 미직에게 스며들도록 의식해서 목소리를 냈다.

"여행하고 돌아가면서, 이 도시에 다시 한 번 들를 거야. 그때, 테리 부부한테 네가 얌전해졌는지 이야기를 듣는다."

"윽?!"

"물론, 앞으로 누군가에게 폐를 끼치지 않는다면 나는 두 번 다시 여기엔 안 온다. ……하지만 말이지?"

타이치는 일어서서 오른손을 내밀었다. 미직의 몸이 떠올랐다. 오른손 하나로 별 힘도 안 주고 한 동작이다. 팔 하나의 힘으로 미직의 100킬로그램은 되는 몸을 움직인 것이다.

"히…… 학!"

"다음에, 여기 올 필요가 생기면…… 다시 한 번 술래잡기를 하게 될 거야? 다음에, 나한테 잡히면, 이렇게 된다."

마지막이라는 듯, 타이치는 비어 있는 오른손을 천장으로 겨누었다. 거기서 강력한 공기의 탄환이 뿜어져 나가, 천장을 한순간에 뚫고서 높은 하늘로 사라져 버렸다. 바람구멍이 뚫린 천장을 잠시 바라보고, 시선을 미직에게 되돌렸다. 미직은 얼굴이 새파래져서 머리를 감싸 쥐고, 부들부들 떨고 있었다.

낮아진 목소리를 의식해서 본래대로 되돌리고, 타이치는 표정도 풀었다.

"평범하게 장사를 하고 있으면, 나도 너한테는 용건 없어. 딱히 어려운 일을 요구한 것도 아니잖아?"

부들부들 범상치 않을 정도로 떨면서도, 간신히 고개를 흔들어 긍정하는 미직. 그는 붙잡혀서 죄값을 치르게 되리라. 신경 쓰이는 건, 붙잡힌 미직이 부하에게 보복을 명령할까 아닐까다. 그 싹을 잘라둘 필요가 있었다.

"좋아. 이제 곧 사람들이 온다. 얌전히 있으라고?"

그 다음에 타이치의 말을 지켜 얌전해진 미직은 달려온 자경단에게 포박 당했다. 자경단 사람들은 어마어마한 공포를 맛보아 표정이 굳어진 채 떨고 있는 미직을 보고 조금 분이 풀린 모양이다.

이다사, 코세이, 미직이 적발되자, 이 도시에 남몰래 횡행하고 있던 부정과 미직의 도를 넘은 독재 장사는 끝나게 되었다. 오래도록 부조리에 노출된 민중이 이것을 알게 되는 건, 조금 나중 일이다.

에필로그

가르겐 제국의 황족이 시야크에 들어오고 하룻밤이 지났다.

황족 환영을 핑계로 도시는 축제 분위기다.

아니, 축제 그 자체였다.

타이치와 린, 뮤라는 축제에 발을 뻗었다. 눈앞에서 떠들썩한 소동이 일어나고 있는데, 그것에 참가하지 않으면 너무나 아깝다.

노점에서 제비뽑기를 하거나, 돌멩이를 과녁에 맞춰 점수로 경품을 받을 수 있는 놀이 등. 일본의 축제하고는 다르지만 이쪽의 오락도 버라이어티가 풍부했다.

"……."

"……."

일단 빙 둘러보려고 걸어 다니던 세 사람. 축제 회장은 넓어서, 모든 것에 손을 댔다간 시간이 부족할 것이다.

때때로 과자 등을 사서 걸으며 반 정도 나아가다가―.

타이치와 린은, 어느 매대 앞에 멈춰서 만들고 있는 요리에 시선을 사로잡혀 버렸다.

반원 형태의 홈이 만들어진 철판에 크림색 반죽을 흘려 넣고, 적당히 익은 단계에서 파란 빨판이 달린 무언가의 다리를 넣는다.

그것을 얼음송곳 같은 것으로 재빨리 뱅글뱅글 뒤집는다.

다 익은 그것은 둥근 형태를 하고 있으며, 색이 짙은 소스를 발라 뭔가의 가루를 뿌리면 완성이다. 고소한 향기가 두 사람의 코를 간질인다.

“이코야키네.”

멈춰선 두 사람에게, 과일에 걸쭉한 설탕 시럽을 뿌린 꼬치를 사고 있던 뮤라가 가르쳐 주었다.

눈앞의 철판에서 코를 자극하는 냄새를 풍기는 그것은 이코야키라고 하는 모양이다. 그러나, 그러나 말이다.

‘이건 타코야키! 이견은 인정하지 않아!’

타이치와 린의 마음은 하나였다. 뮤라가 고개를 갸웃거렸다.

그렇지만 『이코』라는 것은 대체 뭘까? 이세계에 와서 처음 듣는 이름이었다.

“아아, 이코라는 건 말이지…….”

뮤라는 허리춤의 검을 칼집에서 풀어, 그 끝으로 흙바닥에 끄적끄적 그림을 그렸다.

“이런 느낌이야. 겉보긴 좀 그렇지만, 먹으면 맛있어.”

그것은 문어와 오징어를 더해서 둘로 나눈 것 같은 실루엣이었다. 파랗게 칠하면 이코가 완성된다. 에리스테인에서는 이곳 시야크가 산지가 된다. 가르겐 제국에서는 바닷가 마을에서 의외로 일반적인 해산물이라고 하는데.

“헤에. 뮤라, 그림 잘 그리는구나.”

뮤라가 그린 이코를 보았다.

실루엣이 확실하고, 선에 망설임이 없었다.

수정한 것 없이 한 번에 그렸고, 척 보기에도 문어와 오징어를 섞은 것 같다고 알 수 있도록 그리는 건 꽤 어렵다. 간략화가 아니라 리얼하게 그린다면 더욱 그렇다.

"그럴까? 의식한 적은 없었는데."

겸손이 아니라, 고개를 갸웃거리는 뮤라. 정말로 신경 쓴 적이 없는 모양이다.

"뮤라의 새로운 일면을 발견한 걸 축하하며, 이코야키 축제를 벌이자. 아저씨, 이코야키 3인분!"

"오냐!"

"그럼, 나는 뭔가 술 사올게!"

"그래!"

"아침부터 술이야?"

기가 찬 기색으로 말하는 뮤라.

"딱딱한 소리 하지 마. 축제니까 한 잔 정도는 괜찮잖아?"

"응…… 뭐, 그건 그렇네."

이코야키를 받아서 잠시 기다리자, 과실주가 든 나무 컵을 3개 든 린이 돌아왔다.

"기다렸지!"

무려, 운 좋게 메리라 과실주를 샀다고 한다. 컵에 넘실거리도록 따른 메리라주가 풍부한 냄새를 풍겼다.

"좋아. 기왕 축제잖아. 낮까지라도 실컷 놀자!"

"응!"

"그렇네."

"건배애!"

서로 부딪힌 컵의 테두리에서 과실주 방울이 춤춘다. 축제는 이제 시작됐다.

◇◆◇◆◇◆◇◆

테리와 민트는, 아무도 없는 객실에 들어갔다.

타이치, 린, 뮤라 세 사람이 오늘 체크아웃한 것이다.

침대에도 세 사람의 특징이 나타난다. 정리가 되어 있는 뮤라의 침대.

이불을 개어놓은 린의 침대. 정리하려다가 미묘하게 실패한 타이치의 침대. 타이치는 아마 그대로 나가려다가 린이나 뮤라가 정리하라고 한 거겠지. 상상에 지나지 않지만, 어쩐지 그런 생각이 들었다.

"나는 물가를 청소할게. 민트는 객실을 부탁해."

"그래요."

잠시 방을 바라보던 테리와 민트였지만, 일을 분담해서 각자의 작업을 시작했다.

본래는 어느 쪽이 객실을 담당하고, 또 한 명이 1층에서 손님을 기다린다. 그러나 지금은 그럴 필요가 없다. 금방 손님이 오게 될 거라고 낙관시하지는 않기 때문이다. 그리고 무엇보다, 여기에는 1년만에 숙박객이 머무른 것이다. 오랜만에 객실에서 일을 하는 것이라 기쁨도 한층 컸다.

"굉장한 아이들……."

민트가 중얼거렸다. 고작 하룻밤에, 시야크의 난점이었던 코세이와 이다사, 그리고 미직을 붙잡아 버렸다.

민트는 모험가에 대해서 잘 모르지만, 그날 밤 자신들을 호위해준 모험가들에게 이야기를 들었다.

개요를 들어본 바로는, 그 정도로 준비를 할 수 있는 실력을 보유한 모험가는 아주 적다.

자신들은 정말로 운이 좋았던 것이다.

귀족과 대상인에게 맞설 정도의 힘을 얻으려면 어느 정도 수라장을 경험해야 하는지 상상도 안 된다고 말했다.

이런 행운은 두 번은 없을 것 같았다.

새 출발의 준비는 충분할 정도로 해주었다. 이제는 자신들이 노력할 차례다.

민트는 양손을 꼭 쥐고, 소매를 걷으며 베드 메이킹에 정성을 쏟았다.

◇◆◇◆◇◆◇◆

"쿠로, 기다렸지."

오랜만에 마구간을 방문한 타이치 일행은, 맡겨뒀던 쿠로와 재회했다.

쿠로는 딱히 감정을 보이지 않고 「바빴던 거냐?」라고 물어보는 눈을 하고 있었다. 여전히 인간 같은 말이다.

이다사와 코세이, 그리고 미직은 현재 형벌의 확정을 기다리고 있다. 어느 정도 벌을 내릴지 당국에서 이야기를 하고 있는 모양이다.

현시점에서 알고 있는 건, 어떤 결정이 내려지든 얼마 동안 표면에 나설 수 없으리라는 것.

뭐, 정상참작의 여지는 없다. 그들은 그만한 일을 저질렀으니까.

브러쉬로 갈기를 빗어주는 사이, 린이 요금을 정산했다. 초과 분량에 먹이값까지 상당한 금액이 된 모양이다.

"이걸로 얼마간 시야크하고 작별이네."

"그러게. 꽤 오래 있었어."

사실은 더 짧은 시간 머무르고 출발할 예정이었다. 결과적으로 당초의 예상을 큰 폭으로 웃도는 시간 동안 여기 있었다.

"뭐, 이것도 여행의 참맛, 이라는 거지."

"예상 밖의 일도 즐거움의 하나네."

테리 부부를 구하는 것에서, 범죄에 손을 물들인 자들에게 상응하는 응보를 내리는 일로 이어졌다. 나쁜 일은 아닐 것이다.

가르레아 가문은 린과 뮤라가 구출한 당주가 또 다시 지휘를 하게 되었다. 당주는 견실하다고 알려졌으며, 속도는 그다지 빠르지 않지만 견실한 수를 하나하나 지시하고 있고, 그 수가 효과를 발휘할 기대치는 시장 사람들의 활기가 되어 나타나고 있었다.

또한 미직이 체포되었기 때문에, 한 번은 현역에서 물러났던 가르하드가 미직을 대신해 장사를 하게 되었다.

횡포만 부리던 미직과 달리, 가르하드는 지극히 제대로 된 장사를 하여 평판은 상당히 좋았다.

애프터 서비스로 정보상의 심부름꾼이 들려준 이야기에, 타이치 일행은 일단 안도의 한숨을 쉴 수 있었다.

물론 그것들은 아직 사람들의 생활을 호전시킬 정도로 실감할 수 있는 수준이 아니었다. 그날 밤부터 아직 며칠 지나지 않았다. 효과가 눈에 보이는 형태로 나타나는 건 잠시 더 시간이 필요할 것이다.

미직이 체포됐다는 정보가 알려짐에 따라, 테리 부부에 대한 풍파는 서서히 약해졌다. 그에 대해서 최대한의 감사를 받았다.

당사자가 어떻게 생각하는가 하고는 별개로, 옆에서 보기에는 다른 사람의 문제에 고개를 들이민 형태가 되기 때문에 아무래도 좀 불편했다.

자기들의 정의감에 따른 것뿐이며 만들어낸 결과에 대해서 만족하고 있지만, 그거랑은 또 다른 이야기니까.

테리와 민트가 거듭해서 감사의 뜻을 표하자, 타이치는 「돌아오면서 다시 묵겠다」라는 말로 대답했다. 기껏 구해줬으니까, 여관의 경영이 본래대로 돌아가는 것이 가장 큰 보답이라고 덧붙이면서.

테리도 민트도 상당히 분발하고 있으니 문제는 없을 거라고 생각했다.

"타이치, 뮤라. 정산 끝났어."

린이 돌아왔다. 이제 출발하는 것이 가능하다. 타이치는 얼른 쿠로를 말뚝에 매어 놓던 로프를 풀어 고삐를 쥐고 마구간 밖으로 나섰다.

밖으로 나오자 이미 마차가 준비되어 있었다. 쿠로를 마차에 매고, 타이치가 마부석에 앉았다. 린과 뮤라가 마차에 탄 것을 확인한 타이치는 시선을 쿠로에게 돌렸다. 쿠로는 얼굴을 반쯤 이쪽으로 돌리면서 한쪽 눈으로 타이치를 보고 있었다.

"좋아. 가자."

사람의 말을 이해하는 현마 쿠로에게 채찍은 필요 없다. 그저 한 마디 말을 하면 된다.

쿠로가 경쾌하게 발굽 소리를 울리면서 걷기 시작했다. 시야크의 거리를 빠져나가 가르겐 제국으로. 당초의 목적은 국외로 가는 것. 오히려 여기서부터가 진짜였다.

마차가 서두르지 않고 나아간다. 계속 지루한 기색이던 실피를 구현화시켜 자유롭게 풀어주고, 타이치는 지평선 너머를 바라보았다.

가르겐 제국까지 가는 길은 가도를 따라 나아가 마차로 사흘. 중간마다 가도변에 있는 숙박 도시에서 일박하고, 쿠로용 육포를 대량으로 사들였다. 말 주제에 육식인 쿠로는 이래봬도 미식가였다.

기본적으로 사냥을 하는 종이기에 날고기라도 괜찮지만, 한 번 어쩌지 모르게 줘본 향신료가 스며든 육포가 대단히 마음에 든 모양이었다. 그게 아니면 싫다는 억지를 부리지는 않지만, 그렇기에 육포 정도는 먹여주려고 타이치가 사들였다. 애완동물의 어리광을 받아주는 주인은 이렇게 태어나는 것일까?

아무래도 좋지만, 쿠로에게 먹이면 안 되는 건 없다. 그보다도 주기만 하면 고기가 아니라도 뭐든 먹는다. 이건 육식이 아니라 잡식이라고 해야 하지 않을까? 뭐, 고기가 아닌 걸 줄 때 쿠로가 약간 불만스러워 보이긴 하지만.

느긋하게 이동하는 것도 여행의 참맛이라는 것처럼 천천히 나아갔다.

마차를 끄는 쿠로는 보통 말에 대한 배려가 필요 없기 때문에 속도는 같아도 평범한 마차와 비교해서 진행 속도가 훨씬 빠르다. 사흘 걸리는 길을 이틀 만에 주파하고, 국경의 검문소에 도착했다.

커다란 요새가 있고, 왕도를 방불케 하는 높은 벽이 요새 좌우에 길게 늘어서 있었다. 지구와 비교하면 만리장성일까? 요새에는 건너편으로 이어지는 통로가 있다. 폭만 해도 대략 20미터는 될 것이다.

그 중 오른쪽 절반에 짧지 않은 줄이 있었다. 에리스테인에서 가르겐 제국으로 가는 출국수속을 하고 있다. 우측 통행인지, 왼쪽에서 통로를 통과해온 사람과 스친다.

요새 앞에는 에리스테인의 기사와 낯선 갑옷을 입은 기사가 뭔가 이야기하는 광경이 보였다.

"저 갑옷은 가르겐 제국군 기사야. 검문소는 인접한 나라들끼리 공동으로 관리하거든."

뮤라가 해설해 주었다.

국경을 건너는 자에게는 쌍방의 나라가 책임을 가진다는 것. 설령 입국한 다른 나라 사람이 무슨 사건을 일으켜도, 그것은 출국, 입국을 허가한 양국의 책임.

때문에 검문소에는 기사들 중에서도 상당히 지위가 높은 자가 상주하고 있으며, 더욱이 정치 부문에서 지역 관리관이라는 직위를 가진 자가 양국에서 파견된다.

이것은 가르겐뿐이 아니라, 시카트리스 황국하고도 같은 관리 수법을 취하고 있었다. 뒤처리가 깔끔한 제도라고 타이치와 린은 생각했다.

"그럼, 줄 서자."

줄이 나아가는 건 느릿하다. 국경을 넘으려면 조금 시간이 걸릴 것이다. 그렇게 예측한대로, 타이치 일행의 순서가 돌아올 때까지 1시간여가 필요했다. 타이치 일행이 기다리는 사이에도 뒤쪽에 상당한 행렬이 생겼다. 이걸 봐도 국교가 왕성하다는 걸 이해할 수 있었다.

"모험가인가?"

"맞아요."

입을 열자마자 물어본 가르겐 제국의 중년 기사에게, 타이치가 대답했다.

허리에 검을 차고 방어구 등을 장비했다. 전투가 서투른 일반인이라도 멀리 나설 때는 이런 차림이지만, 태도에 차이가 생긴다. 아무래도 이 기사는 그런 부분을 간파한 모양이다.

그들은 수만에 이르는 갖가지 인간을 보는 임무를 맡고 있다. 자연스레 그런 안력이 단련되는 모양이다.

"국경을 넘는 목적은?"

"그래. 교토에 가자, 같은 거?"

"교토?"

옆에서 린이 쓱 나서더니 대화를 가로챘다.

"아, 죄송해요. 그는 가끔 이상한 소리를 하는 버릇이 있어요."

"아, 아아……."

너무나도 자연스런 린의 말에 기사가 한순간 낭패한 기색을 보였지만, 금세 재기했다.

"너무해?!"

"너는 입 다물어."

"……네."

이어서 뮤라가 낮은 목소리로 말하자, 타이치는 풀이 죽어 쪼그라들었다.

"국경을 넘는 목적 말인데요. 운 좋게 훌륭한 말을 입수했어요. 모험가 랭크도 올라갔으니까 다른 땅에서 실력을 시험해 보려고요."

술술 대답하는 린. 준비한 것 같지만, 사실은 완전히 애드

립이다.

반사적으로 판단한 것인데도 흔들림 없이 대답하는 린은 당당하다. 그저 훌륭하다. 거짓말을 하는 건 아니지만, 한 번도 막힘없이 대답한 린은 실전에 강하다고 할 수 있었다.

"히어. 실력을 시험하러. 낯선 땅이라는 건 좋은 경험이 되겠지."

"네, 그렇게 생각해요."

모험가가 강해지는 것은 민초에게 좋은 일이다. 탓할 이유는 털끝만큼도 없지, 만.

"그러나…… 괜찮은 건가? 그, 저 친구는……."

어쩐지 말하기 어려워 보이는 기사. 자기 동료를「이상한 사람」취급한 린에게는, 그가 좀 말문이 막힌 이유도 이해가 된다.

"걱정 없어요. 저래 보여도, 그는 우리들 중에서 제일 강하니까요."

"제, 제일 말인가?"

"네, 제일이요."

기사의 눈이 뮤라를 보았다. 뮤라는 한순간도 망설이지 않고 고개를 끄덕여 긍정했다. 동료 두 사람이 긍정했다. 이 세계에서도 다수파의 효력은 강하다. 말은 안 하지만 타이치도 그것에 반론할 생각은 없다. 사실상의 만장일치다.

"그, 그렇군. 뭐 동료가 말한다면 그런 거겠지."

사람 좋은 기사는 그걸로 납득한 모양이다.

"그러면, 신분 증명을 해다오."

"자요."

"여기."

"네."

미리 필요하다는 걸 알고 있었으니, 세 사람은 길드 카드에 마력을 주입해 제시했다. 그 시점에서 타이치 일행의 신분을 모험가 길드가 보장한다는 증명이 되었다.

"……너희들, B랭크였군."

"그런데요."

전에도 말했지만, 모험가 길드가 모험가 랭크에 대해서 뭔가 의도를 섞는 일은 없다. 그것은 세계 공통의 인식이며, 다시 말해서 사실이라는 것이다.

후방에서 순서를 기다리던 사람들 일부가 술렁거렸다. 그것은 기사들도 마찬가지다. B랭크 모험가는 상당히 만나기 어렵다. 그런 데다가 세 사람은 겉보기에 상당히 젊다. 타이치는 그 반응도 익숙했기 때문에 딱히 개의치 않았다.

"젊은 나이에…… 하하, 자신을 잃을 것 같군."

그렇게 응답한 기사는 아들을 보는 아버지 같은 눈을 하고 있었다. 고향에 있는 아이의 모습이 겹쳐서 보이기라도 하는 거겠지.

"좋다. 에리스테인에서 출국, 가르겐 제국으로 입국을 허가한다. 보람찬 여행이 되기를 기도하지."

"고맙습니다."

타이치 일행이 입을 모아 대답하고 쿠로를 전진시켰다.

국경을 넘는 건 사전에 들었던 것처럼 참으로 담백했다. 대화에 다소 시간이 걸렸을 뿐이지, 수속 자체는 길드 카드를 보여준 것뿐이다. 이 카드를 소지하는 것에 자격이 필요하며, 유지에도 조건이 걸려 있는 이유를 잘 알 수 있었다.

이렇게 쉽게 나라를 건널 수 있다면, 악용할 방법은 얼마든지 있을 것이다.

"하아, 역시 이 길드 카드는 굉장한 거네."

마치 여권 같은 신용도다. 물론 길드 카드의 경우는 유지하려면 할당량이 있지만.

"그야 그렇지. 물론, 랭크가 올라가면 올라갈수록 신용이 쌓여."

"하아. A랭크를 거절한 거 좀 아까운 짓이었네."

B랭크로도 이 정도다. A랭크가 되면 어느 정도 영향을 줄지 헤아릴 수 없다. 거절하는 것은 셋이서 결정한 거라 딱히 할 말이 없지만, 아까운 짓을 했다고 생각하는 건 본심이었다. 그러나.

"이제 와서네."

"이제 와서야."

"이제 와서지."

맥 빠지는 세 사람의 돌림노래가 그것이 어떤 일인지를 표현하고 있었다.

요새에서 통로를 통과할 때 팔고 있던 가르겐 제국 중부 지방과 남부 지방의 지도를 구입하고, 마차를 남동쪽으로 돌려

이어지는 가도를 나아갔다.

가르겐 제국은 세계에서 가장 넓은 국토를 가졌다. 서쪽 끝부터 동쪽 끝까지는 최대 1천 킬로미터. 북쪽 끝에서 남쪽 끝까지는 3천 킬로미터. 국토의 넓이에 비례해서 인구도 에리스테인과 비교가 안 될 정도로 많다.

북부는 에리스테인과 거의 같아서 사계절이 있다. 한편 남쪽으로 내려갈수록 따뜻해지고, 이번 목적지인 제도 가르게니아는 한 해 내내 따스하다. 추위를 싫어하는 뮤라가 그것을 강하게 추천한 것은 이해가 된다.

그러나 기후가 바뀔 정도의 거리는 그렇게 쉽사리 답파할 수 없다. 아무리 쿠로가 있다지만, 도착할 때까지 최단으로도 3주는 걸릴 것이다.

그것을 커버하는 것처럼, 가도 부근에는 다수의 도시가 있다. 가장 규모가 작은 도시라도 아즈파이어 이상은 되고, 중간에 두 군데, 시야크에 필적하는 도시가 있는 걸 봐도 가르겐 제국의 광대함을 엿볼 수 있다.

제도를 목표로 할 때도 그 무리의 사정에 맞춰서 적절하게 들르는 도시를 정하기 때문에, 여행하기에는 3대 대국 중에서 제일이라고 확신하는 상인이나 모험가도 적지 않다.

이번에 타이치 일행은 무리한 행군을 할 생각은 전혀 없었기 때문에, 제도까지는 1개월 반 정도 걸릴 예정이다. 나아가는 속도를 떨어뜨리는 게 아니라, 적절히 도시에서 휴식을 취하기 때문에 나온 계획이다.

본래 서두르는 여로도 아니다. 급할 필요도 없는 것이다.

국경을 넘고서 하룻밤이 지났다. 아직 첫 도시에 도착하지 않았으니, 가르겐 제국에서 기념해야 할 첫 하룻밤은 노숙이 되었다. 당연하지만 공격해오는 마물은 없었다. 애당초 쿠로가 어지간한 마물을 막고 있었다.

처음에는 B랭크 모험가의 비호를 받으려고 뒤를 따라오던 상단이 3개 정도 있었다. 그러나 지금은 보이지 않았다.

이쪽에 「호위에 참가해 다오」라고 한 마디 의뢰라도 한다면 거절할 이유는 없었지만, 그저 멀지도 가깝지도 않은 거리를 따라오기만 하는 무리에게 그 정도의 편의를 봐줄 생각은 안 들었다. 그들도 당연하지만 호위를 고용한 데다가, 이 가도는 애당초 마물이 약한 지역을 골라서 만든 것. 기존의 호위로 충분한 것이다.

타이치는 물론이고, 린도 뮤라도 성인군자가 아니다. 뻔뻔스런 상대를 무조건으로 흔쾌히 받아들일 생각은 안 들었다. 기왕이니 같이 가자고 말을 걸어봤지만, 그들은 「가는 방향이 같은 것뿐이다」라고 말했다. 같이 간다면 호위 역할이 되는 건 자연스럽고, 그렇게 되면 상인들에게 호위 비용을 받게 된다. B랭크 모험가를 고용하는 건 저렴하지 않다.

그 비용을 내지 않고, 또한 B랭크 모험가에게 간접적으로 비호를 받을 생각이라고 예측할 수 있다. 너무 깊게 생각한 것 아닐까 하는 생각도 스치지 않은 건 아니지만, 생각을 고쳤다. 상인이란 인종은 대개, 부드러운 표정과 어조와 태도로는 상상할 수 없을 정도로 야무진 것이다.

그러면, 어째서 떨어뜨렸는가 하면 단순히 마차를 끄는 말의 차이였다. 정기적인 휴식이 필요한 말과 달리, 흑요마는 타이치 일행의 마차를 끄는 상태로도 40퍼센트 정도의 힘이라면 사흘 밤낮을 쉬지도 자지도 않고 달릴 수 있을 정도의 지구력과 튼튼함을 가졌다.

흑요마의 40퍼센트의 속도라면, 제한이 없는 상태의 말의 전력질주에 필적한다. 타이치 일행을 따라잡을 수 있을 리 없었다.

상단은 차례차례 휴식을 취하는 가운데 쉬지 않고 유유히 나아가는 타이치 일행의 마차를 멍하니 지켜보는 수밖에 없었으리라.

"우응. 너무 고집을 부릴 일도 아니었나……?"

가도를 나아가면서, 타이치가 중얼거렸다. 지금 생각하면 타이치 일행이 같이 가면 그들의 위험을 줄이는 것도 가능하지 않았을까? 그런 생각이 고개를 든 것이다.

그에 대해서, 마차에서 고개를 내민 뮤라가 고개를 좌우로 저었다.

"신경 쓰이는 건 당연하지만…… 대가를 받지 않고 받아들이는 건 그다지 추천하지 않아."

그 한 마디로, 타이치는 린과 함께 웬치아 섬에서 들은 충고를 떠올렸다.

『이번에는 나도 두 사람이랑 같은 생각이니까 찬성하겠어.

하지만, 모험가로서는 사실 제대로 된 정규의 보수를 받아야 해. B랭크 모험가를 고용할 때, 제대로 그에 걸맞은 대가를 지불하는 다른 의뢰인을 위해서도.』

뮤라의 말은 두 사람에게 귀가 아픈 것이었다. 충고한 그녀 자신도『아직 감정 제어가 무르네……』라면서 자기 다짐을 했지만.

하고 싶은 대로 한다. 자신에게 솔직해 진다. 그것 자체는 결코 틀리지 않았다. 그러나 그것은 룰을 무시해도 된다는 것이 당연히 아니다.

모험가라는 권리를 향유하고 있는 이상은, 기본적으로 그 룰에 따라야 한다. 대가를 받는 것도, 모험가에게 주어진 권리인 동시에 의무였다. B랭크에 있는 타이치 일행이 공짜로 일을 해버리면, 다른 모험가에게 본보기가 안 되는 것이다.

"우리는 B랭크지만, 겉보기에, 아니, 알맹이도 어린애인 게 사실이지?"

뮤라의 말에 타이치가 고개를 끄덕였다.

"간단히 말하자면 얕보일 거야. 말로 구슬리면 된다고, 그렇게 생각할지도 몰라."

짜증은 나지 않았다. 그렇구나, 납득할 수 있었다. 이 세상은 약육강식이다. 상대가 약하다고 해서 괴롭혀도 되는 건 아니지만, 강한 편이 보다 맛있는 부분을 먹을 수 있는 건 사실이다.

약한 자는 위에서 순서대로 먹는 것을 손가락 빨면서 지켜본 다음, 먹고 남은 찌꺼기를 경쟁하면서 빠는 수밖에 없는 것이다.

전투력의 약함. 금전적인 약함. 지위적인 약함. 지력의 약함. 한 마디로 약함이라고 해도 다양하다.

그것이 싫다면, 강해지는 수밖에 없다. 한 걸음이라도 위로 올라가는 수밖에 없다. 혹은, 비호를 받을 수 있는 자신이 되는 수밖에 없다.

그것은 아즈파이어에서도 알게 된 것이며, 숲으로 가서 사냥을 할 수 있는 사냥꾼은 필연적으로 사냥감의 좋은 부분을 얻을 수 있는 것이다.

착각해선 안 되지만, 약자는 모든 것을 참아야 된다는 게 아니고, 무엇도 먹지 말아야 하는 게 아니다. 여유가 있는 강자가 약자에게 나눠주는 경우도 있고, 약자가 한 걸음 위로 올라가고자 자신을 높이는 경우도 있는 것이다.

한편으로 약자를 괴롭히는 강자도 있고, 약자라는 것을 개선할 생각도 없이, 거기서 더욱 굴러 떨어지는 자도 분명히 있지만.

그렇게 생각하면, 타이치 일행이 어느 정도 강자인지 말하는 것도 바보 같은 정도였다.

"……그렇네. 낼 수 있는 돈이 있는데 안 내려고 하는 녀석까지 도와줄 이유는 없지."

"그런 거야."

테리 부부의 경우, 그들은 괴로움을 어떻게든 견디고 있었다. 타이치 일행을 정규 보수로 고용하면, 그들에게는 거의 남지 않았을 가능성마저 있다. 그건 특별한 일이다. 약자가 강자를 괴롭히고 있기에 그것을 구한 것이다. 강자니까 뭐든지 해도 되는 게 아니라, 오히려 부당한 행위에 걸맞은 응보가 발생한다. 시야크의 사건은 그 전형적인 예였다.

“이야기를 방해해서 미안한데.”

말하면서, 린이 빼꼼 고개를 내밀었다. 장소는 타이치 옆, 뮤라의 반대쪽이다.

“응? 왜 그래?”

그 의미를 깨닫지 못하는 타이치에게, 린과 뮤라가 나란히 한숨을 쉬었다.

“……조금 떨어진 곳에 마물이 있어. 어차피 한가하니까, 사냥할 수 있는 걸 사냥할까 생각하는데.”

아무래도 린이 마물을 발견한 모양이다.

린이 구사하는 소나 마술은 최근에 유효범위가 더욱 넓어지고 있다.

당사자 말로는 「요령을 알아가고 있어」라고 한다.

능직해진 린의 탐색 범위에서 도망치려면 상당히 멀리 떨어져야 한다. 포착된 마물은 운이 없었다.

“좋아, 그러면 가르겐 제국에서 첫 전투를 해볼까.”

타이치는 오른쪽 어깨를 빙글 돌렸다.

그 다음, 자신들의 움직임을 확인하듯 느긋하게 전투를 한 세 사람은 숨 쉬는 것처럼 승리를 얻고 첫 도시를 향해 나아가게 되었다.

매지션
[『이세계 치트 마술사 7』에서 계속]

이세계 치트 마술사 6

초판 1쇄 발행 2019년 8월 10일

지은이_ Takeru Uchida
일러스트_ Nardack
옮긴이_ 박경용

발행인_ 신현호
편집국장_ 김은주
편집진행_ 최은진 · 김기준 · 김승신 · 원현선 · 권세라
편집디자인_ 양우연
국제업무_ 정아라 · 전은지
관리 · 영업_ 김민원 · 조인희

펴낸곳_ (주)디앤씨미디어
등록_ 2002년 4월 25일 제20-260호
주소_ 서울시 구로구 디지털로 26길 111 JnK디지털타워 503호
전화_ 02-333-2513(대표)
팩시밀리_ 02-333-2514
이메일_ lnovelpiya@naver.com
L노벨 공식 카페_ http://cafe.naver.com/lnovel11

ISEKAI CHEAT MAGICIAN 6

ISBN 979-11-278-5168-2 04830
ISBN 979-11-278-4324-3 (세트)

값 7,000원